마흔, 여자의 공간

마흔, 여자의 공간

나를 발견하는 10인의 일상 공간 탐험기

초 판 1쇄 2025년 03월 14일

지은이 김은주, 김인혜, 남보라, 박서연, 신유진, 이수연, 이주연, 이숙희, 최은정, 희경
펴낸이 류종렬

펴낸곳 미다스북스
본부장 임종익
편집장 이다경, 김가영
디자인 임인영, 윤가희
책임진행 김은진, 이예나, 김요섭, 안채원, 장민주

등록 2001년 3월 21일 제2001-000040호
주소 서울시 마포구 양화로 133 서교타워 711호
전화 02) 322-7802~3
팩스 02) 6007-1845
블로그 http://blog.naver.com/midasbooks
전자주소 midasbooks@hanmail.net
페이스북 https://www.facebook.com/midasbooks425
인스타그램 https://www.instagram.com/midasbooks

ISBN 979-11-7355-121-5 03810

값 **19,500원**

미다스북스는 다음세대에게 필요한 지혜와 교양을 생각합니다.

김은주　김인혜　남보라　박서연　신유진　이수연　이주연　이숙희　최은정　희경

나를 발견하는 10인의 일상 공간 탐험기

마흔, 여자의 공간

미다스북스

프롤로그

이숙희

"지금 자기가 사는 동네를 여행해 보는 거야. 평소에 무심코 지나치던 동네 골목들, 길들. 이런 거 한번 자세히 관찰하면서 사진으로 기록을 남겨보세요. 자기가 살고 있는 동네에 대해 애정을 가지고 이해하는 것, 이게 바로 건축학개론의 시작입니다."

- 영화 <건축학개론> (2012)

문득 영화 〈건축학개론〉이 생각났다. 풋풋한 첫사랑, '기억의 습작'이라는 노래만 어렴풋이 기억나던 영화였는데, 다시 보니 공간에 관한 이야기였다. 특히 작품 속 '집'은 단순한 거주 공간이 아니라 시간과 감정을 담고 있었다. 빈집, 승민이네, 서연이네를 오가며 인물들의 감정이 변하고 이야기가 쌓였다. 때로는 이별과 아픔의 공간이었고, 때로는 다시 만나고 오해를 푸는 공간이기도 했다. 빈집은 대학생 시절 서연과 승민이 만난 곳이다. 둘만의 비밀 장소로 함께 청소도 하고 꽃을 심으며 서로에 대한 마음을 키워간다. 하지만 작은 오해로 인해 둘은 멀어지게 된다. 15년 후 건축가가 된 승민 앞에 서연이 불쑥 나타난다. 제주도의 낡은 집을 새로 짓기 위해서. 집을 고치는 과정에서 둘은 첫사랑의 추억을 떠올리고 과거의 오해를 푼다. 또 승민이 엄마와 살았던 낡은 집은 힘들게 살아온 엄마의 삶을 그대로 담고 있다. 승민은 엄마가 좀 더 편안한 노후를 사셨으면 하는 마음으로 "이 집이 지겹지도 않아?"라고 말한다. "집이 지겨운 게 어딨어. 집은 그냥 집이지. 이렇게 나이 먹고 보니 다 그냥 추억이야." 어쩌면 엄마의 이 말이 영화가 하려던 말이 아니었을까. 엄마에게 집은 '그냥 집'이 아니었음을 우리는 안다.

특별한 장소에서 경험한 기억과 감정에 대해 생각하는 것을 우리는 '추억'이라고 한다. '추억을 먹고 산다'라는 말처럼, 어떤 공간은 시간이 지나도 우리를 위로하고 힘이 되어준다. 소중한 이들과 함께했던 아름다운 기억, 시간이 흘러도 그 자리에서 늘 반겨줄 것만 같은 정겨운 그곳을 생각하는 동안 입가에는 미소가 떠나지 않았고, 마음이 건강해짐을 느꼈다. 내가 지나온 공간에 대해 생각하고 쓰다 보니 나쁜 기억은 옅어지고 좋은 기억은 더 선명해졌다. 또 그곳에서 나눈 대화, 감정, 마주한 풍경을 떠올려 보는 것만으로도 의미 있는 시간이었다. 내가 지나온 모든 공간과 그곳에서 쌓은 시간에 새삼 감사한 마음이 들었다.

지난 가을, 공간에 대한 주제로 초고를 쓰기 시작했다. 그 무렵 아빠가 대상포진으로 병원에 입원하셨다. 안면 대상포진으로 시력이 떨어지거나 뇌신경을 침범할 수도 있는 위험한 상황이었다. 병원에서는 보호자 상주가 필수라고 했다. 부모님은 과수원을 운영하시는데 한창 수확 철이라 내가 아빠 상주 보호자가 됐다. 아빠의 얼굴은 물집으로 뒤덮여 퉁퉁 붓고, 몸에는 기운이 하나도 없어 보였다. 주렁주렁 매달린 링거 줄에서 약이 방울방울 떨어지는 것을 보고 있자니 왠지 마음이 찡했다. 내 마음을 알았는지 아빠는 매번 "괜찮아. 오느라 힘들었겠다." 말씀하신다. 아빠 언제나 건강하고 힘이 센 사람이라고 생각했는데 힘없이 병원 침대에 누워 잠든 모습을 보니 속상한 마음이 앞섰다. 매일 아침 병원에 도착하면 아빠의 상태를 살핀 후 환기부터 시키고 침대 주변을 정리했다.

"이야~ 한강 조망에 VIP 병실이네."

"창밖으로 한강이 보이니 덜 답답하네. 좋다."

"한강 보이는 식당이나 호텔은 예약도 힘든데, 있는 동안 좀 즐겨."

아빠의 무료한 시간과 나름의 긴장을 풀기 위해 농담을 건네기도 했다. 밤새 진물이 나서 붙어버린 눈 주변을 닦아내고 머리를 감겨드리고 나면 침상 식탁에 점심 식판이 놓여 있었다. 메뉴는 대체로 환자가 섭취해야 할 영양권장량에 맞춰 쌀밥에 국, 나물무침, 고기나 생선구이 등이 나왔다.

"입맛도 없고 종일 움직이질 않으니 배도 안 고프고 안 먹고 싶어."

"밥을 맛있게 먹어야 기력을 회복해."라고 말해놓고 "아빠가 어렸을 때 나한테 많이 했던 말을 이제 내가 하네." 함께 웃었다. 늘 들로 산으로 자유롭게 다니던 아빠가 병원에서만 있으면 갑갑할 것 같아서 점심 식사 후에는 산책하기 위해 병실을 나섰다. 병원 1층 혹은 5층 정원으로. 병원은 이렇게 갈 수 있는 곳이 뻔하고 어떤 곳보다 같은 일상이 반복된다. 그런데 그런 일상이 점점 특별해졌다. 아빠나 나나 무뚝뚝하고 부끄럼 많은 성격이라 부녀 사이에 오가는 소소한 대화의 재미를 모르고 살았다. 함께 있는 동안 아빠의 옛날이야기부터 일상의 소소한 이야기를 듣는 게 좋았다. 우리는 함께 공간을 공유하며 조금 더 가까워졌다.

"아빠가 아프니까 좋은 것도 있네. 이렇게 오래 함께 있고 말이야."

아빠 미소로 대답을 대신했다. 매일 조금씩 우리만의 새로운 이야기가 가슴에 따뜻하게 채워졌다. 단풍이 한창이던 10월의 마지막 날에도 우리는 작은 정원으로 나갔다. 날은 따뜻했고, 정원에 심어진 다양한 나무들을 보며 이야기를 나눴다.

"어느새 단풍이 절정이네."

"올해는 날씨가 너무 뜨거워서 색이 덜 고운 것 같아."

내가 보기에는 작년이나 올해나 별반 다를 바 없지만, 평생 자식처럼 사과나무를 가꿔온 아빠는 미세한 색도 다르게 느꼈다.

"저건 앵두나무, 주목, 벚나무…."

"아빠 사과나무만 아는 줄 알았더니 나무 박사네."

매일 흑석동과 김포를 오가느라 몸은 고되었지만, 아빠와 쌓아가는 시간이 좋았다. 아빠가 퇴원한 후에도 흑석동 근처를 지날 때면 병실에서 바라보던 한강과 아빠와 함께했던 시간이 떠올라, 병원 쪽을 자꾸 돌아보게 된다. 어떤 공간에 내가 머물렀다는 것만으로도 그곳이 특별해질 수 있다는 걸 새삼 깨달았다.

우리는 매일 어떤 공간에서 머물고, 누군가를 만나고, 먹고, 이야기하고, 읽고, 쓰고, 생각한다. 온전한 나의 시간을 보내고 가장 나와 닮은 공간인 집, 어린 시절 뛰어놀던 동네 골목길, 부모님이 지은 집, 처음 가본 여행지, 캠핑장, 마음의 위안을 얻기 위해 찾아간 절, 도서관 등 평범하고 친숙한 일상의 장소지만 그곳에서 보낸 시간과 이야기는 절대 평범하지 않다. 우리가 머무른 그 모든 공간에 대해 생각해 보는 일은 앞으로 살아갈 날을 더 풍요롭게 만들기 위한 여정이기도 했다. 지금 내가 있는 이곳도 훗날 내가 그리워할 공간이라고 생각하니 종일 앉아 있어 지겹다고 생각했던 이 책상도 조금은 사랑스러워 보인다. 각자의 공간이 가장 아름답다. 그 안에 담긴 이야기도.

집이라는 세계

나를 가치 있게 만드는 것들로 가득한 집은 내가 존재해야 하는 이유로,
행복해야 할 이유로 가득하다.

"당신의 집에서 가장 오랫동안 머무는 공간은 어디인가요?

그곳이 당신에게 주는 감정은 어떤가요?"

1

우리 집은 테마파크

김은주

마흔하나에 이혼을 겪으며 다니던 직장도 그만뒀다. 직장을 그만두면서 다시 돌아갈 것인지 새로운 꿈을 찾을 것인지 생각이 많았다. 이혼하고 홀로서기를 시작했으니 그동안 하고 싶었던 일을 새롭게 찾아보고 싶었다. 내가 뭘 좋아했더라? 어떤 걸 할 때 재미를 느꼈을까? 하고 싶은 일을 하면서 경제적으로 도움이 되는 건 없을까 고민했다. 고민하던 와중 동생과의 우연한 대화로 실마리를 잡을 수 있었다.

"언니 책 읽는 거 좋아하잖아. 요즘 아이들은 문해력이 떨어져서 엄마들이 논술 학원 많이 보내는데 논술 공부방을 해보면 어때?"

"누군가를 가르쳐 본 경험도 없고 마흔이 넘은 나이에 해낼 수 있을까?"

"그럼. 언니 나도 영어 공부방 처음엔 힘들었지만 지금 잘하고 있잖아. 내 생각엔 언니가 하면 너무 잘할 것 같은데."

"책은 좋아하는 데 적성에 안 맞으면 어떡하지? 생각을 좀 해볼게."

혼자 살 집을 구하면서 방 하나를 온전히 비웠다. 선생님이 되리라고는 상상도 못 했는데 나는 지금 한우리 독서지도사가 되었다.

2024년 3월 이력서와 자기소개서를 들고 한우리 남양주 남지부를 찾아

갔다. 떨리는 마음으로 면접을 보고, 온라인으로 독서지도사 자격증 공부를 시작했다. 오랜만에 공부하니 생각보다 잘 외워지지 않아서 당황했지만, 어느새 내 속도에 맞춰 공부하는 게 수월해졌다. 7월 시험을 목표로 삼았다. 원래 기수대로라면 9월 시험이지만 마음이 급했다. 시험은 객관식에 필요한 책 두 권을 공부하고 지정된 책 네 권을 읽고 서평을 써서 내는 것이다. 당시 컴퓨터학원과 피아노, 도예, 수채 캘리그래피를 배우고 있어서 시간을 분 단위로 쪼개서 살았다. 이혼하고 직장도 그만둔 뒤라 놀고 있으면 뒤처지는 기분이 들어 공부와 취미 모두 손에 움켜쥐고 이를 악물고 하루하루를 충실히 살았다. 시간은 쏜살같이 흘러 7월 6일 시험 날이 다가왔다. 온라인으로 보는 시험이지만 필기는 50문항 객관식이고 실기는 이미 제출한 네 개의 서평 중 살짝 다르게 출제되었다. 객관식 시험지를 보자마자 '헉' 소리가 났다. 문제가 생각보다 두루뭉술 헷갈리게 나온 게 많았다. '아 더 열심히 공부할걸.' 후회가 밀려왔지만, 최선을 다하는 것 말곤 도리가 없었다. 실기까지 마치고 나니 안도의 한숨이 절로 나왔다.

7월 19일 오전 10시 축서사 마당에서 풀 뽑다가 합격 여부를 확인하자마자 소리를 질렀다. 이제 한시름 내려놨다는 기분과 아직 머리가 굳지 않았다는 생각에 웃음이 나왔다. 봄부터 작업실 노트북 앞에 앉아 선풍기 한 대에 의지해 공부한 기억이 머릿속을 스쳐 지나갔다. 작업실은 1800짜리 책상 두 개가 있고 5단 책장과 버니나 머신과 원단, 실, 부자재들로 가득 차 있다. 예전 직업이 프랑스자수, 퀼트, 뜨개 등의 핸드메이드와 관련된 일이었다. 올해는 새로운 일들로 손에서 놨지만, 내년부터는 다시 시작할 거다. 손끝에서 만들어 내는 작품들이 입가를 미소 짓게 했던 기억이 생생하다.

과거에 손으로 만든 작품들로 둘러싸인 작업실에서 노트북을 켜고 글을 쓰고 있는 내 모습이 처음에 낯설었지만, 지금은 익숙하다. 아침 일기도 쓰고 지난해 출간했던 공저 초고와 퇴고도 모두 이곳에서 이루어졌다. 자격증을 받으려면 보수교육을 들어야 해서 8월까지 시간이 후다닥 지나갔다.

공부방에 책상, 의자, 책장, 지구본, 화이트보드, 책들을 정리해 놓고 과외 신고도 하고 사업자 등록까지 마쳤다. 그런데 갑자기 왼손에 마비가 왔다. 피아노를 많이 쳐 전완근이 아파서 그런 거겠지 했다. 한의원에 가서 며칠간 치료를 받았지만 영 차도가 없었다. 안 되겠다 싶어 열흘 만에 신경외과를 찾았다. MRI를 찍고 CT에 방사선까지 온갖 검사를 했다.

"왼쪽 목디스크 6~7번이 터졌네요. 꽤 아팠을 텐데 어떻게 버텼어요?"

의사 선생님의 말씀에 덜컥 겁이 났다.

"오늘 당장이라도 긴급 수술이 필요하겠어요."

다음날 긴급으로 수술해야 한다고 해서 짐을 챙겨 와 바로 입원했다. 전신마취를 하고 기도삽관까지 하는 큰 수술을 마치고 병실로 돌아오니 통증이 밀려왔다. 그동안 건강에 너무 무심했구나 싶다가도 하필 이 시점에 아픈 게 원망스럽기도 했다. 도수치료를 받으면서 재활을 열심히 해야 손가락 근력이 돌아올 거라고 하셨다. 할 일이 밀려 있는데 아프니 아무것도 할 수가 없었다. 손가락이 안 돌아오면 어쩌지? 인생이 참으로 쓰게 느껴졌다. 병원 생활은 너무 불편했다. 4인실이어서 온갖 소음과 간호사들이 수시로 드나드는 통에 깊게 잠을 잘 수도 없고 감옥에 갇힌 것 같았다. 그나마 피 주머니랑 링거를 제거하고서는 병원 밖으로 바람을 쐬러 나가는 게 유일한 숨구멍이었다. 일주일 만에 퇴원하고 집에 오니 살 것 같았다. 목

부위 수술 실밥을 아직 못 풀어서 랩으로 칭칭 감고 머리를 감았다. 퇴원
도, 머리 감는 것도 혼자 하기 힘들었는데 기꺼이 도와준 인창이가 고마웠
다. 스스로 머리도 못 묶고 타이핑도 할 수 없고 왼손이기 망정이지 오른손
이었다면 생각만 해도 소름 돋는다. 집에 와서도 쉴 수는 없었다. 아파트에
돌릴 홍보지 작업을 해야 했고, 상호도 결정해야 했다. 오랜 고민 끝에 아
이들의 발전에 도움이 되고 싶다는 마음을 담아 〈생각글쓰기 발전소〉라고
지었다. 아파트에 홍보지를 돌리러 가는데 동네 지인들이 도와줘서 한 시
간 만에 끝낼 수 있었다. 처음엔 부담스러워 거절했는데 문득 너무 빡빡하
게 살지 말자는 생각이 들었다. 흔쾌히 도움을 받고 감사의 마음을 전하고
이게 사람 사는 거지 싶었다.

　퇴원 후에도 도수치료를 받으며 재활 운동을 꾸준히 했다. 집에서도 아
령을 가지고 왼손을 부지런히 움직여 준다. 아프고 나니 집이 새삼 감사
한 공간이라는 생각이 들었다. 내 한 몸 뉠 수 있고 얼마든지 작업할 수 있
는 개인 작업실도 있다. 아이들을 가르치는 공간인 공부방도 존재한다. 방
마다 쓰임에 맞게 잘 정돈되어 있다. 집에서 일도 하고 책을 읽거나 손으
로 사부작거리는 활동도 하고 집에서 오는 안정감이 나를 땅바닥에 발붙이
게 한다. 언제든 지친 몸으로 돌아와도 나를 반겨 주는 나의 공간! 내 취향
으로 꾸며가면서 블록 놀이하듯이 집을 꾸민다. 예쁜 오브제가 있으면 툭
무심히 올려놓고, 꽃집 앞을 지나다 문득 꽃 한 다발을 사서 꽃병에 꽂기도
한다. 처음 공저를 썼을 때 홀로서기에 가까워지고 싶다고 썼었다. 반년이
지난 지금 혼자서도 멋지게 인생을 살고 있다. 반려빚과 함께 집을 공동소
유하고 있지만 그 또한 행복한 일임을 안다. 내 명의로 된 집에서 나는 계

속 발전하고 행복해지고 있다. 수업이 있는 날은 아침에 일어나 일기를 쓴 후 수업 준비를 한다. 출근하기 위해 화장을 하고 옷도 고심해서 골라 입는다. 공부방 문을 열고 들어서면 이곳에서 선생님으로 아이들을 만난다. 아이들과 시간을 보낸 후 다시 거실로 퇴근. 일과 사생활을 구분하지 못하면 집이 답답할 수 있다는 걱정을 했었다. 그런 생각이 무색하게도 매일 집에서 웃으며 출근과 퇴근을 반복하고 있다.

이 집에서 롤러코스터를 탄 것처럼 많은 일을 겪었고 앞으로도 그럴 거다. 내 집이라는 공간에서 나의 꿈은 계속될 거다. 롯데월드에 가면 입장 후 에스컬레이터를 타고 올라가야 테마파크가 눈 앞에 펼쳐진다. 내 집에서는 각 방문을 열면 침실과 작업실, 그리고 공부방으로 연결된다. 어떤 문을 여느냐에 따라 새로운 세계가 펼쳐지며 그 공간에 어울리는 나로 하루를 시작할 수 있다.

나를 짓는 집

김인혜

흔들의자에 앉아 아침의 볕을 쬐고 있다. 아직 세수도 안 하고 선크림도 바르지 않아서 해를 등지고 앉았다. 머리부터 등, 다리까지 햇살이 골고루 몸에 닿는다. 어느덧 정수리가 뜨뜻해지며 몽롱했던 정신도 깨어난다. 활짝 열어 놓은 창문을 통해 제법 선선해진 바람이 불어오고, 가을 햇볕은 적당하게 따뜻하다. 강렬했던 여름의 햇빛이라면 엄두 내지 못했을, 가을의 볕이라 시도해 보는 아침의 호사다. 나는 마치 가을 햇빛과 바람에 빨갛게 익어가는 사과 한 알이 된 기분이다. 창밖으로 눈길을 돌려 백봉산과 그 뒤의 풍경을 바라보았다. 가을 하늘을 보고 있으면 지금 내 눈앞에 우주의 일부분이 펼쳐져 있다는 사실이 확 와 닿는다. 유난히 파랗고 깊은 가을 하늘. 아득한 하늘을 바라보며 눈에 보이지 않을 뿐 저 너머에 존재하는 우주를 느껴본다. 가을에서 겨울로 넘어가는 11월의 어느 날 아침엔 동쪽 하늘의 구름이 햇빛을 받아 투명한 흰색으로 빛났다. 마치 명화에 나오는 구름 같아서, 그 뒤에 천사가 숨어있을 것 같았다. 구름을 투명하게 비추던 해가 산 너머에서 천천히 모습을 드러내려 하는 중이다. 오늘 아침도 이 순간을 놓치지 않아서 다행이다.

아침에 가족들이 다 나가고 나면 우리 집 거실은 나의 서재가 된다. 동남향의 거실은 오전이 제일 근사하다. 빛으로 충만한 오전의 거실은 저녁의 일상적 거실과는 전혀 다른 나만의 공간으로 변모한다. 이 아침의 공간은 에드워드 호퍼의 〈아침의 태양〉을 떠오르게 하는데, 침대에 앉아 있는 여자가 창밖으로 떠오르는 태양을 가만히 바라보고 있는 그림이다. 빛으로 가득 찬 나의 서재엔 침대 대신 책장과 흔들의자, 간이 책상이 있다. 그리고 흔들의자 옆에서 햇볕을 쬐고 있는 고양이들도 있다. 따스한 빛으로 감싸인 공간 안에서 책장의 책들도 고양이들도 나도 고요한 아침을 맞는다. 아침의 빛과 침묵을 공유하며 느긋하게 하루를 맞이하는 이 시간은 언젠가부터 빼놓을 수 없는 우리의 루틴이 되었다. 나는 흔들의자에 앉아 창밖의 하늘과 산을 보거나 의자의 방향을 실내로 바꾸어 짙은 갈색의 마룻바닥에 일렁이는 빛과 그림자를 물끄러미 바라보곤 한다. 열린 창으로부터 불어오는 바람에 맞추어 의자와 흔들거리고 있을 때, 냥이 털들도 덩달아 춤추듯 날아다닌다.

'집'은 '짓다'라는 말에서 유래했다고 한다. 우리는 보통 집에서 가장 많은 시간을 보낸다. 그런 집은 편하게 쉬는 공간이기도 하지만 내가 지어지는 공간이기도 하다. 집을 나를 짓는 공간으로 생각했던 사람 중 하나가 빈센트 반 고흐다. 반 고흐는 파리에서 인상주의와 밝은 색채를 흡수한 후 프랑스 남부지방 아를로 이사했다. 그는 아를에 진한 버터 색의 노란 집을 얻고는 매우 기뻐했다. 페인트를 새로 칠하고 집을 단장하며 나만의 집을 갖게 된 흥분과 설렘을 감추지 못했다. 반 고흐는 그 따뜻한 노란 빛의 이층집에서 마음껏 그림을 그렸고, 뜻이 맞는 화가들과 꿈을 이뤄가는 공동체를 꿈꿨다. 그 유명한 해바라기 그림들, 〈밤의 카페 테라스〉 등 그만의 고유한 노란 빛의 세계는 그의 노란 집에서 완성되어 갔다.

나도 지난여름 7년 만에 이사했다. 아이의 학교 때문에 어쩔 수 없이 이 사했지만, 새로운 보금자리가 처음부터 마음에 들었던 것은 아니다. 전에 살던 아파트보다 지은 지 오래된 곳이라 긴 세월에서 비롯된 여러 가지 불편한 점이 있었다. 바람이 세게 불면 밤새 창문이 덜컹거리고, 세탁실에선 스멀스멀 하수구 냄새가 올라왔다. 하지만 이사 와서 좋은 점도 있었다. 우선 거실에 있던 커다란 TV를 안방으로 들여보내면서 거실의 분위기가 바뀌었다. 현재 거실엔 소파, 내가 제일 아끼는 책장과 흔들의자만 있다. 그리고 원래부터 설치되어 있던 TV용 선반에는 시디플레이어와 책을 읽고 있는 여성의 뒷모습이 그려진 차분한 느낌의 액자를 올려두었다. 그랬더니 거실이 온전히 나만을 위한 그럴듯한 서재가 되었다. 이곳에서 나는 책을 읽고, 커피를 마시고, 음악을 듣는다. 누구의 눈치도 보지 않고 한창 빠져 있는 드라마 OST를 하루 종일 틀어놓기도 하고, 가끔은 임윤찬의 쇼팽 에튀드 같은 클래식도 듣는다. 창문을 열어 놓으면 옆 초등학교 운동장에서 아이들이 뛰노는 소리가 들려오곤 하는데, 이 또한 즐거운 배경 음악이다. 책상에 책들이 아무렇게나 쌓여 있고 노트와 필통은 손에 닿는 곳에 있다. 언제 떠오를지 모를 단상을 재빨리 메모할 수 있도록 말이다. 나는 다정하고 조용한 이 공간이 마음에 든다. 엄청 깔끔한 것도 아니고 감각적으로 디자인된 카페 같은 분위기도 아니지만, 아끼는 책들에 둘러싸여 기분 따라 느낌 따라 내키는 대로 책을 펼쳐 마음껏 읽을 수 있는 나의 서재가 좋다. 어느샌가 나를 닮아버린 이 공간이 그 어느 곳보다 편하다.

이사하면서 발레바(bar)도 다시 꺼냈다. 한동안 사용하지 않았던 터라 발레바를 어디에 두어야 하나 고민이 되었다. 사용하지 않는 동안 큰 이불을 널기 좋아 빨래바로도 전락했었던 나의 1인용 발레바. 산 지 5년이 넘었지만 까진 데 없이 여전히 매끈하고 깨끗한 흰색이다. 발레바를 바라보고 있자니 그동안 여러 사정으로 쉬었던 취미 발레를 다시 시작하고 싶었다. 2년 반 동안 쉬어서 몸은 많이 굳어있었지만, 의욕이 꿈틀거렸다. 동네 발레학원 시간표를 여기저기 알아보았다. 하지만 시간과 동선이 맞질 않아 몇 주 동안 발만 동동거리고 있었다. 그러다 문득 아이디어가 떠올랐다. 내겐 발레바가 있고 유튜브엔 보고 따라 할 만한 발레 바워크 영상이 많으니 '홈 발레'를 시작해 보자. 발레학원에 갈 수 없다면 집에 나만의 발레교습소를 만들면 되는 거다. 임시로 현관에 놓여 있던 발레바를 바라보며 어디서 하면 좋을지 생각해 보았다. 그런데 가만 보다 보니 현관이 제격이었다. 정방형에 가까운 넓은 직사각형의 전실은 비록 신발장 앞이긴 했지만, 다리를 뻥 차올리는 바뜨망 동작을 하기에 충분히 넓었다. 흰 프레임의 전신 거울, 격자무늬의 화이트 중문, 신발장과 벽지도 흰색이어서 정말 완벽한 '발레 블랑(ballet blanc 하얀 발레)'이었다. 그리고 널찍한 창문으로 햇빛이 들어와 전에 살던 어두컴컴한 현관과 달리 따뜻하고 밝았다. 집에서 발견해 낸 새로운 공간이었다.

　발레 바워크를 하는 시간은 머리끝에서 발끝까지, 온전히 몸에 집중하는 시간이다. 몸을 구석구석 살피고 느끼면서 있는 그대로의 '나'를 인식할 수 있다. 정방형의 하얀 공간에 피아노 음악이 흐르고 조금 가빠진 내 숨소리도 들린다. 거울을 보며 몸의 자세를 확인하기도 하지만 나의 시선은 살짝 들린 고개 너머의 어딘가이다. 목표가 없는 눈길 끝에 창밖의 구름이 걸리기도 하고 오른쪽 격자무늬 유리창이 보이기도 하지만 마음속으론 몸의 중심, 허벅지 안쪽의 근육, 발끝에 집중하고 있다. 정적인 동시에 동적인 순간이다. 발레 무용수들은 매일매일 바워크를 하루도 쉬지 않고 한다. 플리에-탄튜-제떼-롱드잠아떼르-퐁듀-아다지오-그랑바뜨망 등을 매일 수련한다. 무용수들은 수십 년간 이 루틴을 반복해 온 사람들이다. 발레학원에서도 조금씩 변형되긴 하지만, 항상 이 바워크를 반복한다. 처음 배울 땐 매번 같은 동작을 반복하는 것이 지루하게 느껴졌다. 하지만 시간이 갈수록 점차 알게 되었다. 같은 동작이지만 내 몸의 근육과 감각이 매일매일 달라지며 하루에 조금씩 성장해 간다는 것을, 그렇기에 매일 새로울 수 있다는 것을. 사람은 무엇이든 자발적으로 만들어갈 때 자유로워지며 행복을 느낀다. 나를 지어가는 공간, 집에서 나는 앞으로 더 많이 자유롭고 행복해지고 싶다. 내가 바라고 원하는 모습으로 나를 만들어가는 일은 그 무엇과도 바꿀 수 없는 행복한 과정이므로.

아침에 흔들의자에 앉아 거실로 들어오는 햇볕을 쬐고 나면, 발레하러 갈 준비를 한다. 스타킹을 신고 레오타드를 입고 랩스커트도 둘렀다. 천 슈즈와 몸을 따뜻하게 하기 위한 카디건도 챙겼다. 방금 내린 따뜻한 커피도 텀블러에 담았다. 자 이제 오늘의 발레를 하러 가볼까? 중문을 열고 현관에서 천 슈즈를 신었다. 발레바를 거울 앞에 가지런히 옮겨둔다. 벌써 나만의 발레교습소에 도착했다. 나는 오늘도 우리 집 현관에서 발레한다. 매일 성장하고 나를 지어가기 위해서.

3

울며, 웃으며, 사랑하며
남보라

"여기 처음 와봤제? 어떻노?"

2002년의 어느 날, 아버지의 손에 이끌려 간 곳은 밀양의 한 공사장이었다. 그곳이 앞으로 우리 가족이 살아가게 될 '우리 집'이었다. 좋다 나쁘다, 한마디로 표현할 수 없었지만 이제 한창 미장 작업 중인 이곳이 어떤 모습으로 변모할지 잔뜩 기대감에 부풀었다.

이듬해 4월, 완성된 집을 보고는 입이 떡 벌어졌다. 입구를 들어서면 보이는 돌계단과 그 위로 펼쳐진 푸르른 마당, 거실 전체가 보이는 통창까지. 말 그대로 높고 커다란 집에 벌어진 입이 다물어지지 않았다. 놀라운 것은 외관뿐만이 아니었다. 목소리가 울릴 정도로 높은 층고와 멋진 샹들리에. 게다가 넓은 거실 한쪽에는 우리 가족의 건강을 책임질 황토방도 마련되어 있었다. 2층과 2.5층은 우리 남매들의 공간이었다. 특히 내 방은 주황색 붙박이 선반이 포인트로 자리 잡고 있어 한층 더 강렬하게 느껴졌다. 방 안에는 발코니도 따로 있었는데, 그 문을 열고 나가면 멋진 정원과 집 앞의 풍경을 한눈에 감상할 수 있다는 점도 마음에 들었다. 어렴풋이 기억나는 아버지 말씀으로는 그 당시 최고의 자재들을 해외에서부터 공수해 오셨다고. 그뿐이랴. 정리의 귀재이자 뛰어난 미감을 가지신 어머니 덕분에 깔끔하면서도 한층 더 따뜻함으로 가득한 공간이 되었다.

물론 좋은 점만 있는 곳은 아니었다. 집 근처는 온통 논과 밭이었으며 가장 가까운 거리의 마트가 차로 5분, 학교는 차로 10분(도보 약 4~50분)씩이나 걸렸다. 인도도 마땅히 없다 보니 마음껏 오갈 수 없어 당시 사춘기였던 내게는 갑갑한 감옥 같을 때도 있었다.

결국, 내 성적으로 갈 수 있는 대학 중 가장 먼 곳으로 갔다. 후회는 했지만, 자유를 만끽할 수 있다는 만족감이 더 컸었다. 이후 명절이 아니면 집에 잘 가지 않게 되었다. 어느덧 시간은 흘러 사회생활에 적응해 갈 무렵이었다. 처음 겪어 보는 일들에 신경을 많이 쓴 탓일까. 과도한 스트레스와 불규칙한 식생활 습관으로 병을 얻었다. '절대 휴식'이 필요하다는 병원의 진단과 함께 요양을 위해 집으로 돌아갈 수밖에 없었다. 몸도 몸이지만 정신적으로 상당히 지쳐있던 시기였다. 정신의학과 상담을 진지하게 고민해 볼 정도로. 그때 사건이 발생했다. 여느 때처럼 부모님과 TV를 보던 중이었다. 과일을 깎던 나의 손을 보신 아버지는 한마디 던지셨다.

"칼질 다시 배워라. 베겠다."

평소라면 아무렇지 않았을 그 걱정 어린 꾸지람이 뭐가 그렇게 견디기 힘들었을까. 전에 없던 말대꾸를 이어 나가며 아버지와 크게 싸우고 말았다. 다음 날 어머니가 한 말이 가슴을 찔렀다.

"아버지가 하루 사이에 폭삭 늙으셨다."

그 후 1년간은 심신 회복과 공부에 전념했다. 덕분에 다시 사회로 뛰어들 결심을 할 수 있었다. 그렇게 얼마 뒤, 집을 나오는 순간 처음으로 느꼈다.

'벗어나고 싶지 않아.'

마냥 홀가분할 줄 알았건만. 이제 와 돌이킬 수는 없었다. 다시 집을 떠났다.

행복했던 순간도 있었다. 우리 3남매의 결혼식 또한 이곳, 우리 집에서 이루어졌다. 2014년 9월 오빠가 먼저 스타트를 끊었다. 늦은 오후에 시작하는 결혼식이었던 만큼 정원을 밝혀줄 반짝반짝 빛나는 전구를 예쁘게 둘렀다. 하객들을 위한 의자도 하나하나 정성스레 열을 맞췄다. 어머니는 손님맞이를 위한 요리를 준비하느라 여념이 없었다. 아버지는 서프라이즈로 준비한 편지 낭독을 위해 외우고 또 외웠다. 온 가족의 마음이 담겨서일까. 세상에 하나밖에 없는 '사랑스러운' 결혼식이 되었다. 특히, 당시는 스몰웨딩이 한창 유행이었던 때라 EBS의 한 다큐 프로그램에도 소개되며 더욱 특별한 추억으로 남았다. 둘째인 나의 결혼식은 2021년 5월 봄에 행해졌다. 몇 번의 계절이 지나는 동안 뒤뜰에는 노을이 지는 모습을 한눈에 볼 수 있는 정자가 생겼다. 조카가 오면 정신없이 뛰노는 멋진 연못도 생겼다. 오빠의 결혼식 때 아쉬웠던 부분까지 보완한 덕분에 무대가 완벽히 갖추어졌다. 본식을 더욱 멋지게 치르기 위해 웨딩 전문업체와 계약하고 모두 맡기기로 했다. 하지만 결혼식이 가까워지는데도 연락이 오지 않자 아버지가 직접 움직이셨다. 우선 2층 내 방의 발코니 난간에 경첩을 달아 여닫이문으로 개조했다. 그 옆에는 리프트를 두어 타고 내려올 수 있도록 했다. 직접 목재를 잘라 십수 년간 가꾼 멋진 나무들 사이에 버진로드를 만들고 레드카펫을 깔았다. 그 덕분에 2층에서 하객들을 내려다보던 순간부터 결혼식이 끝나는 그 순간까지, 마치 디즈니의 공주님이 된 것만 같았다. 업체에서는 생화 장식과 하객석 세팅, 주차 정리만 도와줬을 정도로 오롯이 아버지의 손길로 탄생한 나의 결혼식. 게다가 아버지는 당신의 진심을 꾹꾹 눌러 담으신 무려 A4 네 장 분량의 덕담도 준비했다.

"사랑하는 보라야, 언제나 바쁘다는 핑계로 많은 시간 같이 있어 주지 못했고 (중략) 많은 세월 객지에서 혼자 외롭고 힘든 날들이 많았겠지만, 이제 든든한 너의 반쪽과 함께 서로 사랑과 배려로 알콩달콩 잘 살기 바랄게."

비록 그 말씀에 펑펑 울어버린 것은 후회로 남았지만, 인생의 전환점을 아버지의 정성과 사랑으로 맞이할 수 있었다. 마지막으로 22년 가을, 동생의 결혼식은 자칭 전공자인 동생의 자부심으로 꾸며졌다. 순백의 꽃과 초록의 조화가 어찌나 싱그럽고 아름다웠던지. 다만, 식전에 생긴 여러 우여곡절로 인해 화려한 장식과는 상반된, 조금은 가라앉은 분위기에서 결혼식이 시작되었다. 다행히 동생의 편지가 반전을 가져왔다. 그 내용에 가족 모두가 눈물 콧물을 쏙 빼긴 했지만, 비로소 행복한 마음으로 '파티'를 즐길 수 있었다. 아버지의 아이디어로 꾸며진 무대는 아니었지만 여러 의미로 화려한 피날레를 장식했다.

동생의 결혼식까지 마무리된 후, 아버지는 이 집에서 우리 삼 형제의 결혼식을 치르는 것이 오랜 꿈이었다고 했다. 이제는 모두 이루었노라 하며. 덕분에 우리 가족 모두 이 세상의 그 어떤 가족보다 더 아름다운 추억을 쌓을 수 있었다. 이제 우리 집은 다른 용도로서의 쓰임을 고민하고 있다. 더 많은 사람에게 멋진 추억을 선사하고자 하며.

지금 생각해 보면 '우리 집'과 '부모님의 사랑'은 같은 말이었다. 열심히 피땀 흘려 버신 돈으로 온 가족이 따뜻하게 지낼 수 있는 집을 장만했다.

우리들의 사진으로 집안 곳곳을 채우고 우리가 좋아할 것들을 고민하며 마음을 담아 꾸몄다. 새벽부터 '송송송송, 탁탁탁탁' 늘 정성으로 한 상 가득 차려주시고 너저분한 방을 밤낮으로 깨끗하게 정리했다. 그뿐만이 아니다. 혹여나 밖에서 미움받을까, 올바른 예의와 매너를 알려주시기 위해서 항상 노력했다. 그렇게 자식들을 향한 크나큰 마음으로 누구도 해칠 수 없는 높고 튼튼한 울타리를 만들었다. 우리는 그 안에서 사랑으로 성장했지만 가끔은 버거워 원망하기도, 뛰쳐나가기도 했다. 그럼에도 불구하고 사회에서 받은 시련과 상처들로 엉망진창이 되어 돌아오자 두 팔로 꼭 안아주었다. 그 큰 울타리 안으로, 집 안의 가장 따뜻한 곳으로 자리를 내어주었다. 우리는 알고 있다. 자식들의 나이는 부모님께 전혀 중요하지 않다는 것을. 우리는 나이가 들어서도 '부모님의 품'이라는 울타리 안에서 살아갈 것이다. 결혼하고, 가정을 꾸려나가고 있음에도 늘 '우리 집'을 그리워하고 사랑하는 이유다.

얼마 전 우리 부부는 새로운 집으로 이사를 했다. 지금은 둘만의 공간이지만, 머지않아 아이와 함께하게 될 곳. 우리는 아이에게 이곳을 따뜻한 사랑과 추억이 가득한 공간으로 만들어 줄 수 있을까. 힘들고 어려울 때 가장 먼저 떠오르는 안식처가 되어줄 수 있을까. 밀양집처럼 나의 아이에게도 이 집이 언제나 돌아올 수 있는 곳이 되었으면 좋겠다. 두려움과 설렘 사이, 오늘 밤도 긴긴 대화를 나누다 잠이 든다.

집, 비우고 채우고 담다
박서연

잠이 없어지는 나이가 된 것 같다. 새벽 6시, 알람이 울리기 전에 눈이 먼저 떠졌다. 거실로 나와 창밖을 바라보니 며칠 전 아침보다 더 어둡고 캄캄하다. 반소매 옷을 입다가 어제는 얇은 패딩을 꺼내 입었다. 갑자기 추워진 날씨 때문일까. 감기가 오려는지 으슬으슬 추워서 보일러를 켜고 잤다. 난방을 하고 잔 덕분에 집안은 포근하고 아늑하지만, 계절이 바뀌고 있다고 생각하니 왠지 모를 쓸쓸한 마음이 든다. 머그잔에 미온수 한 컵이 담기는 동안 거실 창을 열었다. 쌉싸래한 낙엽 냄새가 바람을 타고 들어온다. 좋아하는 냄새다. 눈을 감고 숨을 들이마시니 가을이 스며드는 평온한 아침이다.

따뜻한 물을 한 잔 마시고, 가족을 위해 간단한 아침 식사를 준비한다. 볼을 두 개 꺼내 플레인 요거트를 듬뿍 담고, 키위와 오렌지를 씻고 잘라 그 위에 올렸다. 견과류 한 줌과 달콤한 꿀을 뿌려두고, 텀블러에 아이가 가져갈 물을 담았다. 내가 운동하며 마실 에너지 음료에 얼음을 가득 넣으면 준비 완료다. 따뜻한 물을 마시면 조금만 움직여도 몸에 열이 나고 한결 가벼워진다. 집을 나서기 전, 폼 롤러로 가볍게 스트레칭을 하고 6시 35분이 되면 수영 가방을 메고 현관문을 나선다.

운동을 마치고 고요하고 평화로운 공간, 집에 돌아왔다. 운동을 하고 얻은 상쾌한 기분은 딸아이 방을 보는 순간, 잠시 멈춘다. 전원이 켜져 있는 고데기와 옷가지들을 보니 다급하게 나간 아이의 모습이 그려졌다. 고데기 전원을 끄고, 블라인드를 올린 다음 창문을 활짝 열고는 그대로 방에서 나와 방문을 닫았다. 아이의 영역을 존중해 주고 내 기분도 지키는 방법을 선택하며 다시 평정심을 찾았다. 환기를 위해 창을 열고 베란다로 나가 젖은 수영복과 용품들을 정리한다. 옆에는 작은 씨앗이 발아해 3일 만에 싹을 틔우고, 두 달이 지난 지금 싱그러운 초록 잎으로 가득한 루꼴라 화분이 있다. 겉흙이 마르지 않도록 관리해야 한다니 매일 물을 주고 살피며 햇빛 샤워 듬뿍 받으라고 요리조리 옮겨 보기도 한다. 햇빛을 받아 나날이 선명해지는 초록 잎을 바라볼 때면 입가에 미소가 번지고 마음이 편안해진다.

이불 모서리를 잡고 창 쪽으로 털어 먼지를 날려 보냈다. 베개와 이불을 침대 위에 가지런히 정리하고 빠르게 청소기를 돌렸다. 주방으로 나와 커피 머신을 켜고 찬장을 열어 킨토 유리잔을 꺼냈다. 이 잔에 커피를 마실 때, 이 잔에 내가 스미기를, 담기기를 바란다. 얇고 가벼운 내열 유리컵으로 살짝만 닿아도 툭 깨질 듯 약해 보이지만 4년째 쓸 만큼 강한 것이 마음에 든다. 입술이 포개지며 잔에 닿는 느낌은 부드럽고 우아하며, 손에 쥐었을 때는 편안한 안정감을 준다. 평범한 디자인 같지만 한 끗 차이로 단정하고 단아하며, 무엇이 담겨도 어울리고 예뻐 보인다. 세심한 이 잔처럼 내 안에 담긴 것들이 수수한 아름다움으로 드러나면 좋겠다. 얼음을 가득 담아 오트밀 우유를 붓고 과테말라 캡슐을 넣어 추출 버튼을 누른다. 커피가 내려오며 고소한 향이 주방에 스르르 퍼지면 행복해지는 시간이다. 커피에

실론 시나몬 가루를 뿌려 나만의 시그니처 커피를 완성한다. 좋아하는 것들로 채워진 집에서 오롯이 보내는 시간. 편안한 옷을 입고 책 한 권을 펼쳐두고 마시는 커피는 힐링 그 이상의 치유의 시간을 선물해 준다.

 전에 살던 집은 오후가 되면 활기가 넘치는 놀이터와 계절마다 다른 나무를 볼 수 있는 저층의 집이었다. 아이의 등굣길과 하교 후에 놀이터에서 노는 모습까지 소파에 앉아 지켜볼 수 있는 집이었다. 하지만 남향임에도 불구하고 앞 동에 가려져 해가 들어오는 시간이 짧았다. 큰 집이었는데도 어둡고 답답하게 느껴졌던 건 월넛 톤의 인테리어와 가구도 한몫했다. 환한 해가 집안을 밝혀야 하는 시간에도 어두웠던 집은 기분을 축 늘어지게 했고, 밝은 에너지를 받기 위해 밖으로 나가는 날이 많았다. 아이는 지금도 그 집을 최고의 집으로 꼽고 나 역시 그렇지만 낮에 혼자 있는 시간이 즐겁지 않은 집이었다. 3년 전, 아침 해가 거실을 넘어 식탁까지 깊이 들어오는 집으로 이사했다. 화이트와 우드 톤의 따스한 무드가 마음에 드는 집이다. 부피가 크고 어둡던 월넛 톤의 가구들을 모두 정리하고 옷과 매트리스, 살림살이만 가지고 가볍게 이사했다.
 머물수록 좋은 생각과 컨디션으로 채워지고 안정감이 드는 편안한 집을 생각하니 비움이 떠올랐다. 가전과 가구를 빌트인으로 설치하고, 공간을 최대한 비우기로 했다. 비싸게 샀다는 이유로 쉽게 버리지 못한 수년간 입지 않은 옷, CD플레이어, 밥솥, 에어프라이어 같은 잘 사용하지 않는 물건들을 버렸다. 버리는 것은 마음을 비우는 것처럼 쉽지 않아서 쓰레기통에 넣었다가 다시 가져오기도 했다. 하지만 미련을 버리고 과감히 버렸을 때의 후련함은 통쾌하기까지 했다. 마음의 짐이 됐던 것들을 정리했기 때문일까. 오히려 비운 곳에서 더 단순하고 여유로우며 편안했다. 비워 낸 공간만큼 마음의 공간이 넉넉해졌다. 끄적끄적 글을 쓰기도 하고, 책을 읽으며 소소한 일상에 감사와 행복을 느낀다. 정리를 한 후에는 물건을 살 때 디자인과 기능, 가격에 앞서 꼭 필요한 물건인지를 더 신중하게 생각하게 된다. 고민하고 고른 컵과 접시, 노트와 볼펜 같은 물건들은 사용할 때마다 잔잔한 기쁨을 주고 애정을 갖게 한다. 작은 물건에도 소유한 사람의 가치관과 취향이 드러나듯, 집은 그 사람 자체를 드러낸다. '나를 담은 가장 큰 그릇'이 아닐까.

나른한 주말, 카페에 앉아 신유진 작가의 『사랑을 연습한 시간』을 읽다가 남편에게 물었다.

"자기는 집이 뭐라고 생각해?"

"온전히 쉬는 곳이지, 제일 편안한 안식처."

"나도 그래. 우리 가족이 편안하고 행복하게 함께 하는 곳이 집이지."

작가의 남편은 '당신이 있는 곳'이라 하던데. 비슷한 말이 나올 거라 기대한 걸까? 바라던 대답은 아니었지만, 원하는 답은 맞았다.

고단했던 하루를 마치고 집에 돌아와 그날의 이야기를 두런두런 나누며 저녁을 먹는다. 정성 들여 차린 밥상에 쌍따봉을 날려주고 따뜻한 말과 시선으로 서로를 어루만지는 시간 속에서 행복을 느낀다. 이제야 비로소 가장 행복한 순간은 가족과 함께하는 시간이고 그 시간은 온전히 휴식하고 마음껏 나다울 수 있는 집이라는 공간에서 채워진다는 것을 깨달았다. 나를 가치 있게 만드는 것들로 가득한 집은 내가 존재해야 하는 이유로, 행복해야 할 이유로 가득하다.

당신의 집에는 무엇이 담겨 있나요?

　　마흔, 여자의 공간

5

사는 집, 사는 집 Home to buy, Home to live
신유진

"What's your dream?"

"I want to be a good mother and a good wife."

대학 다닐 때 새벽에 영어 회화 학원을 오래 다녔다. 매월 첫 수업 시간, 옆에 있는 사람과 짝을 지어 영어로 묻고 답하기를 했다. 초급회화반 수강생들 실력은 거기서 거기, 짧게 묻고 짧게 답하는 게 전부였다. 그럴 때 빠지지 않고 나오는 질문이 '너의 꿈은 뭐니?'였다. 한결같이 '현모양처'라 대답했다. 더 멋들어진 영어 표현이 있는지는 모르겠지만 good mother/ good wife로 표현했다. 현모양처는 '전업주부'라는 의미로 한 말이었다. 만족하지 못한 대학, 적성에 맞지 않는 전공으로 방황했던 시절 우스갯소리처럼 한 말에 점점 세뇌되었다. 나는 나를 과소평가했다. 아니, 너무 과대평가했던 걸까. 결혼해서 돈을 벌지 않고 우아하게 남편 뒷바라지하며 아이를 키우는 특권은 아무에게나 주어지는 게 아니었다. 전제조건이 있어야 했다. 바로 집이다.

소파에 앉아 '네, 청담동입니다.'라고 말하며 전화 받는, 드라마에서 본 으리으리한 집까지는 아니어도 최소한 대출 없는 전셋집이 있어야 했다. 깨끗한 아파트에서 신혼살림을 시작하고 싶어 회사 다니며 착실하게 모은 돈까지 보탰지만, 전세자금 대출을 받아야 했었다. 그때 은행의 도움은 시작에 불과했다. 전셋집에서 4년을 살고 그 후 내 집을 장만하고, 또 평수를 늘려 갈 때 빌린 대출금 때문에 회사를 그만둘 수 없었다.

대출금은 아직 남았지만 25년 회사 생활을 정리했다. 대학 때 꿈꾸던 꿈을 이제 이룬 걸까. 낯설기만 한 평일의 시간이다. 모두가 빠져나간 자리 아들 방에 들어가 창문을 열고 침대 이불을 정리한다. 제멋대로 벗어 던져진 잠옷을 제자리에 넣고 여기저기 올려져 있는 컵을 걷어다 싱크대 설거지통에 빠트린다. 청소기 소음이 싫어 부직포 밀대로 촘촘하게 밀고 다녔다. 빨래를 개키고 각자의 서랍에 넣어둔다. 남겨진 집안일에 울화가 치밀기도 하지만, 정돈된 집이 주는 안정감은 지금 내가 줄 수 있는 사랑이라고 생각한다. 이 집안에 혼자뿐인 여자, 나의 여성성을 불어 넣는다. 아무도 관심 없을지라도 화장실에 식물을 올려놓고, 식탁에 꽃을 꽂는다. 햇살이 거실 깊숙이 들어오고, 살랑살랑 바람에 날리는 시폰 커튼을 보며 행복이란 지금 이 순간일 거라는 생각이 들었다. 소파에 기대었다가 따뜻한 햇볕에 스르르 잠들었다. 잠시였지만 달콤했다. 강 건너 롯데타워가 보였다. 집을 볼 때 가장 중요하게 생각했던 것은 높은 층의 '뻥 뷰'였다. 사생활 침해 없는 탁 트인 전망, 리모델링으로 새하얗고 깨끗한, 꿈꾸던 집에 살고 있다. 창가에 앉아 자연광의 따뜻함을 느끼다 보면 마음속에 있던 화가 누그러든다. 비워진 공간에서 욕심도 비운다. 출근하지 않은 평일 낮시간에 감탄하며 평온한 시간에 감사했다. 그러다 문득, '겨우 이거일까?' 한숨이 나왔다. '겨우'라고 말한 건 강남 아파트가 아니라서 나온 말이 아니다. 경기도에 집을 마련했기에 서울 시내까지 출퇴근 시간으로 왕복 3시간 이상을 할애했다. 겨울에는 캄캄한 새벽에 나서야 했고, 일주일 이상 휴가를 써

본 적도 없었다. 정규업무시간과 맞먹는 초과근무를 할 때도 있었다. 겨우 집 하나 때문만은 아니었겠지만, 청춘을 고스란히 갈아 넣어 이것과 바꾸었나. 집을 소유하기 위해 잃어버린 것은 무엇일까. 굳이 그렇게 애쓰지 않았어도 살아졌을 텐데, 햇살 들어오는 집 창가의 행복을 얻기 위해 너무 큰 대가를 지급한 건 아닌지. 따뜻한 집에서 차 한잔 마시며 드는 생각이었다.

"이렇게 해서 좋은 대학 갈 수 있겠어?"
아이와 공부 문제로 다투었다. 싸우다 보면 집을 나가고 싶어진다. 그래봤자 도서관 아니면 카페지만, 가방에 책 몇 권 들고나왔다. 큰 숨 한번 내쉬었다. 아이가 좋은 대학을 가고 좋은 직장으로 이어져 결국 좋은 집에 살기를 바라는 마음에서 언성을 높였다. 좋은 집이 대체 뭔지. 지금처럼 티격태격 싸우고 감정이 상하는 곳은 아닐 텐데. 마음이 편치 않고 속상했다. 현모양처를 꿈꾸었던 대학 시절 마음대로 해석했던 전업주부가 된 지금 좋은 엄마, 좋은 아내가 되었는지. 집이라는 공간을 마련하기 위해 엄마의 자리 아내의 자리에서 놓친 건 무얼까. 심란한 마음 달래며 책을 읽고 있는 동안 카톡방에 메시지가 쌓였다. 아들 유치원 때부터 알고 지내던 엄마들이다. 이제 나의 친구가 되어버린 정임 언니, 현숙이, 희숙이, 제란이. 그 방에서 유일하게 언니라고 부를 수 있는 정임 언니가 무 잔뜩 썰어 넣은 어묵탕 사진을 올렸다.
"날씨가 추워졌어. 무 넣어 육수만 끓여놨다가 애들 오면 어묵 넣어서 뜨끈하게 한 그릇 줘."
겨울이 시작되면 밤과 고구마를 살 수 있는 곳을 알려주고, 봄이면 토마토 농장에 다녀와 나눠줬다. 철마다 제철 음식으로 아이들 먹거리 만들어

레시피를 공유해줬다. 흘려보냈던 지난날의 대화들이 한꺼번에 와 닿았다. 어렴풋이 알 것 같았다. 놓치고 산 것이 무엇인지. 집은 따뜻하게 받아주는 가족이 있는 곳이다.

> **"부모의 보살핌이나 사랑이 결코 무게로 그들에게 느껴지지 않기를, 집이, 부모의 슬하가, 세상에서 가장 편하고 마음 놓이는 곳이기를 바랄 뿐이다."**

아들의 생일이면 꺼내 읽는 박완서 작가의 『모래알만 한 진실이라도』의 한 문장이 떠올랐다. 잊지 말아야지. 제자리에서 맴돌고 있는 느낌이다. 좋은 엄마와 좋은 아빠가 있는 좋은 집의 '좋은'은 어떤 기준인지. 터덜터덜 걸으며 저 멀리 보이는 집을 바라보았다. 커다란 건물의 한 점, 저 집이라는 물건을 소유하기 위해 참 많이 애썼다. 다시 집이다. 싸우는 날도 있지만 언제나 돌아오는 곳은 집이다. 햇볕 들어오는 창가에 서서 온몸으로 따뜻함을 느껴본다. 몸으로 느껴지는 지금의 온기가 있는 곳, 내가 있고 남편이 있고 아이가 있는 곳. 내 집이 아닌 우리 집이라 부르는 우리 집. 이 안의 '삶'이 더 중요함을 깨닫는다.

김장하고 남은 무를 이모네 농장에서 가지고 왔다. 신문지에 둘둘 말아 냉장고 깊숙이 넣어 둔 무의 존재를 정임 언니의 톡으로 알아차렸다. 멸치 육수 내고 무 잔뜩 넣어 어묵탕을 끓였다. 추운 겨울 패딩도 걸치지 않고 얇은 후드티만 입고 학교 다녀온 아들 녀석에게 간식으로 내주었다.
"우동 사리 넣어줘."

군말 없이 우동 끓여 대령했다. 이렇게 한다고 갑자기 현모양처가 되지는 않는다. 지금까지 사야 할 집(Home to buy)을 위해 노력하고 살았다면 이제 사는 집(Home to live)에 조금 더 정성을 기울일 뿐. '현모양처'는 더는 내 꿈이 아니다. 싸움의 시작은 언제나 '좋은'이라는 단어에 있었다. '좋은'이라는 단어에 '더 좋은'이라는 뜻이 숨어 있기라도 한 듯 남보다 더 좋은 대학, 더 좋은 집을 추구했다. 모호하고 기준 없는 좋은 엄마, 좋은 집, 좋은 대학으로 나를 못살게 굴지 않으려 한다. 집이 세상에서 가장 편하고 마음 놓이는 곳이기를 바라며 오늘 따끈한 우동 한 그릇 만들 뿐이다.

6

거실에 작업실을 짓다

이수연

아침부터 잔뜩 흐린 하늘에서는 금방이라도 비가 쏟아질 것 같다. 이런 날에는 따뜻한 글을 읽고 싶어서 이슬아 작가의 『부지런한 사랑』을 꺼내 펼친다. 글방 아이들이 써낸 솔직하고 생생한 글을 읽다 보면 어느새 웃음이 나온다. 침대엔 이불이 아무렇게나 펼쳐져 있고 싱크대에는 설거지할 그릇이 쌓여있지만 모른 척한다. 지금은 오롯이 나만을 위한 시간이기에. 거실의 큰 창 앞에 놓인 책상에 앉으면 눈에 들어오는 건 창밖 풍경뿐이다. 저 멀리 야트막한 산이 펼쳐져 있고 소박한 시골집과 초록에서 황금색으로 변하는 논, 우윳빛 비닐하우스가 보인다. 여기에 앉으면 집이라는 현실의 공간은 사라지고 읽고 쓰는 '작업실'만 남는다. 하루 중 이 시간을 가장 기다리고 이 자리를 제일 좋아한다. 내 공간에 대한 간절한 기억은 아주 오래전으로 거슬러 올라간다.

초등학교 4학년이 되어서야 처음으로 내 방을 갖게 되었다. 정확하게는 여동생과 같이 쓰는 방이었다. 어쨌든 그곳에서는 텔레비전 소리에 방해받지 않고 듣고 싶은 음악을 들을 수 있었고 엄마, 아빠가 잠든 밤에도 자유롭게 책을 읽고 시간을 보낼 수 있었다. 동생은 방이 생긴 뒤로 자주 친구들을 집으로 데리고 왔는데 그때마다 나는 방을 내주어야 했다. 물론 곱게 나갈 리 없었다. 눈총을 주며 조금만 있다가 빨리 가라고 늘 닦달했다. 불편함의 절정은 동생의 연애와 함께 찾아왔다. 밤마다 동생은 이불을 뒤집어쓰고 남자 친구와 사랑의 대화를 속삭였다. 그 소리는 공부하느라 책상 앞에 앉은 내 신경을 건드렸고 결국 참지 못하고 소리를 질렀다.

"아, 시끄러워! 지금이 몇 신데 통화야! 전화 끊고 잠이나 자라고!"

막내가 군대에 가면서 온전한 내 방을 갖게 되었다. 매일 밤 11시가 넘으면 라디오를 켰다. 주파수 107.7을 맞추고 누워서 책을 읽다 보면 깊은 밤 위로를 건네는 다정한 피아노곡과 친근한 달콤 디제이의 목소리가 들렸다. 〈정지영의 스위트 뮤직박스〉는 당시 하루를 마감하는 친구 같은 존재였다. 머리맡에는 어느새 반려견 르미가 와서 동그랗게 몸을 말고 있었다. 음악을 듣고 글을 읽다가 스르르 잠드는 그 순간이 너무 좋았다. 아쉽게도 행복은 그리 길지 않았다. 혼자만의 공간에 도취해 있던 내가 나서서 룸메이트를 구했으니까. 서른둘의 나는 평생 함께 방을 쓰고 싶은 사람을 만났다.

결혼하고 이듬해에 아이가 태어났다. 동시에 집에 있는 사람이 되었다. 아기를 돌보는 전업주부였던 나에게 집은 곧 일터였다. 직장에 하루 종일 있고 싶은 사람이 없는 것처럼 나는 늘 밖으로 나돌았다. 집을 벗어난 시간만이 자유롭다고 느끼며 그 시절을 보냈다. 이따금 '이렇게 살아도 괜찮은 걸까'라는 물음이 가슴속에서 올라오는 때가 있었지만 바쁘게 아이들을 따라다니고 집안일을 하다 보면 금방 잊었다. 그렇게 두 아이를 키우고 몇 번의 이사를 하고 집안의 대소사를 치르다 보니 어느새 40대 한가운데에 덩그러니 있었다.

뭔가 시작해 보고 싶어서 평생교육원을 기웃거렸다. 영상 편집 수업과 심리상담사 수업을 들었고 독서 모임에도 참여했다. 마음의 소리에 귀를 기울였다. 해야 하는 일은 조금 미루고, 하고 싶은 일을 과감히 시작했다. 미술관 도슨트 투어를 위해 온전히 하루를 들였다. 친구를 만나러 혼자 서울에 다녀왔고 주기적으로 카페에서 글을 쓰며 시간을 보냈다. 방학을 맞은 아이들과 22일 제주살이를 했는데 어느 날은 아무것도 하지 않고 그저 물 흐르듯 잔잔하게 보냈다. 제주에 있는 동안엔 밥하고 청소하는 대신 매일 제주의 일상을 기록했다. 내 욕구에 충실해지면서 결혼하고 처음으로 자유를 느꼈다. 그런데 이상하게도 집에 오면 그 자유가 연기처럼 사라져 버렸다. 마치 우리 집 현관문을 통과하지 못하는 마법에라도 걸린 듯이, 자유는 집 밖에서만 살아났다.

문득 작업실을 갖고 싶다는 열망이 올라온 건 5월이었다. 도서관 글쓰기 수업을 신청해 매주 글을 한 편씩 내야 했는데 도통 집에서는 집중이 되지 않았다. '작업실이 있다면 글이 술술 써질 텐데'라는 엉뚱한 생각이 들었다. 5만 원으로 주방 옆 베란다에 조립식 마루를 깔고 작업실로 꾸몄다. 생각보다 아늑한 공간이 되었지만, 물 내려가는 관에서 쿰쿰한 냄새가 올라왔다. 마루를 깐 수고가 아까웠지만 순순히 실패를 인정했다. 두 번째 시도는 주방 팬트리였다. 원래 김치냉장고 자리였는데 아이들 장난감을 보관하는 공간으로 쓰고 있었다. 짐을 싹 빼고 그 자리에 작은 책상과 스탠드를 넣어 콧구멍만 한 작업실을 만들었다. 전구색 스탠드를 켜고 작은 책상 앞에 앉으면 꽤 아늑했다. 금방 여름이 되었는데 유난히 그해 여름은 길고 무더웠다. 아담한 팬트리 작업실은 덥고 답답한 공간으로 전락했고 작은 책상에는 먼지가 쌓였다.

모처럼 대청소를 하기 위해 거실 가운데 있던 책상을 벽으로 밀어놓은 날이었다. 책상은 가족 네 명이 앉아도 충분할 만큼 커다랬지만, 늘 아이들의 책이나 장난감으로 어수선했다. 하얀 벽과 맞닿은 책상은 차분한 독서실 분위기가 났다. 벽 대신 거실 창 앞으로 붙인다면 전망이 탁 트인 카페 같지 않을까. 바로 창가로 옮기고 카페 테이블처럼 물건들을 모두 치운 다음 책상 앞에 앉았다. 짙은 초록의 산과 코발트색 하늘, 또렷한 경계를 가진 뭉게구름이 보이는 그 자리는 세 번째 작업실이 되었다.

아침에 눈을 뜨면 세수도 하지 않고 바로 거실 창 앞 작업실로 향한다. 식탁 위엔 지난밤에 쓴 컵이 그대로 나와 있고 거실 바닥에는 아이들의 책과 장난감이 흩어져 있지만 못 본 척 지나친다. 창에 드리운 커튼으로 쏟아지는 아침 햇살이 환하다. 책상 위 테이블야자에 눈길을 준다. 작고 여린 잎이 돋아 있다. 아끼는 오로라 유리컵에 꽂아둔 색연필 중 하나를 골라 어젯밤에 읽다가 덮은 『존재의 세 가지 거짓말』을 다시 펼친다. 묵직한 이야기들이 담긴 책장을 넘기다가 기억하고 싶은 문장을 만나면 색연필로 글자에 색을 칠한다. 거실 작업실에 앉으면 언제라도 책을 읽고 글을 쓸 수 있다. 책상을 창 앞으로 배치해서 거실을 등지고 있을 뿐인데 독립된 공간이 되었다. 집안 살림들이 보이지 않으니, 집에서도 자유롭다. 이제 나에게 집은 안락하고 쉴 수 있으며 몰입할 수 있는 공간이다.

광화문 교보문고 앞에는 이런 문구가 적힌 표지석이 있다. '사람은 책을 만들고 책은 사람을 만든다'. 작업실에 앉아 이 말을 떠올려본다. '사람은 공간을 만들고 공간은 사람을 만든다'. 이제 이곳에서 삶과 이야기가 시작될 것이다.

7

'집멍'으로 들여다보다
이주연

"나아가지 않고 머물러도 괜찮습니다. 마음을 가라앉히고 조용히 자신과 대화를 시작해 보세요."

요가 수련장에서 강사는 이 말을 자주 했다. 나를 가만히 들여다보라고, 그러면 평온해질 것이라고.

코로나19 확산으로 일상생활이 정지되자 가슴이 답답했다. 하루에도 몇 번씩 베란다 창문 밖으로 고개를 빼꼼하게 내밀어 바깥 공기를 마셨다. 인적 드문 횡한 거리와 텅 빈 놀이터는 답답한 숨통을 틔우는 데 별 효과가 없었다. 사람들과 어울리고 그 안에서 나의 존재를 확인하려 했던 생활이 갑자기 멈춰버렸으니 그럴 만도 했다. 게다가 남편은 지방발령으로 근무지를 옮겨 주말에만 집으로 돌아왔고 아이는 고3이 되어 학교와 독서실에서 시간을 보냈다. 바깥 활동은 고사하고 가족과 함께 보내는 시간까지 줄어드니 머릿속에는 걱정거리만 꼬리에 꼬리를 물었다. 코앞에 닥친 아이 대학입시와 나에게 다가올 아득한 미래. 온종일 머리가 지끈거렸다. 하루를 무탈하게 보내려면 몸과 마음을 정리할 필요가 있었다.

혼자 있는 고독한 시간이 지속되자 이것도 꽤 괜찮다고 느낀 건 의외였다. 내 의지와 상관없는 시간이 오히려 기회였다. 불안함과 초조함으로 뒤엉킨 마음을 고요한 곳으로 데려다 놓는 연습을 시작했다. '집멍'이었다. '집멍'이 대화이고 명상이었다. 요즘 유행하는 '불멍', 숲멍', '물멍'이 왜 사람들에게 휴식을 주는지 어렴풋이 이해되었다. '집멍'으로 익숙한 공간에 앉아 집안 풍경을 가만히 바라봤다. 어수선한 마음이 무엇으로 인한 것인지, 원하는 삶의 모습은 어떠한 것인지 생각했다.

이른 아침 빠르게 청소기를 돌리고 설거지를 한다. 세탁기 돌아가는 소리가 나면 거슬리니 빨래도 미리 돌려 둔다. 싱크대, 식탁, 거실 장식장 등 시선이 가는 곳들은 아무것도 놓여 있지 않게 깨끗이 정리한다. 음악도 TV 소리도 들리지 않는 조용하고 정갈한 집의 상태를 만들었다. 재택업무를 마치면 따뜻한 차 한잔을 내려 거실 소파에 앉았다. 베란다 밖 해가 지는 풍경을 바라보고, 창밖이 어두워지면 간단하게 식사했다. 요가를 하고 늦은 밤까지 책을 읽었다. 여백 많고 지루한 생활이 어색하지도, 답답하지도 않았다. 괜찮았다. 그건 마음이 평온해지기 시작했기 때문이었다. 별것 아닌 하루가, 혼자만의 조용한 시간이 가진 힘이었다.

어린 시절부터 조용한 공간에서 책을 읽고 무언가를 하는, 나만의 시간을 무의식적으로 꿈꿔왔던 것 같다. 차가운 바람이 부는 늦가을 대학 교양 과목 수업 시간. '15년 후의 나의 모습'이라는 짧은 글쓰기가 과제였다. 교수는 제출한 과제를 훑어본 후 나를 지목했다.

"작성한 글 내용을 이야기하고 그렇게 쓴 이유를 발표해 보세요."

"15년 후 30대 중반쯤의 저는, 아이가 잠든…, 그러니까…, 아무도 나에게 말을 걸지 않는 조용한 밤, 혼자만의 공간에 앉아 책을 읽고 무언가를 쓰고 있습니다. 쓰고 있는 것이 무엇인지는 모르겠지만 조용한 공간에서 오로지 저만의 시간을 누리며 그 순간을 즐기고, 행복해하고 있습니다."

과제 주제 의도 보다는 생각나는 대로 분량을 채웠던 나는 애써 당혹감을 감추고 발표했다. 교수는 칭찬인지 조언인지 분간할 수 없는 애매한 말투로 말했다.

"본인이 이루고자 하는 모습을 작성한 것이 아니네요. 결혼해서 아이가 있다면 성장하는 아이의 모습과 그 아이를 보면서 행복해하는 엄마의 모습을 그렸어도 좋았을 텐데요."

아이를 위해 헌신하는 이상적인 부모의 모습이 아닌, 아이가 잠든 조용한 시간을 즐기며 자신의 행복을 찾고 있는 엄마라는 내용이 독특하다고 했다. 다른 학생들이 제출한 과제는 본인이 희망하는 꿈을 이루었거나 성공한 중년의 프로페셔널한 모습 등을 묘사하였던 모양이다. 교수의 의견에 동의할 수 없었다. 육아가 귀찮고 피곤해서 아이가 잠든 조용한 시간을 기다렸다고 생각한 건가? 아이 키우고 살림하면서도 나를 위한 시간을 꼭 가지고 싶었을 뿐인데?

글쓰기 과제로 작성했던 '15년 후의 나'의 모습을 직접 확인할 수 있는 30대 중반이 되었을 때, 나는 한 아이의 엄마이자 회사 생활 10년 차를 넘긴 직장인이었다. 친정 부모님의 도움이 있었지만, 육아와 직장생활을 병행하기 녹록지 않았다. 아이와 함께하는 시간이 부족할까 봐 수시로 조바심을 냈고 회사 생활 또한 잘 해내고 싶어 꾸역꾸역 애를 썼다. 아이가 잠들어야 엄마도 쉴 수 있는 유일한 시간이 생기는 것이 맞았다. 하지만 그 시간에 나만의 공간에서 조용히 책을 읽고 무언가를 쓰기보다 TV 시청이나 밀린 잠을 더 자는 쪽을 선택했다.

그때 생각했던 '조용히 나를 위한 시간 가지기'는 15년 후가 아니라 25년이 훌쩍 넘어서야, 내 의지와 상관없이 가능해졌다. 비로소 내 마음을 볼 수 있는 시간이 생겼다.

불교 전통에서 시작된 '위빠사나'라는 명상법이 있다. 조용한 방에 앉아 눈을 감고 호흡에 집중하면서 자신을 바라보는 명상이다. 일상에서 마주하는 수많은 감정과 생각을 그대로 받아들이고, 몸과 마음에 일어나는 변화를 관찰하여 내면의 평화를 찾는 것이다. 조용한 거실에서 창밖을 바라보며 편하게 앉는다. 턱을 몸쪽으로 당겨 깊은숨을 들이쉬고 내쉬어본다. 요가 수련장에서 흘려들었던 요가 강사의 말을 생각한다. 주눅 든 마음, 조급한 마음은 잊고 오늘의 나를 바라보는 노력을 해본다. 고요한 '집멍'은 '위빠사나' 명상이었다. 먼 곳으로 떠나거나 다른 사람에게 나를 알아달라며 확인하지 않아도 되었다. 그저 매일의 일상을 잘 만들어가면 그게 앞으로 나아가는 것임을 이제야 깨닫는다.

모든 일상이 팬데믹 이전으로 되돌아간 2024년 초. 아이는 대학 신입생이 되었고 남편은 다시 서울로 돌아왔다. 나도 회사 사무실에서 근무한다. 이제 집에서 혼자 조용한 시간을 보낼 수 있는 공간은 내 책상뿐이다. 하지만 마음을 알아채고 집중하기엔 충분하다. 자신과 마주하는 곳은 어디가 되었든 상관없으므로. 욕심만 앞서 몇 장 읽다 만 책들, 호기롭게 사둔 문장 수집용 노트와 일기장, 필사용 만년필과 HB연필까지 너저분하게 쌓여 있는 좁은 책상이지만 오늘도 '나'와 대화를 나눠 보려 앉는다.

부쩍 책상에 앉아있는 시간이 많은 내 모습을 보고 아이가 말한다.

"엄마 뭐 해? 재택도 아니면서, 퇴근하고 일을 또 하는 거야?"

어젯밤 읽었던 책을 펼치고 접어둔 페이지의 문장들을 노트에 옮겨 적는다. 문장 옆에 내 생각을 소심하게 끄적여 보지만 서툴고 어색하다. 몇 줄 적지도 못했는데 눈꺼풀이 무겁고 뻑뻑하다. 연거푸 하품이 나온다. '15년 후의 나'를 상상해 본다. 그땐 더 많이 읽고, 술술 쓰는 사람이 되었으면 좋겠다. 내 마음을 더 잘 아는 사람이 되었으면 좋겠다.

"내일 출근하려면 얼른 자야지!"

침대에 먼저 누운 남편이 나를 부르는 소리가 들린다.

아무래도 일기는 내일 써야겠다. 모닝 일기도 일기는 일기니까.

8

따뜻한, 가家
이숙희

어린 시절 경상북도 영주시 봉현면 하촌리라는 작은 마을에서 살았다. 누구네 집에 숟가락이 몇 개인지까지 알 만큼 다정했던 동네에서 할아버지와 할머니, 엄마, 아빠 그리고 결혼하지 않은 삼촌 두 분과 고모 한 분과 함께 살았다. 대가족의 첫 아이로 태어나 나를 예뻐하는 어른이 많았고, 계절마다 다른 꽃이 피고 닭과 토끼가 뛰어노는 넓은 마당이 있어 늘 즐거웠다. 우리가 살던 집은 'ㄱ'자 형태의 목조 기와집이었다. 나란히 연결된 세 개의 방 앞에는 긴 툇마루가 이어져 있었고, 오른쪽 아래로는 두 개의 방과 헛간이 더 있었다. 툇마루에서는 가족들이 함께 밥도 먹고 꼬마였던 내가 동생들과 뒹굴고 놀았다. 마당 양옆에는 감나무와 밤나무가 있었고, 분꽃과 맨드라미, 봉숭아 같은 꽃들이 계절마다 예쁘게 피었다. 해 질 무렵이면 집집마다 굴뚝에서 몽글몽글 하얀 연기가 피어올랐다. 저녁을 먹고 나면 동네 언니들과 마당 한 가운데 펼쳐놓은 평상에 누워 밤하늘을 올려다보며 이야기꽃을 피웠다. 봉숭아꽃을 찧어 손톱에 물을 들이면서 언니들이 '그 해 첫눈이 올 때까지 그 빛이 남아있으면 첫사랑이 이뤄진다'라고 했던 말을 나는 꽤 오랫동안 믿었었다. 이제 이뤄질 첫사랑도 없고 당장 어제 일도 기억 못 하지만 봉숭아꽃을 볼 때면 어린 시절 기억이 떠오른다. 겨울이면 집 근처 언덕과 논에서 썰매를 타며 추운 줄도 모르고 뛰어놀았다. 추수가 끝난 논두렁은 얼음 썰매장이 되었고, 눈이 오면 비료 포대에 볏짚을 넣어 만든

눈썰매를 탔다. 기차놀이에 썰매 달리기 시합을 하며 친구들과 깔깔거리던 겨울날의 기억이 아직도 선명하다.

그곳을 떠난 것은 국민학교를 졸업할 무렵이었다. 하촌리에는 중학교가 없었기에 읍내로 가야 했다. 두 시간에 한 번 오는 버스를 타고 30분을 가야 공립 중학교와 사립 중학교가 하나씩 있다. 우리 가족은 읍내로 이사를 했다. 읍내는 하촌리에 비하면 도시처럼 느껴졌다. (지금이야 욕조가 있는 집이 흔하지만) 새로 이사한 아파트엔 욕조가 있는 욕실이 있었고, 매일 뜨거운 물이 콸콸 나오는 것이 마치 신세계 같았다. 이게 우리 집이라니 꿈만 같았다. 그전까지는 일주일에 한 번씩 읍내에 있는 목욕탕으로 온 식구가 출동하거나 마당 한쪽 혹은 부엌 바닥에서 빨간 고무통에 물을 받아 목욕하곤 했으니까. 부모님에게도 그 집은 특별한 의미가 있었다. 십 원 한 푼 없이 분가해 은행의 도움을 받아 어렵게 마련했지만, 결혼 후 마련한 첫 집이었다. 아빠는 빚을 갚느라 팍팍하고 힘들었지만, 우리 가족은 함께 웃는 날이 더 많았다고 이야기하곤 하셨다. 아빠가 이런 이야기를 할 때면 엄마는 늘 그 시절의 한 장면을 떠올리며 덧붙여 하는 말이 있었다. 1992년 가을이었다. 과수원을 운영하는 부모님은 사과를 따서 원주의 시장에 가져가 경매를 보곤 했다. 어느 날, 부모님은 경매 시간에 맞춰가기 위해 새벽부터 밥한 끼 제대로 못 먹고 사과를 땄다. 수확한 사과를 싣고 청과물 시장으로 달려가 경매를 마치고 나니 저녁 먹을 시간이 훌쩍 지났다. 배가 몹시 고팠던 엄마가 말했다.

"종일 쫄쫄 굶었는데 국밥 한 그릇 먹고 가요."

"얼른 집에 가서 애들이랑 삼겹살 구워 먹자."

당시 국밥 한 그릇에 4~5천 원, 삼겹살은 한 근에 3천 원 정도였다. 부모님은 그날 국밥 대신 삼겹살을 사서 우리와 함께 늦은 저녁을 먹었다.

"그날 나는 뱃가죽이 등가죽에 가서 붙는 줄 알았다."

엄마는 그날의 허기와 아빠에 대한 원망을 오랫동안 기억했고, 아주 생생하게 이야기하곤 한다.

시간이 흘러 2018년 5월, 아이가 초등학교 입학하던 해에 부모님이 첫 집을 마련했을 때처럼 나도 은행의 도움을 받아 김포시 마산동에 첫 집을 마련했다. 첫 집을 마련하기까지 우여곡절이 많았다. 당시 남편은 프리랜서로 일하고 있었기에 집을 마련하기 위해 은행의 도움을 받아야 하는 상황을 부담스러워했다.

"돈이 조금 더 모이면 내년에 알아보자."

"그래도 시세는 알아야지."

시세를 알아보기 위해 부동산을 방문할 때마다 내가 집을 마련하는 것에 진심인 것을 못마땅해했다. 부동산 사장님이 매도인과 통화를 하러 나간 사이 남편이 말했다.

"네가 너무 진지하니까 사장님이 열심히 알아보시잖아."

"나 진심인데."

남편은 돈을 조금 더 모아 집을 사자고 했지만, 여러 상황을 고려했을 때 첫 주택 구매자를 대상으로 하는 저금리 대출을 받아 집을 사는 게 낫겠다고 생각했다. 결심이 선 다음 날부터 매일 혼자서 이 동네 저 동네를 탐방하러 다녔다. 내겐 집을 선택하는 중요한 기준이 있다. 누군가와 함께 온기를 나눈 공간을 가슴에 품을 때 분명 인생은 더 풍요로워진다. 내가 어린 시절 따뜻한 집에서 자란 것처럼, 내 아이도 그런 기억이 많았으면 좋겠다. 동네 탐방을 한 지 한 달 가까이 되는 날 마음에 드는 집을 찾았다. 아파트와 단독 주택으로 이뤄진 조용하고 한가로운 동네였다. 그래서인지 동네엔 햇살이 가득했다. 큰 공원과 산이 있어 계절의 변화를 가까이에서 느낄 수 있는 곳이었다. 내겐 너무 정겨운 곳이었다. 초등학교와 중학교가 가까운 것도 마음에 들었다. 이곳이라면 우리 가족이 더 따뜻하고 여유로운 마음으로 삶을 살 수 있을 것 같았다. 그 동네와 집이 너무 욕심이 나서 남편과 상의도 없이 덜컥 계약을 해버렸다. (남편은 분명 조금만 더 기다려 보자고 했을 테니까) 그렇게 우리는 햇살이 따스하고 신록으로 생기가 넘치던 날 이사를 했다. 이사한 다음 날 아침, 새소리에 잠이 깬 아이가 창가 소파에 누워 한동안 바깥 풍경을 바라보더니 말했다.

"엄마 우리 집 정말 좋다."

마산동 첫 집은 여러모로 내게 특별했다. 늘 제자리걸음만 하는 것 같았던 삶에도 조금 변화가 생겼다. 그동안 아이는 초등학교를 졸업했고, 나는 새롭게 일을 시작했다. 하지만 여러 이유로 마산동을 떠나야 했다. 이사를 앞둔 밤, 짐을 정리하다가 집 안 곳곳에 쌓인 추억이 생각나 울다가 웃다가 밤을 지새웠다. 이삿짐이 빠지고 나서도 텅 빈 집을 떠나지 못하고 한참을 서 있었다. 발이 쉽게 떨어지지 않았다. 이곳에서 함께 웃고 울고 싸우고 위로하고 사랑했던 순간들이 차례로 스쳐 갔다. 이제 다시는 올 수 없다는 생각에 왈칵 눈물이 쏟아졌다. 한참을 그렇게 서 있다가 거실부터 방, 주방, 욕실을 둘러보며 마지막 인사를 건넸다.

"안녕~ 그동안 고마웠어."

당부도 잊지 않았다. '새로 이사 오는 사람들도 이곳에서 온기를 느낄 수 있었으면 좋겠어. 잘 부탁해.'

지금껏 더 좋은 삶을 위해 이사를 반복하며 깨달았다. 새로운 공간으로 떠나는 모든 과정이 결국 나를 찾아가는 여정이었다는 것을. 그리고 그 여정 속에서 또 한 번 성장했다. 이제 새로 이사한 집에서 햇살이 부드럽게 들어오는 책상에 앉아 새로운 이야기를 써 내려간다.

9

사춘기의 방, 어둠이 찾아왔어
최은정

"불 좀 켜!"

"도대체 이 어두운 곳에서 뭘 하겠다는 거니?"

"커튼 좀 활짝 열고. 대체 멀쩡한 책상 위 놓고 왜 그렇게 책상 밑으로 내려가는지."

열다섯 살. 원목 책상 하나와 어둠. 사춘기 소녀의 방이다. 특별한 경우가 아니면 방 불을 켜는 일이 거의 없었다. 책을 읽거나 공부할 때는 책상에 연결된 전등을 켤 뿐이었다. 빛은 그것으로 충분했다. 어둠 속에서 평온했고 그 당시 어둠은 나의 친구였다. 내 방에서 제일 좋아했던 공간은 책상 아래였다. 책상 아래 내려가 등을 벽에 기대고 다리를 살짝 구부린 채 책상 서랍 쪽으로 뻗었다. 내 몸에 딱 맞는 공간은 내게 딱 맞는 옷을 입은 것처럼 편안하고 안정된 느낌을 주었다. 그 해는 서태지와 아이들이 혜성처럼 등장한 해였다. 우리 사이에서는 서태지와 아이들 파와 신승훈파로 나뉘었는데 나는 신승훈파였다. 내 마음이 기댈 수 있는 어둠을 찾아 내려가 신승훈의 노래를 듣는 것은 힐링 시간이었다. 펜팔이 유행이었던 시기이기도 했다. 학교에서 연결해 준 필리핀 친구와 영어로 편지를 교환했다. 그 친구의 편지를 읽을 때도 그 친구에게 편지를 쓸 때도 책상 아래 어둠 속이 제일 좋았다. 필리핀 친구는 편지에 자신의 집 뒤에는 다이아몬드 산이 있다는 허무맹랑한 이야기를 하곤 했는데 읽을 때마다 피식 웃음이 났다. 편지를 읽고 눈을 감으면 반짝거리는 다이아몬드 산이 어둠 속에 펼쳐졌다. 반짝거림이 점점 옅어질 때쯤 감고 있던 눈 위로 빛이 쏟아졌다. '딸깍' 소리와 함께 엄마가 문 앞에 서 있었다. 아무 말씀도 없으셨지만 안 그래도 내성적인 아이가 어두운 책상 아래에만 처박혀 있는 모습을 도통 이해하지 못하겠다는 표정이었다. 어린 열다섯 소녀는 본인의 마음이나 그 어떤 변명도 늘어놓지 못한 채 조용히 책상 위로 올라갔다. 그 당시에는 엄마가 어둠이 편한 사춘기 소녀의 마음을 읽어주지 못한다고 생각했었다. 그럴수록 엄마의 눈을 피해 종종 내가 선택한 어둠의 공간, 책상 아래로 내려가곤 했다.

열일곱 살. 가족과 떨어져서 3년간 외할머니댁에 살았던 적이 있다. 아빠의 직업 특성상 자주 전학을 다녀야 했던 상황 때문에 한곳에 정착해 공부에 집중하라는 부모님의 생각이었다.

"자주 전학 다니는 것보다는 할머니 댁에서 고등학교 졸업할 때까지 있는 게 좋겠지?"

엄마는 말했다. 나에게 의견을 물어봤다기보다는 통보에 가까웠다.

"어쩔 수 없지, 뭐. 내려가야지."

나는 자주 전학 다녀도 좋으니, 가족과 같이 살고 싶다는 마음을 속으로 삼킨 채 엄마에게 말했다.

외할머니댁에는 세 개의 방이 있었다. 하나는 안방으로 사용했고 다른 하나는 세를 주셨고 또 다른 하나는 창고로 사용하고 계셨다. 창고 방 물건들을 몇 개 밖으로 옮긴 후 그전에 내가 사용했던 원목 책상 하나를 넣고는 끝. 방이 완성되었다. 책상 옆에는 작은 창문이 하나 있었다. 창문을 열고 밖을 내다보니 얼굴 하나 온전히 창밖으로 내밀 수 없는 좁은 거리에 회색 콘크리트 벽만 보일 뿐이었다. 역할을 하나도 하지 못하는 허울뿐인 창문이었다. 자연 빛이 들어올 공간은 하나도 없었고 천장에 달린 전등 빛은 늘 희미했다. 하교 후 어두운 방에서 대부분의 시간을 보냈다. 열다섯 살 때처럼 굳이 더 어두운 곳을 찾아 책상 아래로 들어갈 필요가 없을 정도로 내 방은 어두웠다. 정서적 허기를 주는 어둠이었다. 나의 의지로 선택한 어둠이 아니었기에 무기력한 생활이 계속되었다. 그러던 중 정서적 허기를 채우기 위해 도서관에서 책을 빌려 읽기 시작했다. 그때 만난 책 친구는 헤르만 헤세의 『데미안』이었다. 책 속 주인공 싱클레어는 열 살 때 고향의 라틴어 학교에서 느꼈던 따뜻하고 안전한 세계에서 벗어난 후 만난 친구 크라머와의 관계에서 극심한 고통을 겪었다. 그런 싱클레어를 보며 안전한 세계였던 부모님 곁을 떠나 저 멀리 깊은 어둠 속에 놓인 나의 모습이 겹쳐 보였다.

> "나는 내 세계, 선하고 행복 근심 없는 삶이 과거가 되어 내게서 멀어져 가는 것을 얼어붙은 마음으로 바라볼 수밖에 없었다."
>
> - 『데미안』, 헤르만 헤세

싱클레어는 자신의 고통을 혼자 감당하려고 물건이나 돈을 훔치기 시작하는데 이상하게 어두운 세계가 싫지만은 않다고 생각했다. 부모님에게 사실을 털어놓지 않는 선택을 하면서 더욱 외로움을 느끼는 싱클레어는 바로 나의 모습이었다. 그러던 중 싱클레어가 데미안을 만나 대화하며 변해 가는 모습을 보았다. 나는 나의 상황을 인정하고 조금씩 받아들이며 자신의 문제는 스스로 해결해야 한다는 것을 깨닫기 시작했다. 어두운 방에서 만난 싱클레어를 통해 어둠을 대하는 태도를 배우게 되었다. 책꽂이에 좋아하는 책들을 진열해 놓고 책상 위에 하얀색 스탠드를 올려놓았다. 작은 컵 안에 들꽃 한 송이도 같이. 어두운 방, 그곳은 시작점이었다. 어른이 되어 가는 시간의 시작점.

"아침에 일어나면 블라인드부터 좀 올리고!"
"숙제하거나 책 볼 때는 방 불 좀 켜고!"

요즘 노안으로 눈이 침침하다. 햇빛이 잘 들어오지 않는 2층에 살다 보니 아침에 일어나면 블라인드부터 올리고 낮에도 거실 불 하나는 켜고 있어야 한다. 1호는 지금 사춘기 시절을 지나고 있다. 주말 아침이면 침대에 한, 두 시간씩 누워 멍하니 천장을 바라보던 1호. 침대에 누워있던 아이는 서서히 책상 아래로 기어들어 가기 시작했다. 방에 불을 켜는 것도 싫어했고 열려있는 방문은 꼭 닫아야만 했다. 1호가 등교를 하고 난 후 1호의 방을 청소하다 보면 먹다 만 간식 부스러기가 책상 아래 가득했다. 그런 아이를 보며 답답하게 책상 아래로 내려가지 말라고 잔소리를 하자 1호가 말했다.
"방 안이 어두운 게 거슬리지 않고 좋은데 왜 자꾸 불을 켜라고 하는지 모르겠어. 책상 아래가 편해."
그제야 어둠을 사랑했던 나의 사춘기 시절이 생각났다. 음악을 듣고 펜팔 친구와 대화하고 숙제하며 간식을 먹었던 나만의 안락한 공간이었던 책상 아래 어둠 말이다. 내가 선택한 어둠 속에서 행복했듯이 1호가 스스로 택한 어둠 속을 인정해 주기로 했다. 그러다 본인의 의지와 상관없는 어둠의 상황을 마주하게 된다면 나의 친구 싱클레어를 소개해 줘야지. 어둠 속한 줄기 빛이었던 싱클레어.

> "새는 알에서 나오려고 투쟁한다. 알은 세계이다. 태어나려는 자는
> 하나의 세계를 깨뜨려야 한다. 새는 신에게 날아간다. 신의 이름은 아
> 브락사스다."
>
> - 『데미안』, 헤르만 헤세

아브락사스는 빛과 어둠의 통합을 상징한다. 어두운 밤하늘에서 반짝이는 별들을 볼 수 있듯이 어둠과 빛은 함께 존재한다. 어둠의 시간이 꼭 암흑은 아니다. 용기 내어 어둠의 시간을 건너가면 그곳에서 소중한 빛을 만나게 된다. 아름다운 기억만으로 어른이 될 수 있을까? 좋은 경험을 하느냐 힘든 경험을 하느냐보다 중요한 것은 경험에 대한 나만의 아름다운 시선을 만드는 것이다.

10

교복, 노안 그리고 '지금'

희경

둘째 아이의 키가 쑥쑥 자라고 있다. 어깨도 벌어지고 수염도 나기 시작했다. 작아졌거나 디자인이 유치해서 입지 않는 옷들을 정리해야 할 때가되었다. 어느 주말, 옷장 정리를 하다가 구석에서 한 번도 입지 않은 아이의 여름 교복 바지와 셔츠를 발견했다. 들춰보니 잠깐 입은 겨울용 교복들도 있었다. 겉옷과 긴 팔 셔츠, 겨울 바지, 카디건, 넥타이 등. 모두 꺼내 바닥에 늘어놓았다. 양이 꽤 많다. 교복 더미를 쳐다보면서 둘째 아이에게 물었다. "너 교복 입을 거야?" "아니!" 단호한 답이 돌아온다. "정말?" "응!" 자기 일에 빠진 아이는 고개도 들지 않았다.

둘째 아이는 중학교 1학년 1학기 이후 학교를 그만두었다. 홈스쿨링을 하는 중이다. 교복이 필요 없다. 하지만 나는 아직 교복을 치우지 않았다. 아니, '치우지 못했다'가 더 맞는 말이겠다. 아이의 단호한 답 앞에서 내 안의무언가가 싹둑 잘려 나갔다.

큰아이도 같은 시기에 중학교를 그만두었고, 고등학교도 가지 않았다. 교복 입고 다니는 동네 아이들을 보면서 생각했었다. '둘째까지 홈스쿨링을 하니, 우리 애들이 교복 입는 일은 없겠구나, 교복 안에 받쳐 입는 하얀티셔츠도 사줘 본 적 없네.' 하고. 수행평가를 도와주거나 봉사점수 챙겨준 적도 없고, 시험 기간이니 공부하라고 잔소리한 적도 없다. 소풍 갈 때 김밥 싸주기, 교복 빨래하기, 지각한다며 아이 깨우기, 상담하러 담임선생님 만나러 가기 등도 하지 않는다. 잡다한 학부모의 역할은 이제 남의 일이 되어버렸다. SNS에 올라온 입학식 소식, 새 학기 준비물 챙기느라 바쁜 엄마들 이야기를 보고서야 이제 개학이구나 한다. 그래도 마음 한구석에는 둘째가 언젠가 다시 학교에 가겠다고 하지 않을까 하는 기대감이 있었나 보다. 그런 마음으로 교복을 남겨두었나 보다.

아이의 교복을 차곡차곡 접었다. 커다란 종이 가방을 교복으로 채우면서 미련, 아쉬움, 기대감, 걱정, 불안도 같이 넣었다. 둘째 아이에게 맞는 치수의 티셔츠 몇 벌을 골랐다. 지금 아이에게 필요한 건 집에서 편안하게 뒹굴 때 입을 옷이니까. 엄마가 골라준 옷을 잘 입어주는 아이가 고맙다.

나이가 들었다는 신호는 눈에서부터 왔다. 언젠가부터 가까운 것을 볼 때면 안경을 벗어야 했다. 근시인데 노안이 오니 불편하다. 지하철에서 책을 읽으려면 안경을 벗어야 하는데, 어느 역쯤 왔는지 확인하려면 안경을 써야 한다. 안경을 머리 위에 올려두는 어르신들을 이해하게 되었다. 집에서는 보통 안경을 쓰지 않고 생활한다. 그러다 보니 종종 안경을 벗어둔 곳이 기억나지 않아 허둥거리게 된다. 안구건조증까지 심해져서 눈이 아프고 따갑다. 안과에서는 아직 돋보기를 사용하지 않아도 된다고 하는데, 눈이 아프니 오랜 취미인 십자수, 퀼트, 자수 등과 멀어지게 되었다.

책임감과 의무감으로 20대를 보내고 30대로 넘어간 즈음, 내가 하고 싶은 것을 해보자 마음먹고 처음 도전한 것이 십자수였다. 십자수라는 작은 취미를 가지는데도 용기가 필요했던 그 시절의 나였다. 매번 스쳐 지나다니던 십자수 가게 앞에 멈춰 섰던 날을 지금도 선명하게 기억한다. 가게 문을 열고 들어선 순간 눈이 휘둥그레졌다. 십자수로 만들어진 작은 소품들, 벽을 채우는 커다란 작품들로 가득 차 있었다. 홀린 듯 바늘, 실, 천, 가위, 도안 등을 샀다. 그날 이후 나는 십자수에 폭 빠졌다. 도안을 따라 실 색깔을 바꿔가면서 천에 난 구멍을 하나하나 메꿨다. 단순한 작업이지만 반복하다 보면 어느새 작품이 완성되었다. 십자수는 나에게 어린 시절 종이를 접어 무언가를 만들고, 서투른 가위질로 종이 인형을 만들던 때의 기쁨을 돌려주었다. 늘어나는 십자수 실을 색깔별로 정리하는 작업은, 어린 시절 크레파스를 색깔 순서대로 정리하며 뿌듯했던 때를 생각나게 했다.

퀼트는 큰아이를 임신했을 때 배웠다. 태교에 좋다며 임산부 전용 퀼트 수업이 유행하던 때였다. 하지만 나에게는 태교보다 바느질하는 행위가 먼저였다. 작은 천 조각을 손바느질로 연결하고, 두툼한 솜을 덧대어 퀼팅을 했다. 작은 바늘로 천과 솜을 한꺼번에 뚫어야 하니 골무를 껴도 손가락이 아팠다. 배가 부른 상태로 종일 자리에 앉아 바느질하니 다리가 퉁퉁 부었다. 그래도 시간만 나면 퀼트를 했다. 엄마가 즐거우니 아이도 즐겁지 않을까 생각하며 쉬지 않았다. 바늘꽂이부터 파우치, 필통, 인형을 만들었고, 급기야 아기 포대기까지 만들었다. 이때 만든 아기 포대기는 두 아이의 신생아 시절 외출을 책임졌고, 파우치와 필통은 지금도 사용하고 있다. 인형은 너덜너덜해진 채로 큰아이의 침대 한쪽을 차지하고 있다. 아이들이 자라 여유가 생겼을 때 다시 바늘을 잡았다. 기저귀 가방을 사용하지 않아도 되니 내 취향을 담은 가방을 여러 개 만들었다.

손으로 무언가를 만들면서 보낸 시간이 20여 년이니, 집 여기저기에 바느질 도구가 있는 것이 당연하다. 200개가 넘는 십자수 실, 알록달록한 자투리 퀼트용 천, 퀼팅 솜, 다양한 두께의 바늘, 몇 개의 쪽 가위, 혹시나 해서 모아 둔 지퍼, 단추, 레이스 등이 넘쳐난다. 눈이 불편해 바늘을 잡을 수 없게 된 지금도 마찬가지다. '정리해야 하는데' 하는 마음과 못 본 척하고 그대로 두고 싶은 마음이 싸운다. 바느질 도구들 속에 가득한 추억들이 나를 붙잡았다. 내가 누구인지 이해하기 위해 고군분투했던 30대 초반의 나, 태어날 아이를 기다리며 설렜던 내가 그 안에 있었다.

이제는 지나간 시간이다. 다가올 겨울을 맞아 집을 정리하며 바느질 도구를 비우기로 했다. 눈이 건강했을 때 충분히 아껴주었으니 그것으로 되었다. 바느질 용품을 모두 거실에 꺼내 놓았다. 다양한 크기의 보관함이 거실을 가득 채웠다. 하나하나 들춰보았다. 혹시나 나중에 필요할지도 모르니 남겨둘까 하는 생각이 올라올 때마다, 지금의 눈 상태로 편하게 사용할 수 있을지 헤아려 봤다. 대부분 아니었다. 그동안 나를 기쁘게 해준 녀석들이었지만 과감히 보내주었다. 그러고 나니 공간이 생겼다. 눈을 혹사하지 않는, 지금 나의 취미인 코바늘과 털실로 그 공간을 채웠다. 더 굵은 바늘과 실을 잡고 여전히 손으로 무언가를 만드는 즐거움을 누릴 수 있으니 얼마나 다행인가.

집에는 '아까움'이라는 과거와 '혹시나'라는 미래의 딱지가 붙은 물건들이 여기저기 쌓여 있다. 부엌에는 아까워서 버리지 못하는 에어프라이어가 있고, 거실 한쪽에는 먼지 쌓인 결혼앨범이 있다. 옷장에는 언젠가 날씬해지면 입게 될지 몰라 남겨둔 옷이 있고, 아이들이 어린 시절에 만든 작품들도 있다. 집에 있는 물건들을 모두 꺼내 놓으면 사용하지 않는 물건이 훨씬 많을 것이다.

시간은 흐른다. 아이들은 자라고 나는 나이 들어간다. 쏜살같이 흘러가는 시간 속에서 통제할 수 있고, 변화시킬 수 있는 때는 오로지 '지금' 뿐이다. 온전히 누릴 수 있는 시간도 '지금' 뿐이다. 되돌릴 수 없는 과거에 대한 후회와 미래에 대한 불안을 붙잡고 살아가는 삶이 힘겹다는 것을 알면서도 '지금'을 사는 일은 어렵다. 그럴 때는 지금 나에게 소중한 사람, 소중한 일, 소중한 물건을 떠올려본다. 나와 가족에게 가장 중요한 공간인 집을 그것들로 채워 본다. 아이를 위해서는 지금 입을 티셔츠를, 나를 위해서는 지금 나에게 편안한 뜨개질 도구를 준비했듯이. 그리하여 지금, 이 순간을 누려보련다.

2

자연, 그리고 각자의 월든

자주 멈춰 서게 될 것이다. 그때마다 다시 물어볼 것이다. 물질만을 쫓다
소중한 걸 잃지 않도록 나의 월든에서 쉼을 갖고 다시 나아갈 것이다.

"당신에게 '자연 속 나만의 공간'이 있다면 어디인가요?

그곳에서 어떤 감정을 느끼나요?"

1

마음의 고향 축서사

김은주

한참 퇴고를 거듭하던 7월 장맛비를 뚫고 축서사에 올랐다. 금방 오겠다던 약속은 7개월 후에야 지킬 수 있었다. 겨울의 축서사는 하얀 눈 속에 묻힌 고요함이 있었는데 한여름의 축서사는 뙤약볕과 장맛비로 끈적거림을 동반했다. 뵙고 싶던 정현 스님을 만나 그간 있었던 이야기를 조잘조잘. 엄마한테, 친구한테 이야기하듯 잔뜩 쏟아냈다. 스님은 가만히 내 이야기를 듣고는 잘살고 있다고 응원해 주셨다. 이곳에 다시 오기까지 많은 일들이 있었다. 조정이혼 소송, 정신과 상담 등 감당하기 힘든 아픔을 겪으면서 이곳으로 돌아왔다. 막상 혼자가 되고 보니 막막하고 두려운 마음에 위로가 절실했다. 여름이라 템플스테이 오신 분들이 많아 스님과 이야기를 많이 나누진 못했지만, 같은 공간에 있다는 것만으로도 내겐 큰 힘이 된다.

이번엔 '하선원'에 머물게 되었다. 축서사의 보살님들이 머무는 공간이라 종무소와 따로 떨어져 있다. 방음이 안 되지만 그것 말곤 조용하고 아늑한 공간이었다. 툇마루가 있어 여름밤 별을 보기에 좋았고 뒤쪽으로는 산이 있어 산책하기에도 적당했다. 다시 오기까지 내가 많이 변했듯이 이곳에도 변화가 있었다. 저녁 예불하며 친해진 혜성 스님은 중간에 아프셔서 예불 집전을 그만두고, 회복 후 농사를 짓고 계셨다. 행자님은 3월에 '혜능'이란 법명을 받고 정식 스님이 되셨고, 내게 부처님이 언니 눈을 띄워 줬다고 '개안'에 대해 깨닫게 해준 동생은 3월부터 종무소에서 일하게 되었단다. 너무 고요해 어떤 변화도 없을 것 같던 이곳도 세상의 흐름에 따라 흘러가고 있었던 거다. 반가움과 그리움이 뒤섞여 말랑해진 마음으로 가지고 온 선물과 함께 마음을 전했다. 나름 고민을 해서 스님들께는 관절에 좋은 영양제를 보살님들께는 핸드크림을 준비했다. 모두 좋아하시는 모습에 행복이 피어났다. 받는 것보다 주는 기쁨이 크다는 걸 이제는 안다. 열흘의 시간을 내서 축서사에 다시 온 건 운명이다. 정현 스님은 부담을 주지 않으려 자원봉사자로 처리해 주셨다. 그렇게 배려해 주시고서 내게 원하신 건 하선원 마당의 풀 뽑기와 기도 열심히 하라는 당부뿐이셨다. 이렇게 많이 받아도 되나 싶을 정도로 머무는 동안 많은 분께 분에 넘치는 사랑을 받았다.

축서사의 일상이 다시 시작되었다. 새벽 3시 예불을 시작으로 저녁 예불까지 하루 동안 많은 일들을 하는 날도 있었고, 쏟아지는 장맛비에 손발이 묶여 늘어지게 휴식을 취하는 날도 있었다. 새벽 예불도 대웅전에서 108배까지 한 후 밖으로 나왔다. 삼존불 앞에서 혜성 스님과 보탑성전 보살님과 셋이 함께 천수경과 나무아미타불 염불을 한다. 새벽 차가운 공기가 도는 야외에서 드리는 기도는 머리가 쭈뼛 설만큼 강렬하다. 비가 오지 않으면 하선원 마당으로 나간다. 밀짚모자를 쓰고 호미를 들고 엉덩이 의자(작업방석)에 앉아 잡초를 뽑기 시작한다. 대충이 없는 나는 땡볕에 4시간 연속으로 풀을 뽑다가 더위를 먹기도 했다. 집에 가기 전까지 하선원의 잡초는 모두 뽑고 가겠다는 생각으로 날만 좋으면 마당으로 뛰어나가곤 했다. 새벽 예불을 마치고 혜성 스님을 따라 밭농사도 함께했다. 깻잎도 따고 감자 이

삭줍기도 하고 어느 날은 비료도 주고 돌을 치우기도 했다. 몸은 고되었지만, 농사일을 끝내고 텃밭에서 당근, 고추, 오이 등을 따서 바로 먹는 맛은 어느 산해진미와도 비교가 안 되었다. 그렇게 밭농사하며 스님과 이런저런 이야기를 많이 나누었다. 세상 사는 이야기도 하고 삶에 관한 질문도 하고 하루하루 다른 대화를 나눴다. '스님은 역시 우리랑 다르구나.' 했다가 '어머, 스님도 우리랑 똑같은 생각을 하시잖아.' 혼자 속엣말을 하곤 했다. 잡초 뽑기와 밭농사하며 자꾸만 발목을 접질리고 넘어졌다. 다리는 멍투성이고 팔은 까맣게 타고 산모기의 습격까지. 마음은 풍요로워졌는데 몸은 만신창이가 되었다. 그래도 헤벌쭉 웃으며 축서사 이곳저곳을 뽈레 뽈레(천천히 천천히) 돌아다녔다.

　하루하루 지내다 보니 마음의 여유가 생기기 시작했다. 그러다 나만의 카페도 발견했다. '축서사 누각 카페' 그 흔한 찻집도 기념품점도 없는 이곳에 있는 유일한 자판기. 보탑성전 아래의 작은 누각은 축서사에 오는 사람이면 꼭 지나쳐야 하는 입구이기도 하다. 어느새 누각 카페가 점심 먹고 들리는 코스가 되었다. 곡물차를 자판기에서 뽑은 후 발밑으로 소백산 풍광을 보며 감탄을 내뱉곤 했다. 소백산은 매일 다른 얼굴을 보여줬다. 그곳에 가만히 앉아 있기만 해도 마음이 차분해졌다. 바람이 부는 날에는 눈을 감고 바람을 느끼며 씩 혼자 웃었다. 장대비가 내리는 날에는 빗소리에 취해 노래를 흥얼거리기도 했다. 내가 가본 어느 카페도 이곳보다 더 눈부시게 아름다울 수 없다. 이곳에서 나의 첫 공저 퇴고도 하고 가져간 책도 읽었다. 범종 체험도 해봤다. 행자님의 자세한 설명과 함께 종을 치는데 그 소리가 '생명의 소리'라고 알려 주셨다. 종에 손을 대고 진동을 온몸으로 느껴보기도 했는데 묵직한 범종 소리가 내 심장까지 울리고 있었다. 축서사에 머문 지 일주일 후 저녁 예불을 마치고 삼존불에 기도드리러 갔다가 우연히 만난 행자님과 긴 대화를 나누었다.

"보살님 처음 봤을 때 눈이 멍했는데 지금은 또렷해졌어요."

"진짜요? 저 많이 행복해져서 온 건데요. 지난겨울에 왔을 때는 산송장이었어요. 그때 저를 보셨다면 놀라셨겠는데요."

"그런가요? 좀 더 많은 대화를 나누면 좋았을 텐데, 이제 곧 회향하시니 아쉽네요."

"그러게요. 저도 아쉽네요. 다음에 또 인연이 되면 만나 뵐 수 있겠죠. 성불하세요."

축서사에서 살고 계시는 반야월, 지광명, 보탑성전 보살님은 지난겨울의 나를 알기에 다시 왔을 때 너무 밝아져서 못 알아볼 뻔했다고 하셨다. 이곳의 사람들은 모두 다 친절하고 예쁘게 말해주신다. 이래도 되나 싶을 정도로 붕붕 마음이 하늘로 날아오르고 있었다.

정현 스님이 나를 부르셨다.

"보살님 왜 이렇게 차분하지를 못하고 떠 있어요?"

"네? 제가요? 저 기분도 좋고 다들 밝아졌다고 하시는데요."

"다른 사람들은 겉모습만 보니까 그렇죠. 지금 보살님 불안해 보이는데요. 발걸음도 한없이 가볍고 중심을 못 잡는 게 보여요. 왜 그런 것 같아요? 다시 한번 자신을 들여다보세요."

순간 띵 머리를 망치로 한 대 맞은 것처럼 정신이 아득해졌다. 방으로 돌아와 가만히 내 마음속 깊은 곳을 들여다보았다. '내가 이만큼 행복해졌어요.' 자랑하고 싶었구나. 누구든 붙잡고 '저 이제 괜찮아졌어요.' 말하며 인

정받고 싶었구나. 그래서 진정되지 못한 마음으로 축서사를 누비고 다녔다는 걸 알았다. 보광전에서 염불을 외우며 마음을 가라앉히려 노력했다. 내 말을 하기보다는 남의 말을 듣는 게 중요함을 알게 되었다. 올 때마다 이렇게 많은 깨달음을 선물처럼 받게 된다. 이젠 축서사가 마음의 고향이 되었다. 내가 어떤 모습으로 오든 언제 오든 따뜻하게 감싸 안아줄 거라는 믿음이 마음속 깊이 자리 잡았다. 열흘이라는 시간은 화살촉에서 날아가는 화살처럼 쏜살같이 지나갔다. 열흘이면 충분할 줄 알았는데 막상 떠나려니 2주는 있어야 했다는 생각이 든다. 백수가 과로사한다고 할 일이 많아 겨우 열흘의 시간을 냈으면서. 겨울엔 하얀 눈 속을 걸었고 여름엔 장맛비를 맞으며 걸었던 축서사!

축서사는 이제 내게 아주 특별한 비밀 공간이 되었다. 자연과 부처님 안에서 나를 의탁할 수 있는 곳이다. 삶의 시각을 바꾸어 주고 좀 더 너그럽게 스스로를 보살펴 줄 수 있는 마음도 피어나게 했다. 운명이 나를 이곳으로 이끌었다고 믿는다. 그렇지 않고서야 내게 일어난 기적 같은 일들을 설명할 수가 없다. 언제든 달려가면 나를 끌어안아 지친 심신을 위로해 줄 수 있는 곳. 순간순간을 예쁜 눈과 예쁜 말들로 채울 수 있는 곳. 더불어 사는 삶을 알게 해준 곳. 가만히 있기만 해도 입가에 미소가 지어지는 곳. 축서사는 그렇게 내 삶의 한 공간을 차지하게 되었다. 삶에 힘이 되는 공간을 가진다는 건 축복이다.

2

이 땅에 숨 쉬는 모든 것들을 위하여

김인혜

"남녀를 막론하고 인간이라는 무서운 조건하에 놓인 우리가 해야 할
일은 근본적인 생 감정에 지배된 생활이어야 한다."

- 전혜린

아프면 근본적인 생각에 사로잡힌다. 당연한 듯 누렸던 모든 것에 대해
다시 생각하게 된다. 내가 지금 여기 존재하는 것에 대하여, 나의 삶에 대
하여 돌아보게 된다. 헨리 데이비드 소로도 월든 호숫가 숲으로 들어가며
말했다. "나는 진정으로 원했던 삶의 본질을 마주하기 위해 이 숲으로 들어
왔다. 만약 내가 숲에서 아무것도 배우지 못한다면, 죽음이 다가왔을 때 나
는 진정한 삶을 살지 못했음을 깨닫게 될 것이다." 소로의 말대로 삶에 대
한 깊은 사색을 위해서는 그 본질과 근원에 맞닿은 사색의 공간이 필요할
지 모른다.

잊히지 않는, 가장 아름다워 보였던 한강의 야경은 유방암 수술을 마친
날 밤 병실 창밖으로 보이던 풍경이다. 10월의 밤, 공기는 시원했고 강물은
조용히 흐르고 있었다. 강물에 비친 불빛들이 아롱아롱 윤슬처럼 반짝였

다. 병원에 입원하니 이렇게 멋진 야경을 볼 수 있구나 싶었다. 예전에 한강 유람선을 타고 보았던 때보다 더 아름다웠다. 수술을 마친 직후라 나의 시선이 이미 달라졌기 때문인지도 몰랐다. 그저 오늘 밤 한강의 야경을 볼 수 있다는 것만으로도 감사했다. 흘러가는 강물을 바라보며 시간의 흐름에 대해 생각했다. '이 고통의 시간도 저 강물처럼 잔잔히 흘러갈 거야. 언젠 가는 바다를 만날 수 있을 거야.'

퇴원한 후 나는 조금씩 걸어보기로 했다. 강물이 흘러가듯 천천히, 잔잔 히. 원래 걷는 것을 좋아하지 않는 사람이었지만, 달라지고 싶었다. 오랫동 안 외면했던 집 앞의 숲길을 걷기 시작했다. 예전엔 의식하지도 못했던 숲 의 작은 생명들을 만날 때면 경이로움을 느꼈다. 그 앞에서 나는 겸손해지 기도, 용기가 생기기도 했다. 6년 전 그때 아직 소로를 알기 전이었지만, 나는 본능적으로 숲을 찾았을지 모른다. 삶을 근원적으로 마주하기 위해서 숲으로 가야 한다고. 그해 가을, 남편과 함께 국립수목원에 가보기도 했다. 경기도 포천시에 있는 국립수목원은 천연림을 이용하여 수목원으로 조성 한 곳으로, 1987년에 개장하였으니 거의 40년이 다 되어간다. 원래부터 있 었던 숲의 나이로 치자면 수백수천 년일, 시간과 계절이 아주 오랫동안 쌓 이고 쌓인 곳이다. 그런 숲속을 걸으며 자연스럽게 새로운 삶을 다짐했던 것 같다. 그동안 나는 무엇을 진짜 원하는지도 모른 채, 그걸 모른다는 것 도 모른 채, 하루하루 타성에 젖어 살았는지도 몰랐다. 너무 당연하다고 생 각해서 소중히 여기지 않았던 것들과 처음부터 관계 맺기를 새로 시작해야 했다. 숲의 시간과 생명 앞에서 나는 역시 하찮아 보이기도, 중요해 보이기 도 했다. 그때 찍은 사진을 보면 나는 낙엽 길 사이에서 환하게 웃고 있다. 얼마 전 수술을 연이어 두 번이나 받은 사람이라고는 상상할 수 없을 만큼 행복해 보인다. 사진 속의 나는 살아있는 자연 속에 둘러싸여 오직 존재하는 기쁨으로 충만해 보인다.

수술을 마친 후 올봄까지, 5년 반 동안 6개월을 주기로 아산병원을 방문했다. 아산병원 정문 앞에는 작은 숲 정원이 있다. 병원의 작은 정원은 숲의 위로를 대신했다. 아프고 힘들 때 '괜찮을 거야'라는 말보다 풀숲에 가만히 앉아 있을 수 있는 공간이 더 필요할 수도 있다. 아프고 마음이 어지러울수록 우리는 자연의 일부가 되고 싶은 마음이 든다. 그렇기에 병원은 그 어디보다 정원이 필요한 공간이다. 혼자 차를 타고 병원에 오고 갈 때, 검사와 진료가 끝나고 나면 잠시 그 작은 숲에 들렀다. 그리고 집 앞을 산책하듯 거닐었다. 정원 벤치에 앉아 있노라면 내 몸을 따뜻하게 감싸는 햇빛이 그 어디의 햇살보다 감미롭고 소중했다. 이 정원을 거닐었을 많은 환자와 보호자들이 나뭇잎 사이로 비치는 햇살 안에서 상념에 젖고 슬퍼하고 애도했을 것이다. 그리고 희망을 품었을 것이다. 작은 자연 속에 있는 것만으로도 위로가 되었을 것이다. 얼마 전 중1 딸아이가 바이러스성 폐렴에 걸려 4박 5일 동안 동네 2차 병원에 입원했었다. 입원한 지 이틀 후 열이 내리고 나자 아이는 산책이 하고 싶다고 했다. 며칠째 작은 병실 안에만 있으려니 답답하고 지루했었나 보다. 저녁을 먹고 산책에 나섰는데 병원 주변 환경이 삭막했다. 큰 대로변에 위치해선지 병원 주변엔 가로수도 없고 다 아스팔트 길이었다. 위로가 되거나 기분 전환이 될 나무나 풀은 하나도 없는 길을 아이와 나는 그저 말없이 걸었었다.

힘든 시간 우리를 버티게 해 주는 것들이 있다. 잠깐 앉을 수 있는 나무 그늘, 햇살에 반짝이는 나뭇잎, 길가의 작은 들꽃, 창문 밖 한강의 야경 같은. 그런 작은 것들에 기대어 하루하루 견뎌내는 시기를 보내는 이들도 있다. 누군가가 세심하게 설계한 아산병원 정원에서 나는 위로를 받았었다. 꽃과 풀과 나무로 말없이 건네준 그 위로의 진심을, 얼마 전 정영선 조경가의 전시회에서 뒤늦게 발견했다. 나는 놀랍고 감사한 마음으로 그녀의 인터뷰 영상을 보고 또 보았다. 우리에게 초록 풀과 나무가 있는 풍경이 필요하다는 사실을 그녀는 누구보다 잘 알고 있었다. 자연과 더불어 사는 삶을 위해 오랫동안 노력한 기록이 총망라된 그 전시회의 제목은 〈이 땅에 숨 쉬는 모든 것들을 위하여〉였다.

6년 만에, 가을의 길목에서 국립수목원을 다시 찾았다. 노랗고 빨갛게 물든 낙엽 숲길을 가만가만 거닐다 문득 이런 질문이 떠올랐다. 나무는 가을과 겨울을 시련이라고 느낄까? 아닌 듯했다. 계절이라는 시간의 흐름은 나무에게 그저 자연일 것이었다. 이 땅에 사는 모든 자연의 생명들은 자연답게, 자연을 기다린다. 나무들이 견고하게 뿌리 내리고 있는 공간에 서 있으니 저절로 내 삶의 근원에 대해 생각이 미쳤다. 6년 전처럼 나라는 존재에 대해서 또다시 근원적 질문을 던져보았다. 허물과 겉치레들을 벗어버리고, 내가 진짜 원하는 게 무엇인지, 나라는 작은 세계를 구성하고 있는 진짜 중요한 것들은 무엇인지에 대해. 나의 질병은 머리로는 알고 있지만 마음에는 와닿지 않았던 삶의 유한성을 깨닫는 계기였다. 6년이 지난 지금 언제나 죽음을 생각하며 살지는 않는다. 그래도 그때 이후로 나는 좋아하는 것들을 더 열정적으로 하는 사람이 되었고, 몸을 아끼며 살게 되었다. 한 번 던져진 근원적 질문은 다시 방황하기도 하는 나를 붙들어 주었고, 근원적 생의 감정―아마도 살아있는 매 순간 온전히 자기 자신일 것, 삶을 진짜 사랑하는 것으로 채울 것일—으로 가까이 이끌어 주었다.

　가을은 낙엽이 지고 겨울을 맞이하는 계절이기도 하지만, 결실의 계절이기도 하다. 내년 봄을 준비하는 씨앗이 맺히는 계절인데 가을이 어떻게 희망적이지 않을까. 이런 가을의 씨앗과 열매를 보며 생명이 새로 시작되는 봄을 본다. 은행이 잔뜩 떨어진 노란 은행나무들, 도토리를 맺는 참나무들을 본다. 굴참나무, 떡갈나무, 신갈나무, 졸참나무, 상수리나무 등 도토리가 열리는 나무는 다 참나무이다. 참나무에 속한 나무들은 나이가 20년은 넘어야 열매를 맺기 시작한다. 우리가 흔히 숲에서 주울 수 있는 도토리 열매는 다 20년이 넘은 참나무로부터 나온 것이다. 구별할 줄 아는 나무가 열개나 될까 싶은 나는 이번 국립수목원 방문에선 나무의 이름들을 더 세심히 보았다. 책에서 보았던 나무들을 더 잘 이해해 보고 싶었다. 20년 만에 비로소 맺히는 도토리라니 전에 없이 도토리 한 알이 더 소중하게 여겨졌다.

　은은한 가을 숲속에서 나무를 응시한다. 응시하는 시간은 마음과 마음이 만나는 시간이다. 참나무 속 도토리나무들을 응시하며 참나무의 시간을 만났다. 오래 참고 견디었을 그 시간을. 발생에서 소멸까지 생명을 유지하고 이어가기 위한 근원적 생명 활동만이 존재하는 장소, 숲 한가운데에 서서 나의 일상을 숲의 눈길로 바라보았다. 나는 나무처럼 성장하고, 나무처럼 열매 맺고, 나무처럼 봄을 기다려보기로 한다.

3

요요기 공원, 마음이 쉬어가는 곳
남보라

　며칠 전, 구글 포토에서 '9년 전 추억 사진'이라며 알림이 왔다. 평소라면 지우고 마는 알림이었지만 '9년 전이면 일본에 있을 땐데…'라는 생각에 문득 궁금해져 열어보았다. 나름 치열했던 시간이었음에도 그 사진들 모두에 애정이 듬뿍 담겨있었다. 이토록 도쿄를 사랑했었나 싶을 정도로. 생각해보면 그것을 가능하게 했던 것은 분명 좋은 쉼이 있었기 때문이리라.

　2015년 9월, 나는 '도쿄살이'를 시작했다. 타국에서 무시당하지 않으려 더 많이 공부하고 더 열심히 일하며 치열하게 살았다. 하지만 고비는 시시때때로 찾아왔다. 그럴 때면 항상 방문하던 곳이 있었다. 사람 많기로 소문난 시부야와 하라주쿠 사이에 조용히 자리 잡은 공원. 메이지 신궁역에 내려서 10분 정도 걸어가면 만날 수 있는 '요요기(代々木) 공원'이었다.

　배드민턴을 치고 있는 가족, 춤추는 무리, 요가 하는 사람, 기타 치는 사람, 러닝 크루, 햇살 아래 책을 읽고 있는 커플 등등, 요요기 공원은 항상 사람들로 그득하다. 그중, 나의 눈길을 멈추게 했던 것은 비눗방울을 따라다니는 아이들과 그를 지켜보는 어른들의 모습이었다. 비정기적으로 비눗방울을 준비해 오시는 아저씨가 계신다. 너른 벌판에 우뚝 서서 조그마한

고리가 촘촘히 연결된 긴 막대를 양손에 쥐고 휘두르면 비눗방울이 여기저기 퍼져나간다. 그 광경은 나를 동심으로 이끌기에 충분했다. 처음 아저씨를 발견했을 때는 이제 막 자리를 잡으셨던 터라 주위에 사람들도 별로 없었다. 살짝 용기 내어 말을 건네보았다.

"무료인가요? 혹시 저도 해볼 수 있을까요?"

당연히 무료라며 흔쾌히 허락해 주셨다. 심지어 예쁘게 잘 날리는 법까지 알려주셨다. 퍼져나가는 비눗방울들을 보고 사람들이 여기저기서 몰려들었다. 처음에는 바람에 날리는 비눗방울을 쫓아다니는 아이들만 보였다. 문득 올려다본 순간이었다. 아이들의 모습을 보며 행복한 미소를 짓고 있거나 나처럼 동심으로 돌아간 듯 들떠있는 어른들의 얼굴도 눈에 들어왔다. 그들을 보며 덩달아 미소가 떠올랐다. 다시 아저씨께 막대를 돌려드렸다. 다른 이들과 마찬가지로 아이처럼 비눗방울을 따라다니다 조용히 그곳을 빠져나왔다. 아저씨께는 여쭤보지 못했지만, 자발적으로 이곳에 비눗방울을 가져오시는 이유를 알 것만 같았다. 만난 적도 없고 앞으로도 만나지 못할 사람들을 보며 행복한 마음을 느낄 수 있는 순간이 과연 얼마나 될까. 운이 좋게도 일본에 사는 동안 두세 번은 더 아저씨를 만났다. 한 발짝 뒤에서 행복한 얼굴들을 바라보며.

자연 그 자체를 온전히 느낄 수 있다는 것도 대표적인 공원 산책의 묘미이다. 나는 의외의 순간에 자연을 맛볼 수 있었다. 일본은 벚꽃 철이 되면 어느 거리를 가도 어느 공원을 가도 사람들로 가득 차 있다. 요요기 공원도 마찬가지다. 벚꽃 나무 아래 삼삼오오 자리를 잡은 사람들로 인산인해를 이룬다. 음악을 틀어놓고 노래 부르는 사람들, 큰 소리로 수다 삼매경에 빠진 사람들, 맥주 한 캔 손에 쥐고 떨어지는 벚꽃잎을 바라보며 속삭이고 있는 사람들. 딱 한 번, 나도 그 속으로 빠져본 적이 있다. 시끄러운 건 딱 질색이라 가는 길 내내 마음속으로 투덜거렸다.

'귀만 아프지, 뭐 별것 있겠어?'

일본에 있으면서 꽃구경도 못 했다고 하면 웃음거리가 될까 싶어 꾸역꾸역 걸음을 내디뎠다. 이왕이면 늘 사랑해 마지않는 이 공원이라면 좋겠다 싶었을 뿐이었다. 요요기 공원은 내부에 매점이 없다고 봐도 무방하기에 우선 역 근처 편의점에 들렀다. 양손 가득 간식을 사 들고 나와 마음을 달래가며 인파 속을 헤엄쳤다. 그러다 겨우 찾은 자리에 얇은 손수건 한 장을 깔고 앉았다. 막상 앉고 보니 땅에서 올라오는 시원한 기운, 사방에 가득한 벚꽃나무들에 가려 온기만 남은 햇살, 하늘하늘 눈발처럼 날리는 벚꽃잎이 눈부시게 아름다웠다. 그때까지만 해도 잔뜩 먹구름이었던 마음이 거짓말처럼 개어 갔다. 이래서 사람들이 기를 쓰고 꽃구경하러 나오나 하는 마음이 들 정도로. 의식해 보니 어느새 바보처럼 웃고 있던 입꼬리가 느껴졌다.

작년 겨울, 남편에게도 은밀한 휴식처를 꼭 보여주고 싶어서 데리고 갔다. 어쩌면 당시 지옥 같았던 시간을 보내고 있던 내게 위로가 필요했던 걸지도 모르겠다. 평소 들어가던 입구가 아닌 반대 방향의 입구로 천천히 걸어보았다. 눈에 가장 먼저 들어온 것은 시각장애인 분들이었다. 그들은 가이드 러너와 연결된 끈 하나에 의지한 채 달리고 있었다. 지금 생각해 보면 조금은 무례했지만, 그 모습을 아주 유심히 지켜보았다. 신체적 제약에도 불구하고 끊임없이 앞으로 내달리는 그들의 거친 숨소리가 들렸다. 마음이 아프다는 핑계로 아무것도 하지 않고 드러누워만 있던 내가 한없이 부끄럽게 느껴지는 순간이었다. 고개를 돌리니 가이드 러너처럼 늘 나를 지탱해 주고 있는 남편이 눈에 들어왔다. 이제 앞으로 한 발 내딛기만 하면 된다고 그들이 속삭이는 것 같았다.

　한국에 돌아온 지금도 여전히 산책을 사랑한다. 집 근처의 공원이나 하천 변을 천천히 걷다 보면 다양한 방법으로 여유를 즐기는 사람들과 잊고 지내던 계절을 만난다. 예쁜 꽃들과 푸르른 녹음, 우수수 떨어지는 낙엽과 흩날리는 눈까지. 〈사랑 후에 오는 것들〉이라는 드라마에서 여주인공이 공원을 달리며 이렇게 말한다. "달리면, 나를 스쳐 지나가는 풍경들이 계속 변한다." 나아가는 속도에 차이가 있을 뿐, 산책도 마찬가지이다. 한숨은 깊어지고 고개는 점점 아래로 향하는 힘겨운 일상에서 오늘도 산책 한 스푼을 얹어본다. 스쳐 지나가는 풍경들 속에서 어쩌면 새로운 활력이 찾아올지도 모르니까.

　"心安らげる場所誰にでも1つはある□だよ。"
　"마음이 편해지는 곳. 누구에게나 하나쯤은 있을 거야."
　좋아하는 일본 노래 〈HOME〉이라는 곡의 가사 중 가장 마음에 울림을 주는 부분이다. 삶에 지쳐 활기를 잃어가고 있던 어느 날, 친구 손에 이끌려 도착한 요요기 공원이 나의 '인생 공간'이 될 줄 누가 알았을까. 오늘도 이 가사를 되뇌며 천천히 걸어본다. 마음이 편히 쉴 수 있길 바라며.

4

북한강이 건네는 위로
박서연

남양주에서 나고 자란 토박이라 서울에 대한 동경이 있는 걸까. 종종 서울 아줌마 같다는 말을 들을 때면 예쁜 아줌마라는 말보다 더 듣기 좋다. 이곳을 벗어나 다른 곳에서 살아보고 싶은 마음도 있지만 결혼 전 데이트할 때부터 이십여 년이 지난 지금까지 우리 가족의 단골 드라이브 코스는 북한강 길이다. 수백 번 오간 그 길은 익숙하지만, 사계절마다 다른 모습으로 맞이해 주었고 남양주는 쉽게 떠날 수 없는 추억으로 채워졌다.

5년 전 어느 봄날. 삼화리 벚꽃 드라이브 길에서 창문을 열자마자 불어온 바람은 벨벳처럼 부드럽고 다정하게 주위를 감쌌다. 만발한 꽃은 2차선 도로 위에 하얗고 탐스러운 벚꽃 터널을 만들었고 당장이라도 폭죽처럼 쏟아지며 그 아름다움이 사라질 것 같은 절정의 화려한 모습을 뽐내고 있었다. 차에서는 미녀와 야수 OST인 〈Beauty and the Beast〉가 흘러나오고 있었다. 나무와 꽃 사이사이 햇살이 스며들어 만든 빛과 그림자는 신비로운 세계로 입장하는 듯 설레고 몽환적인 분위기로 우리를 이끌었다. 노래의 클라이맥스 'Ever just the same, ever a surprise'가 흐르던 순간, 살랑거리는 봄바람이 마법을 건 듯 꽃잎들이 흩날렸다. 나와 남편, 아이까지 동시에

'와'하고 탄성을 질렀다. 하늘 가득 물결치며 반짝거리고 찬란하게 빛났다. 창밖으로 손을 내미니 여린 분홍색 꽃잎이 손바닥에 내려앉았다. 그러고는 유유히 흩날리다 사뿐히 내려앉아 꽃길을 만들어 주었다. 어떤 단어로도 설명할 수 없는 사랑스럽고 보드라운 감정이 온몸에 퍼졌다. 매년 꽃이 피면 그 길을 다시 간다. 하지만 그날 〈Beauty and the Beast〉의 클라이맥스가 울리던 순간에는 닿지 못했다. 현실과 비현실 사이의 꿈같았던 시간을 다시 만나지는 못했지만, 그곳에서 만나는 새로운 풍경과 떠오르는 감정은 또 다른 추억을 남겨주었다.

　지난 여름방학, 사춘기 딸과 싸우고 집을 나간 적이 있다. 장맛비가 억수같이 쏟아지던 날이었다. 차 키를 들고 무작정 밖으로 나왔지만 어디로 가야 할지 몰랐다. 익숙함에 이끌렸을까. 문득 정신을 차리고 보니 북한강 공연장 주차장에 도착해 있었다. 아이는 성장하며 나름의 혼란스러운 터널을 지나고 있는 시간이었고, 내게는 사랑스럽기만 하던 아이가 갑자기 달라져 고통스럽기까지 하던 시기였다. 방학이라고 늦잠 자고 핸드폰만 보고 학원 숙제도 안 하는 아이에게 화가 났다.
　"내가 알아서 한다니까."
　차가운 말투와 눈빛, 더 이상 나눌 대화는 없었다. 쿵. 아이의 방문이 닫히는 소리에 내 마음도 쿵 하고 내려앉았다. 내 아이가 아닌 것 같은 낯선 모습에 슬픔이 몰려왔다.
　사소한 문제들이 쌓이고 쌓여 주체할 수 없는 감정에 빠졌던 상태였다. 차를 세우고 세차게 내리는 비를 멍하니 바라봤다. 차 한 대 없던 그곳은 눈치 볼 장소도 아니었고 듣는 사람도 보는 누군가도 없었다. 아이에 대한 실망과 서운함, 더 신경 쓰지 못한 자책하는 감정이 쏟아져 내렸다. 마음의 얼룩이 흐려질 때까지 펑펑 울었다. 엄마인 내가 더 기다려주고 이해하며 주체적인 삶을 살도록 응원하는 것이 가장 좋은 방법이라는 건 알지만 쉽지 않았다. 아이의 삶에 평범함을 강요한 건 아닌지 남과의 비교 때문은 아닌지 생각하고 또 생각했다. 마음이 지나쳐 아이와 나 둘 다 힘들게 한 것 같아서 반성하며 마음을 가다듬었다. 남아있는 부정적인 감정의 찌꺼기를 강에 흘려버리고 집으로 돌아왔다. 내 속도 모르는 아이는 에어컨을 팡팡 틀어놓고 TV를 보고 있었다. 각자의 방식으로 스트레스를 풀었다면 다행이라며 어금니를 꽉 깨물고 마음속 긍정 회로를 돌렸다. 그 후로 같은 길을 오갈 때면 나만의 비밀스러운 공간이 존재한다는 것에, 위로받을 공간이 있다는 것에 위안을 얻는다.

포근했던 2월의 마지막 주, 폭설이 내렸지만, 남편과 수종사에 갔다. 절로 올라가는 길은 경사가 높고 구불구불한 외길이다. 산과 낭떠러지 사이에 낸 좁은 길은 눈이 내려 더 미끄럽고 위험했다. 맞은편에서 차가 올 때마다 긴장했지만 무사히 도착했다. 눈이 녹아 질척하고 지저분해진 아래 세상과는 다른 새하얀 눈의 나라였다. 나뭇가지들은 하얗고 단정한 눈옷을 입은 듯했고 바닥은 하얀 솜이불이 깔린 듯 폭신해 보였다. 그래서였을까. 추웠지만 포근하고 따뜻하게 느껴졌다. 고요한 무결점의 세상. 밟아도 될까, 더럽혀도 될까, 조심스러운 마음으로 걸음을 내디뎠다. 눈밭에 총총, 꾹꾹 발자국이 남았다. 조심스러웠던 마음은 어느새 사라지고 마구 뛰어보기도 했다. 더럽히는 마음이라기보다, 살아 움직이는 나 자신을 자각하는 순간이었다. 나무에 쌓여 있던 눈 뭉치들이 녹으며 머리 위로 어깨 위로

툭툭 떨어졌다. 어? 어! 남편과 번갈아 가며 눈 뭉치 폭탄을 맞았다. "하하하!" 고요한 산에 우리의 웃음소리가 울려 퍼졌다.

가파른 산길을 걸어 올라가야 절에 다다를 수 있다. 밧줄로 만든 난간을 잡고 조심스레 한 계단씩 오르다 보니 미끄러지면 안 된다는 생각뿐, 다른 생각을 할 겨를이 없었다. '지금'에 집중하니 저절로 무념무상의 상태가 됐다. 절에 도착하니 스님과 보살님들이 추운 줄도 모르고 얇은 겉옷을 입고 눈을 쓸고 길을 내느라 분주하셨다. 가벼운 인사를 드리고 산신각에 올라갔다. 차가운 방석에 앉아 절을 하고 기도를 했다. 어떤 기도를 했는지 서로 묻지 않았지만, 그저 바라보고 미소 지었기에 우리는 이미 편안해졌음을 알 수 있었다. 밖으로 나오니 얼어버린 듯 잔잔하고 고요한 겨울의 강과 다리가 가만히 말하는 것 같았다. "너무 심각하지 않아도 돼." 한참을 서서 자연이 주는 말 없는 위로와 평화로운 풍경을 내 안에 담았다. 복잡하고 무거웠던 마음이 한결 가벼워졌다.

황화 코스모스가 활짝 핀 가을날, 북한강 물의 정원 산책길은 오가는 사람들의 행복한 웃음소리로 가득했다. 나도 멈춰 서서 요리조리 사진을 찍고 '하하' 웃으며 새로운 추억거리를 남겼다. 그날 찍은 사진을 볼 때면, 집에 돌아오는 길에 남편과 들었던 로이킴의 〈내게 사랑이 뭐냐고 물어본다면〉이 떠오른다. '처음의 설렘보다 이 익숙함을 소중해할 수 있는 것, 바다가 지겨워지고 숲이 푸르르지 않다고 그 아름다움을 잊는다면 사랑이 아닐 거예요.'라는 가사였다. 아무리 아름다운 것일지라도 그곳에 시선을 두지 않으면 늘 그 자리에 있어도 거기에 있다는 걸 인식하지 못할 때가 많다. 너무나 익숙해서 존재 자체가 당연하다고 여겼던 자연과, 나를 존재하게 하는 힘인 가족들이 떠올랐다. 그들을 통해 수없이 받은 위로와 사랑을 마치 당연한 권리처럼 누렸던 것은 아닐까. 감사한 마음을 잊었던 것 같아 미안하고 부끄러운 감정이 빠르게 오가며 울컥했다.

벚꽃이 춤추던 봄날의 기쁨, 비 내리던 여름날의 치유, 고요한 수종사에서 눈 뭉치를 맞으며 고민을 날려버렸던 순간. 황화 코스모스 길을 걸으며 익숙함이 선물해 주는 평온함의 가치를 알게 됐다. 북한강은 늘 그 자리에서 나를 기다려 주었다. 삶의 많은 순간에 그 길을 오가며 위로를 받았고 소중한 추억과 행복을 더해왔다. 어쩌면 인생은 끊임없이 변화하는 자연처럼 우리가 겪는 어려움도 시간이 지나면 치유되고 결국, 모든 순간이 쌓여 '우리의 이야기'를 만들고, 아름답고 때로는 슬프기도 한 '우리 인생의 사계'를 완성하는 과정이 아닐까.

5

하늘과 바람과 달과 별에게, 건배!

신유진

새벽에 일어나 테라스로 나갔다. 앞에 보이는 산은 당오름이라고 했다. 테이블에 앉아 어제 읽던 책을 마저 읽었다. 『여름은 오래 그곳에 남아』. 김영하 북클럽 그달의 책이었다. 책 속 장소와 눈에 보이는 풍경이 어쩜 이렇게 같을 수 있는지. 이곳은 여름 별장이고 눈앞의 제주 오름은 책의 배경으로 나오는 '아사마산'이라고 생각했다. 발걸음 소리가 들렸다. 건물 밖 아래를 내려다보니 사장님 부부가 산책을 마치고 걸어오고 있었다. 테라스를 올려다보는 게 느껴져 다시 책으로 눈을 돌렸다. 한참을 읽다 시계를 보니 여덟 시가 가까워졌다. 조식 먹으러 가야 했다. 3층 다락방에서 실내 슬리퍼를 신고 원목 나무 계단을 한 발 한 발 디디며 가파른 경사에 고꾸라질세라 손으로 벽을 짚고 내려갔다. 1층 북카페는 오픈 전이라 고요했다. 자칭 북 집사 사장님과 자칭 빵 마담 사모님이 맞아주셨다.

"편한 곳에 앉으세요."

큰 테이블 한쪽에 자리 잡았다. 제주 살롱 1층은 북카페와 서점이었다. 북카페 한쪽에 빌릴 수 있는 책이 진열되어 있었다. 숙박 손님은 책을 빌려 방에서 읽을 수도 있어, 어떤 책이 있을까 자리에서 일어나 구경하려는데 계단을 내려오는 소리가 들렸다. 핑크방 손님이었다. 인문 서점 '제주 살롱'

에서 운영하는 여성 1인 전용 숙소에 묵고 있었다. 다락방 두 개에 한 명씩만 머물 수 있었기에 손님은 민트방의 나와 핑크방의 그녀뿐이었다. 그곳에서 처음 아침을 맞이하는 나와 달리 핑크방의 그녀는 며칠째 있었기 때문에 사장님 부부와 친근하게 인사했다. 핑크방의 그녀와 가볍게 눈인사했다. 북 집사가 쟁반에 조식을 가져왔다. 아침에 빵 마담이 직접 만든 바게트와 감자수프, 유자 소스를 곁들인 샐러드. 음식 재료는 되도록 제주의 것을 사용한다고 했다. 특급호텔 조식 뷔페에 비할 수 없는 정성스러운 맛, 근사한 집에 초대되어 대접받는 느낌이었다. 조식을 먹는 동안 어색한 침묵이 흘렀다. 핑크방의 그녀가 빌려 간 책을 재밌게 읽었다며 반납했다. 장류진 작가의 『일의 기쁨과 슬픔』을. 우리는 자연스럽게 책 이야기를 했다. 장류진 작가는 제주 살롱에서 북 토크를 한 적이 있어 사장님은 작가에 대해 잘 알고 있었다. 작가는 판교의 IT 회사에 다니면서 소설을 썼는데 그 소설이 베스트셀러가 되어 전업 작가가 되었다고 한다.

"어제 보니 차 트렁크에서 책을 한 보따리 꺼내 올라가시던데 책 좋아하시죠? 읽지 않은 책이라면 꼭 한번 읽어보세요."

홀로 여행을 떠난다고 했을 때, 부모님과 남편을 설득해야 했다. 첫 반응은 왜 혼자냐는 거였다. 같이 가주겠다고 했다. 같이 갈 가족이 없어서 친구가 없어서 혼자 가겠다는 게 아니었다. 지나온 시간을 돌아보는 혼자만의 시간이 필요했다. 무슨 문제가 있는 건지 걱정되었을 테고, 안전상의 우려로 허락받기까지 쉽지 않았다. 북스테이를 하겠다고 말했다. 책이 있는 곳은 안전지대니까. 온종일 책 읽고 산책하고 멍하니 있을 수 있는 곳. 나는 누릴 자격이 충분했다. 트렁크에 한 달간 살 짐을 가득 실어 집 앞에서 차 열쇠를 내어주고 탁송을 의뢰했다. 차는 전날 보냈고 책 한 권 손에 들고 에코백만 메고 가볍게 비행기를 탔다. 제주공항에서 차를 받았다. 첫 번째 숙소로 향하는 그 순간, 운전대를 잡고 제주공항을 빠져나오는데 뜨거운 눈물이 멈추지 않았다. 장마철 비가 세차게 쏟아졌다. 차량 와이퍼가 빠르게 움직였다. 나도 내 눈물을 닦느라 바빴다. 20년이 넘는 긴 시간, 회사 밖의 세상에서 돈을 벌지 않으면 큰일이 나는 줄 알고 살아왔는데 일을 그만두고 홀로 제주에 갔다.

조식을 먹고 다락방에 올라와 천장을 보고 벌러덩 누웠다. 출근하지 않는 삶에 감탄했고, 아무것도 하지 않아도 된다는 사실이 믿기지 않았다. 『빨강 머리 앤』을 읽으며 상상했던 그 다락방이다. 아침 먹고 방에 들어와 책만 읽는 게 목표였다. 활짝 열리는 창가 옆에는 안락한 의자가 있었고 바로 옆 독서실 책상이 있었다. 안락의자에서는 창밖을 보고, 책상에서는 밖을 차단하고 책에 집중하라는 사장님의 의도가 아니었을까. 창밖의 풍경을 보고 다시 책으로 눈을 돌리는 데는 시간이 필요했다. 하지만, 책을 읽든 창 멍을 하든 상관없었다. 창밖은 초록의 밭과 띄엄띄엄 단층짜리 집이 몇 채 보이고 가까이 또 멀리 제주 오름으로 둘러싸여 있었다. 그곳에서의 마지막 날 저녁, 편의점에서 제주 에일 맥주와 오징어 땅콩을 사서 숙소로 들어갔다. 제주 살롱을 기념하기 위해 책 몇 권과 '제주 살롱' 마크가 새겨진 문구류를 샀다.

"맥주 좋아하시면 맥파이 브루어리 맥주 한번 드셔보시겠어요?"
책값을 계산하려는데 사장님이 물어보셨다. 시중에서는 구하기 어려운 제주의 수제 맥주라고 했다. 함께 먹을 수 있는 마른안주와 예쁜 맥주잔도 챙겨주었다. 테라스 테이블에 맥파이 브루어리 맥주 한 캔과 편의점에서 산 제주 에일 맥주 한 캔을 나란히 놓고 마른안주를 차려냈다. 일몰을 기다리고 있었다. 아직은 하늘이 파랬다. 비행기가 지나갔는지 하늘에 하얀 연기 같은 구름이 보였다. 서서히 하늘이 붉게 물들고 해가 저 멀리 바다인지 하늘인지 구분되지 않는 경계선에 걸려있었다. 맥주를 따랐다. 벌컥벌컥 마시고 싶었지만 한 모금 마시고, 테라스의 백열등, 노트북의 불빛에 의존해 책을 읽으며 더 깜깜해지기를 기다렸다. 고요한 제주의 시골 마을 옥상 테라스. 어둠 속에, 혼자였다. 아니, 혼자가 아니었다. 이제 별도 보이고 달도 보였다. 저 달도 저 별도 나의 친구였다. 혼자만의 세상에서는 보이는 것 모두 내 것이었다. 세상을 다 가진 나는 이제 부러운 것이 없었다. 7월 중순 장마의 끝을 지나고 있었지만, 제주의 바람 덕분에 습한 기운 없이 시원했다. 일어나서 잔을 높이 들었다. 어둠에 묻혀 이제 보이지 않는 제주의 오름과 하늘과 바람과 달과 별에게 "건배!".

  제주 살롱, 그곳은 월든 이었다. 숲과 책과 그리고 고독을 친구 삼았던 그 여름은 찬란했다. 여름의 날들을 풍부하게 즐기고 집으로 돌아왔다.
  어느 날 제주 살롱을 떠나며 구매한 책『일의 기쁨과 슬픔』을 읽었다. 핑크방의 그녀가 빌려 읽었고 북 집사가 추천해 준 그 책을. 여덟 편의 단편에는 자본주의 사회의 돈이라는 개념이 관통했다. 4대 보험이 되는 직장에 취직해 아픈 부모님의 병원비를 댈 수 있고, 여름휴가에는 이탈리아 여행을 꿈꾸고, 한 손에는 커피를 들고 또각또각 구두 굽 소리를 내며 건물의 회전문을 통과하는 직장인이 그렇게 멋질 수가 없었다. 한두 달 쉬어보니 지겨웠던 삶이 그리움이 되었다. 매달 꼬박꼬박 들어오던 돈이 없으니 내 삶도 위축되었다. 아무것도 하지 않고 차려주는 밥 먹고 예쁜 것만 보고 좋아하는 책 실컷 읽으며 가질 수 있는 제주에서의 여유조차 일한 대가고 보상이었다. 욕심 아닌, 누리고 나누기 위해 돈이 필요했다. 소유를 위해 해야 하는 노동의 시간을 줄이고, 나의 꿈과 자연과 교감하는 삶. 『월든』의 작가 소로가 지향했던 것처럼. 얼마 지나지 않아 다시 새로운 직장을 구했다.

인생은 예기치 않은 곳에서 전환된다. 쉬려고 갔던 제주에서 일을 다시 할 수 있는 씨앗을 가지고 온 것처럼, 소박하고 검소한 삶을 지향한 소로가 쓴 글이 전 세계에서 사랑받는 책이 된 것처럼. 앞만 보고 달리다가 다시 멈춰 섰다. 힘에 부쳐서이기도 하지만, 또 잊어버렸기 때문이다. 왜 또 무엇 때문에 달리고 있는지. 자주 멈춰 서게 될 것이다. 그때마다 물어볼 것이다. 내 가족, 건강, 일, 나에게 소중한 것이 무엇인지. 물질만을 쫓다 소중한 것을 잃지 않도록 쉼을 갖고 나아갈 것이다.

홍대보다 직지사가 좋아

이수연

가을이 오면 직지사 길목에는 빨간 꽃무릇 동산이 펼쳐진다. 길쭉한 꽃잎을 활짝 뒤집으며 피어나는 꽃무릇 한 송이는 평범하지만, 수십만 송이가 한꺼번에 꽃 피운 풍경은 인상적이었다. 9월이 되면 수시로 지역 카페 게시판을 들락거리며 꽃무릇 개화 소식을 기다렸다. 무더위 탓인지 올해는 작년보다 일주일이나 늦은 9월 말에 꽃동산을 만났다.

8년 전 직지사가 있는 김천에 오게 된 건 남편의 직장 때문이었다. 아는 사람 하나 없이 막막한 가운데 우리는 낯선 도시에서 살 집을 구하고 정착했다. 마음을 붙이기 위해 우리 가족은 자주 주변을 산책했는데 그중, 내 마음에 들어온 곳은 직지사였다. 이사하고 일주일쯤 지난 어느 초여름 날에 우리는 한적한 지방 도로를 20분 달려 직지사에 도착했다. 직지사는 황악산 아래 자리한 고찰로 사명대사가 출가한 곳으로 알려져 있다. 절로 이어진 길에는 아름드리나무들이 서 있어 숲의 초대를 받은 기분으로 걸었다. 다섯 살 아들은 손을 꼭 잡고 다른 손엔 장난감 기차를 들고 장난스레 흙길을 툭툭 차며 걸었다. 평일 오전, 숲길은 인적이 뜸했고 호젓한 산사의 정취는 마음을 사로잡았다. 일주문을 지나 사천왕이 지키고 있는 천왕문이

나왔다. 아이가 무섭다며 나를 붙든다. 아이는 커다란 사천왕의 부릅뜬 눈과 덥수룩한 수염에 겁을 먹었다. 웃으며 아이 어깨를 안고 달랬다.

"괜찮아. 저 아저씨는 나쁜 괴물만 잡아간대."

구불구불 신기하게 자라난 소나무 한 무리가 보였다. 담쟁이가 타 넘은 얕은 돌담 아래엔 진한 분홍색 꽃이 소복이 피어 있었다. 커다란 바나나 나무가 궁금해 가까이 가서 보니 파초라는 식물이었다. 소박하고 단정한 대웅전이 눈에 들어왔다. 새벽에는 사람들이 모여 마음을 비우고 기도를 올렸을 것이다. 처음 가본 곳이지만 조용하고 아늑한 풍경에 마음이 편안해졌다. 우리는 이후 종종 직지사를 찾았다.

가을의 절정에 이른 직지사의 단풍은 근사했다. 깊은 산속이라 공기가 꽤 서늘했다. 옷깃을 여미고 아이 목에 손수건을 둘러 따뜻하게 감싸고 붉은 단풍나무 사이를 걸었다. 저만큼 뛰어가던 아이가 흙길에 미끄러졌다. 급히 다가가 살펴보니 상처 하나 없이 멀쩡하다. 안도하며 가슴을 쓸어내리는데 '수행하는 곳입니다. 조용히 해주세요.'라고 써진 표지판이 보였다. 절에 아무도 없어 고요하다고 생각했는데 사실 그곳은 사람들이 조용히 수행하는 공간이었다. 절 마당은 언제나 깨끗하게 쓸어져 있었고 풀 한 포기, 꽃 한 송이도 누군가의 정성스러운 손길이 닿아 있었다. 이후 직지사에 가면 휴대전화를 무음으로 하고 아이에겐 조용히 하도록 일러둔다. 좋아한다는 건 그만큼 마음을 쓰는 일이다.

겨울이 되면 산사는 어쩐지 좀 쓸쓸하다. 멀리 보이는 산꼭대기는 하얗게 눈으로 덮여있다. 조용한 겨울의 절이지만 아이들은 금방 놀거리를 찾아냈다. 직지사 실개울이 얼음 이불을 덮고 있는 걸 보자마자 말릴 새도 없이 발을 들이밀었다. 빠직 소리를 내며 얼음은 발아래에서 부서지고 아이들은 신이 났다. 남편이 그 순간을 놓치지 않고 사진으로 담는다. 차가워진 양 볼을 감싸며 그 모습을 가슴에 간직한다.

냉랭한 겨울 기운을 떨쳐낸 봄의 직지사는 그야말로 꽃길의 성지가 된다. 구시가에서 출발해 20여 분 가는 동안 벚꽃을 보며 달릴 수 있는데 영남제일문에 가까워질 때쯤 벚나무는 화사한 꽃길을 만들어 낸다. 사람 없는 곳에 오로지 나무만 줄지어 서 있어 절로 감탄이 나온다. 일부러 만개하고 난 후에 찾을 때도 있는데 〈벚꽃 엔딩〉 가사처럼 흩날리는 벚꽃잎을 만날 수 있기 때문이다. 차창 위로 쏟아져 내리는 꽃잎들 속에서 누구라도 드라마 주인공이 된다.

결혼 전 홍대 앞에 살던 나는 개성 있는 카페 거리를 좋아했다. 이국적인 메뉴가 있는 음식점을 단골로 삼았다. 숨은 비밀 공간이 속속 자리한 상수동 골목을 사랑했다. 낡은 주택을 개조한 동네 빵집에 문턱이 닳도록 드나들었다. 하지만 그곳을 떠나온 후에는 갈 적마다 아쉬움이 커졌다. 익숙하고 아끼던 공간들은 알 수 없는 이유로 자취를 감추고 사라져 버렸다. 우리 가족이 살던 집마저 허물어지고 더 이상 홍대에 가지 않는다.

허전한 마음을 채워준 건 직지사였다. 절은 우리가 찾은 8년간 같은 모습으로 거기에 있었다. 절기가 바뀔 때마다 옷을 갈아입지만, 늘 같은 얼굴로 우리를 맞는다. 대웅전 앞마당에서 사람들이 스님과 합장하는 모습을 보고 아이는 자기도 저렇게 인사해 보고 싶다고 했다. 불교 신자는 아니지만 용기를 냈다. 우리 앞으로 지나가는 스님을 향해 두 손을 가슴 앞에 모으고 고개를 숙였다. 스님이 걸음을 멈추고 합장으로 답해주었다. 아이 얼굴에 기쁨이 번지고 내 가슴도 따뜻해졌다. 기와가 쌓여있는 곳이 궁금한 아이는 손을 잡고 그쪽으로 간다. 기와를 옮기고 쓸고 닦느라 분주한 모습을 지켜보는데 일하던 손을 멈추고 아이를 돌아본다.

"아이고 이뻐라. 엄마랑 절 구경 왔어? 할머니가 뭐 좀 줄 게 있나."

어르신 주머니에서 부스럭부스럭 사탕 한 알이 나왔다. 아이 손에 꼭 쥐여주신다. 달콤한 마음 한 알이 아이 입으로 쏙 들어간다. 박하사탕을 처음 먹은 아이는 시원한 맛이 난다고 했다. 절에서는 숲이나 공원과는 다른 활기가 느껴진다. 그건 사람들의 진짜 삶이 있고 이야기가 있기 때문일 것이다. 직지사의 특별함은 그 공간을 채우고 있는 사람들로부터 나온다. 그곳에서 따뜻한 위안을 받는다.

박하사탕을 먹으며 행복했던 꼬마는 중학생이 되었고 더 이상 직지사 산책에 동행하지 않는다. 그럼에도 여전히 절에 가면 여기저기 우리가 함께한 추억이 묻어난다. 씩씩하게 뛰어내리던 계단, 돌멩이로 흙 그림 그리던 은행나무 뜰, 작은 손 모아 소원 빌던 석탑까지. 지난 8년처럼 앞으로 80년, 혹은 그보다 더 오래 절은 늘 같은 모습으로 있을 거라는 믿음이 있다. 소중한 추억이 깃든 이곳을 아끼고 잘 지키고 싶다. 그건 자연과 사람이 함께 할 수 있는 일일 것이다.

7

올림픽공원 옆에 살고 있습니다
이주연

"한 바퀴 돌고 올까?"

남편과 나 둘 중 아무나 먼저 아무 때나 이 말을 꺼내도 상관없다. 듣는 쪽이 누구든 토를 달지 않고 주섬주섬 옷을 갈아입고 올림픽공원으로 산책 나설 채비를 한다.

꺾이지 않을 것 같던 유난스러운 더위도 10월의 달력 앞에서는 무릎을 꿇고 말았다.

햇살의 적당한 따끈함과 선선한 바람이 더해진, 쾌적하고 청명한 공기는 산책하기에 넘치지도 모자라지도 않는다.

"언제 가을이 온 거지?"

"오늘은 동2문 체조 경기장 쪽으로 가자."

시답잖은 대화와 함께 오늘의 산책 코스를 정한다.

지하철역이 있는 공원 입구가 가까워지자 LED 응원봉과 플라스틱 머리띠를 좌판에 늘어놓은 잡상인이 보인다. 파란색 티셔츠를 맞춰 입은 아주머니들, 어깨에 접이식 의자나 큰 가방을 둘러맨 달뜬 표정의 젊은 남녀들이 지하철역에서 쏟아져 나온다. 잡상인들이 판매하는 물건과 공원 안으로 들어서는 사람들의 모습을 쓱 훑어보면 오늘 어느 가수의 공연이 열리는지 알 수 있다. 서당 개 삼 년이면 풍월을 읊는다고 우리 가족은 공원 입구에서 북적이는 인파만 봐도 콘서트의 주인공이 누구인지, 어떤 장르의 페스티벌인지, 그리고 오늘 공원 혼잡도는 얼마나 되는지 예측할 수 있다. 공원 옆에 오랫동안 살아서 쌓인 내공이라고나 할까.

"오늘은 영탁이네. 영탁이가 파란색이지? 어랏, 민트 페스티벌도 있나 보다."

사람이 많을 것 같아 영탁이 공연하는 체조 경기장을 지나 88자유마당 뒤쪽 언덕길을 오르기로 한다. 시끌벅적한 공연관람객과 행사 요원들, 감자튀김이나 핫도그 같은 먹거리 팝업스토어, 굿즈 판매대는 빠르게 지나치고 산책길을 따라 부지런히 걷는다. 나무가 우거진 몽촌토성의 가파른 언덕길을 오르다가 땀이 맺힐 즈음 언덕 꼭대기에 다다랐다. 이곳에서 적당하게 편편한 자리를 찾아 앉으면 언덕 아래 88자유마당에 설치된 공연무대 뒤편이 보인다. 야외공연장 주변으로는 유료 관람객을 위해 높은 펜스가 설치되어 실제 공연을 엿볼 수는 없다. 하지만 지금 우리가 자리 잡은 이곳은 가수들의 음악을 공짜로 즐길 수 있는 행운의 명당자리다. 비록 '멜로망스'가 부르는 노랫소리가 저 멀리 아득히 들리고 시원한 맥주가 없어 아쉽지만. 흥에 취한 공연관람객의 떼창이 들려오고 하늘은 서서히 주황빛으로 물들기 시작했다. 선명하고 푸르게 반짝였던 나뭇잎들은 먼 하늘의 붉은 빛과 더해져 깊고 짙은 녹색으로 변해 간다. 푸른 나뭇잎 사이를 스쳐 지나온 선선한 바람을 맞으며 노래를 들으니 우리도 페스티벌에 참여한 관람객이 되었다. 몽글몽글한 기분에 함께 취한다.

서울 '올림픽공원' 옆에 살고 있다. 올림픽공원은 야구 경기가 열리는 잠실 주경기장과 함께 한국 사람이라면 모두가 아는 공원이다. 뉴욕의 센트럴 파크처럼 말이다.

까마득한 중고등학교 시절, 봄가을 소풍이나 백일장, 졸업사진 촬영 등의 야외활동은 어김없이 올림픽공원에서였다. 당시 대한민국 최대 이벤트였던 88올림픽 개최와 함께 조성된 올림픽공원은 서울의 동쪽에 사는 학생들에게 허용된, 가장 안전하면서도 선진국의 모양새를 갖춘 의미 있는 곳이었기 때문이었다. 다만 체조, 수영, 핸드볼, 사이클 등 각종 경기장 주변으로 심어진 나무와 잔디는 아직 자리를 잡지 못해 초록의 울창함과는 거리가 멀었다. 세계적인 작가의 조각 작품들 또한 휑한 아스팔트 광장에 덩그러니 놓인 느낌이었다. 그러니 놀 궁리만 하는 철없는 학생들에게는 그늘 하나 없는 끝없는 산책길이 얼마나 뜨겁고 지루했는지, 우리는 짱박힐 외진 공간을 찾아 헤맸다. 넓기만 한 공원은 재미없는 허허벌판에 불과했다. '차라리 소풍을 어린이대공원으로 갔으면 놀이기구라도 탔을 텐데, 왜 하필 여기냐?'라는 푸념만 아침부터 귀가할 때까지 쏟아내곤 했다.

늘 올림픽공원 가까이 살았다. 유명한 공원이라는 물리적 장소 말고도 나의 세월이 쌓인 장소이기도 하다. 대학생 때는 50m 긴 레일이 있는 수영경기장에서 수영을 처음 배웠고, 사이클 경기장을 활용한 자전거 경륜장에서 주말 사무보조 아르바이트를 하기도 했다. 당시 엄마 지인에게 부탁하여 일하게 되었는데 말만 사무보조이지 하는 일은 경륜 경기 배팅 부스 창구의 각종 잔심부름꾼 역할이었다. 대단한 일을 해야 하는 것이 아님에도 급여가 꽤 쏠쏠해서 오랜 기간 용돈벌이를 했다. 하지만 '경륜'이라는 도박에 눈이 먼 천태만상 인간들의 모습을 목격하고는 놀라기도 했다. 천 포대기로 어린아이를 등에 업은 여성이 담배를 피우며 어느 선수한테 배팅할지

상의하고 있던 모습이나, 추레하고 지저분한 행색의 아저씨가 출입문 기둥에 쪼그리고 앉아 두툼한 돈다발을 세고 있던 모습은 얼마나 충격적이었는지 아직도 기억이 생생하다.

임신 막달 무렵 눈 내린 몽촌토성 산책길을 뒤뚱거리며 걸었다. 그 길은 몇 년 뒤 아이의 자전거 연습 길이 되었고, 남편의 아침 조깅 코스가 되었다. 지금 공연이 열리고 있는 88잔디마당의 푸른 잔디 위에서 아이는 남편과 야구를 하며 주말을 보냈고, 중고등학생이 되어서는 공원 광장에서 농구를 하고 자전거를 타며 땀을 흘렸다. 이제 나는 남편과 함께 그 길을, 그 광장을 산책한다. 타박타박 느긋하게 걸으면서 오늘 읽었던 뉴스 기사, 먹고 싶은 음식, 다음번 여행지 선택 같은 별것 아닌 주제로 시시한 이야기를 나눈다. 회사에서 일어났던 속상했던 일, 서로에 대한 서운한 마음을 꺼내면 심각해지기도 한다. 그러다 산책길 주변 계절을 알리는 나무와 꽃들을 만나면 이내 반가움에 호들갑을 떤다. 조금 전 나눴던 이야기는 금세 까먹고 만다.

"자그~마한 모든 게 커져만 가, 항상 평범했던 일상도 특별해지는 이 순간~"

'멜로망스'의 앵콜곡인 〈선물〉을 듣고 언덕에서 내려왔다.

천천히 공원 명소 '나 홀로 나무'가 있는 풍납동 방향 산책길로 발걸음을 옮겼다. 해가 내려앉으니 멀리 아파트 단지와 건물의 불빛이 노랗게 반짝였다. 나뭇잎과 잔디는 마치 녹색 홑이불을 덮어놓은 것처럼 포근해 보였다. 먼발치로 너른 잔디밭 위에 외롭게 서 있는 '나 홀로 나무'가 보인다. 이제 산책하는 사람들, 피크닉을 마치고 돌아가는 사람들, 혼자 뛰는 러너들이 뒤섞인다. 88잔디마당이 가까워지자 산책하는 사람들의 작은 대화 소리 대신, 공연장 펜스 너머로 관람객의 아쉬운 함성이 들려온다. 공연이 끝나가나 보다.

때로는 익숙한 풍경이 더 눈부시고 특별하다. 올림픽공원은 예전이나 지금이나 같은 자리에 있다. 우리가 산책하는 이 길도 변함이 없다. 하지만 이곳에 쌓인 시간은 나의 삶이다. 지나간 시간이라고 치부해 버리기엔 선명하고 아름다운 추억이다. 올림픽공원을 배경 삼아 차곡차곡 쌓여 있다. 변하는 것은 내 모습뿐. 하루하루 각기 다른 그림과 색깔로 메꿔 간다. 일상이 머물고 스쳐 간 이곳에서 오늘도 인생의 또 다른 한 줄을 채워 간다. 언젠가의 하루보다 지금의 내가 더 깊고 넓어졌기를 바라면서.

2024년 가을옷을 차려입은 올림픽공원이 나를 기다리고 있다. 다음 주말에도 이 계절을 놓치지 않게 산책해야겠다. 황금색으로 물드는 가을의 풍경을 기억하고, 내 인생의 반짝이는 하루를 가지런히 덧붙이면서 느리게 느리게.

8

그저 너와 걷는 게 좋아서, 산책
이숙희

　걸어야만 보이는 풍경들이 있다. 그러니 날이 좋으면 걷고, 비가 와서 걷고, 눈이 오니까 당연히 걷는다. 또 버스를 타기에 어정쩡한 거리도 망설임 없이 걷는다. 어릴 때부터 걷는 데는 이력이 붙었다. 작은 농촌 마을에서 자라며 멀리 있는 학교까지 걸어서 다녔던 덕분이다. 지금은 폐교되어 노인 요양원으로 바뀌었지만, 영주시 봉현면 노좌라는 동네에 있는 국민학교였다. 아이 걸음으로 왕복 한 시간 반이나 되는 길이었지만, 그 길에는 놀거리 볼거리가 가득해 지루하지 않았다. 아카시아꽃 개망초 개여뀌 민들레 애기똥풀 할미꽃 토끼풀 강아지풀 나팔꽃…. 계절마다 다양한 들꽃이 피었기에 학교 가는 길은 내게 산책길이나 다름없었다. 토끼풀꽃을 엮어 반지와 화관을 만들고, 보물찾기하듯 행운의 네잎클로버를 찾아 '토끼풀'밭을 헤매기도 했다. 무엇보다 아카시아꽃이 가득한 봄날, 짙게 퍼지는 꽃향기 속을 걷는 걸 좋아했다. 하얀 포도송이처럼 주렁주렁 매달린 꽃송이를 따서 한 움큼 입 안에 넣으면 달콤한 향과 맛이 입안을 가득 채웠다. 아카시아 가시를 뚝 떼어 코에 붙이며 웃고, 아카시아 잎을 하나씩 떼어내며 '좋아한다, 안 좋아한다.' 점을 치는 것도 재미있었다. 또 학교 가는 길에는 시냇물이 흐르는 작은 다리도 있었다. 바지를 걷고 물속으로 들어가 물고기를 잡거나 물길을 따라 걷곤 했다. 여름이면 시원한 돌 위에 걸터앉아 흐르는 시냇물을 보며 물멍을 즐겼다. 종종 아이에게 어릴 적 이야기를 들려줄 때면 내가 얼마나 행복한 사람이었나 새삼 느낀다. 집과 학교를 오고 가며 어떤 꿈을 꾸었을까? 그리고 지금, 그 시절 상상했던 어른이 되었을까? 돌아보면 마음이 따뜻해지는 어린 시절의 행복한 기억은 살아갈 힘이 되어주곤 한다.

아이에게도 이런 따뜻한 기억을 물려주고 싶었다. 그래서 어릴 때부터 산과 공원을 자주 함께 걸었다. 우리가 가장 좋아하는 산책 코스는 집 근처 가현산과 가마지천이다. 아카시아가 있기 때문이다. 우리가 자라고 추억할 공간은 다르지만, 아카시아꽃이 주는 그리움과 향기는 같지 않을까. 아카시아 꽃향기가 진해질 때면 걷기만 해도 마음이 행복해진다. 아이도 나와 같은 마음이길 바라며 봄이 되면 연례행사처럼 아카시아를 찾아다녔다. 꽃송이를 따서 꿀을 빨아 먹는 법을 알려주니 아이는 신기해하며 따라 했다. 그리고 바닥에 떨어진 하얀 꽃잎을 주워 깨끗하게 씻고 말려 입욕제로 쓰거나 차를 끓여 마시곤 했다. 어느 날 가마지천 길을 걸어서 하교한 아이는 길가에 핀 꽃이 말라버린 것을 안타까워했다.

"엄마 오는 길에 보니까 날씨가 더워서 그런지 코스모스도 국화도 다 말랐더라."

아이의 그 감수성이 사랑스러웠다. 나는 아이의 감수성이 더 깊어지기를 바라며 새벽 산책을 시작했다. 사실 새벽 산책을 시작한 데는 아름답지만은 않은 현실적인 이유도 있었다. 귀가 얇고 육아 책을 많이 읽은 나는 사서 걱정하는 편이다. '사랑'이라는 이름으로 갈수록 아이에게 바라는 게 많아진다. 처음엔 건강하게만 자라면 좋겠다 싶었지만, 공부가 뒷전인 아이를 보면 불안한 마음이 든다. 중학생이 되면서부터 레고를 조립하거나 만화 그리기에 빠져있을 때면 공부는 언제 할 거냐고 채근하고 싶어진다. 또 종이를 접다가 잠잘 시간을 훌쩍 넘길 때면 한숨이 나왔다. 아이를 잘 키우고 싶은 마음에 수시로 화, 불안, 조급함이 올라왔다. '아이가 좋아하는 걸 존중하면서도 공부도 챙기는 방법이 없을까?'라고 생각하던 어느 날이었다.

"내일부터 1시간 일찍 일어나자. 아침에 미리 공부해 두면 집에 와서 네가 좋아하는 종이접기도 그림그리기도 할 수 있잖아."

단번에 거절할 줄 알았는데, 아이는 오히려 새벽 산책을 제안했다.

"일찍 일어나면 졸릴 수도 있으니까 집 앞 호수공원을 한 바퀴 돌고 올까?"

공부도 하고 운동도 하니 일거양득이다.

새벽 6시, 여명이 밝아오는 하늘색은 말로 형용할 수 없을 만큼 아름답다. 회색빛 하늘이 점점 보라색을 띠다가 불그스름해지는데, 매일 봐도 질리지 않는다. 그 찰나를 놓치고 싶지 않아 아침마다 호들갑을 떨며 아이를 깨운다.

"하늘색 좀 봐. 세상에 어쩜 저렇게 예뻐?"

"진짜 예쁘네."

졸리고 피곤할 법도 한데, 기특하게도 내 말에 벌떡 일어난다. 우리는 싱그럽던 초록 나무가 빨갛게 노랗게 물들고 낙엽이 되어 하나둘 떨어질 때까지 내내 걸었다. 집을 나서자마자 예기치 못한 비를 만나도 걸었고, 낙엽을 밟으며 바스락거리는 소리를 내며 걸었다. 일정한 대열로 무리 지어 가는 철새들이 어디로 가나 올려다보고, 가마지천에 살고 있는 물고기가 신기해서 물속을 한참 들여다보곤 했다. 별것 아닌 것 같은 순간순간을 보며 하루하루 걸었을 뿐이다. 그렇게 별것 아닌 순간들이 쌓이면서 내 마음속 걱정도 조금씩 흐려졌다. 아이와 아침 산책을 시작하면서 사실 크게 달라진 건 없다. 걱정을 사서 하는 성격에 늘 종종거리며 살아온 것 같은데 돌아보면 하루도 그립지 않은 날이 없다. 앞으로 몇 번의 가을이 지나면 아이는 부쩍 자라 있을 거다. 함께 걸었던 이 시간이 그리워지겠지. 우리는 길 위에서 무엇을 얻었을까? 바라는 건 없다. 그저 우리가 길 위에서 함께 본 풍경과 차곡차곡 쌓은 시간과 이야기가 아이에게 힘이 되기를 바랄 뿐이다. 어른이 되어서도 하늘과 구름 그리고 길가에 핀 꽃을 보며 설레는 마음을 잃지 않았으면 좋겠다.

겨울이 시작되면 아이는 첫눈이 오기를 기다린다.

"눈 오면 뭐 할 거야?"

"눈 맞으며 눈사람 만들어야지."

아이와 함께 새벽에 길을 걷다 보면 어릴 때 학교를 오가던 길이 떠오른다. 계절마다 피던 꽃을 보며 꿈꾸던 그때가. 시간이 지나 아이가 어른이 되었을 때, 우리가 함께 했던 이 산책이 아이에게도 좋은 기억으로 남았으면 좋겠다. 그리고 그 기억이 힘들고 지칠 때마다 마음을 다독여 주는 위로가 되기를.

9

달빛 캠핑장, 우리의 월든이 시작된 곳
최은정

"오늘 할 숙제는 다 했어?"
"잠옷이랑 세면도구도 각자 다 챙겼지?"

금요일 이른 저녁, 현관문을 나서기 전 1호가 숙제를 비롯해 오늘 해야 할 일 들을 하나도 하지 않았음을 알게 되었다. 사실 캠핑을 다녀와서 조용히 이야기해도 될 만한 문제였다. 하지만 나는 집에서 일하는 엄마다. 육아와 살림을 챙기며 일 끝나자마자 캠핑을 위해 이것저것 급하게 챙기면서 예민해진 상태였다. 결국은 1호에게 언성을 높이며 잔소리와 함께 현관문을 나섰다. 찜찜한 마음으로 가는 길에 먹을 김밥과 물을 사서 가방에 넣었다. 남편 또한 기분 좋게 가야 할 여행길 분위기를 삭막하게 만든 나를 책망하는 눈빛으로 운전대를 잡았다. 2호는 우리 사이에 껴서 이리저리 눈치를 보고 있었다. 냉랭한 분위기를 견디지 못하는 남편은 라디오를 켜고 볼륨을 한껏 높였다. 차를 타고 가는 1시간 동안 김밥 씹는 소리와 알 수 없는 주파수 속 아나운서 목소리만 가득했다.

"어? 엄마! 저 달 좀 봐. 저 달에 눈 코 입 있는 게 보여?"

냉랭한 분위기를 깬 것은 2호였다. 나머지 셋은 대답은 안 했지만, 모두 왼쪽에 있는 달을 보고 있었다.

"우리가 저번 주에 읽었던 책 있잖아. Tomi Ungerer의 『Moon Man』 닮지 않았어? 눈 코 입도 있잖아."

자세히 보니 정말 눈과 입이 있는 것처럼 보였다.

"어. 진짜 보이네. 코는 잘 모르겠고. 눈이랑 입."

나는 2호의 말에 맞장구를 쳐주었다. 그제야 1호도 엄마에게 혼난 마음이 조금은 풀린 듯 우리 대화에 끼기 시작했다.

"나는 진하게 잘 보이는데? Moon Man이 지구에 왔다가 다시 달로 돌아갔나 보네."

1호가 입을 열자, 남편은 라디오 볼륨을 줄였다. 나는 마음속으로 안도의 한숨을 쉬었다. 2호가 발견한 Moon Man 덕분에 즐거운 캠핑을 할 수 있을 거 같았다. Music play list에서 〈Moon River〉를 클릭하고 소리를 높였다.

Moon River, wider than a mile / I'm crossing you in style some day

Oh, dream maker, you heart breaker

Wherever you're going, I'm going your way

Two drifters off to see the world / there's such a lot of world to see

We're after the same rainbow's end

waiting, round the bend, my Huckleberry friend

Moon river and me

'코오롱 스포츠 캠핑장'에 도착한 시각은 밤 8시였다. 9시 별빛 트래킹을 예약했기 때문에 마음이 바빠졌다. 글램핑장인 만큼 따로 텐트를 치고, 정리해야 하는 번거로움이 없어서 빠르게 저녁만 해결하면 되었다. 집에서 가져온 반찬 몇 개를 상 위에 펼쳐두고 햇반 세 개를 꺼내 전자레인지에 데웠다. 그리고 아이들이 좋아하는 사발면, 진라면 순한 맛도 하나 꺼냈다. 9월 말 서늘한 공기 아래 후후 불어먹는 사발면은 꿀맛이었다. 캠핑장에서 먹는 밥은 언제나 맛있다. 달빛과 바람, 나무 냄새와 풀꽃 냄새가 뒤섞여 더 맛이 좋았다. 시간이 촉박해서 설거짓거리는 우선 쌓아두고 상을 얼른 정리한 후 아홉 시에 캠핑장 사무실 앞에 모였다. 가족마다 나눠주신 담요를 들고 별빛 트래킹을 시작하였다. 정상까지는 걸어서 30분 정도 걸린다고 했다. 10분 정도 가로등이 있는 큰길을 걷다가 숲속 길로 들어서자 꽤 어두워졌다. 무리 사이 중간중간 섞여 있던 스태프분들이 작은 손전등을 켜서 앞을 비춰 주었지만, 여전히 어두웠다. 2호가 무서워하기 시작했다. 그러자 남편이 매고 온 가방에서 헤드 랜턴 하나를 꺼내 2호의 머리에 매주었다. 헤드 랜턴을 장착하고 걷던 2호가 소리쳤다.

"어? 땅바닥에도 Moon Man이 있어!"

2호가 가리키고 있는 방향을 보니 동그란 헤드 랜턴 빛이 바닥을 비추고 있었다.

"봐봐. 내가 렌즈를 위로 올리면 Moon Man이 작아지고 렌즈를 아내로 내리면 Moon Man이 커져. 언니도 해볼래?"

2호의 말이 떨어지기가 무섭게 1호가 헤드 랜턴을 2호의 머리에서 낚아챘다. 아이들은 헤드 랜턴 하나를 가지고 이런저런 놀이를 만들면서 걸어갔다. Moon Man 그림자 밟기. Moon Man 피해 다니기. 누가 더 큰 Moon Man을 만드는지 내기도 하면서. 헤드 랜턴이 만들어 준 Moon Man 덕분에 아이들은 어두움에 대한 두려움을 잊고 별빛 트래킹 마지막 목적지까지 무사히 왔다.

목적지는 넓은 공터였고 그 안에는 가족들 수만큼의 돗자리가 바닥에 펼쳐져 있었다. 가정마다 돗자리 하나씩 택해서 누우라고 스텝 리더분께서 말씀하셨다. 우리는 중앙쯤에 있는 돗자리를 택해 넷이 쪼르르 누웠다.

"우와!"

누가 시작이랄 것도 없이 다 함께 환호성을 질렀다. 하늘 가득 별 보석들이 촘촘히 박혀있었고 순간 별들이 하늘에서 쏟아져 내리는 것 같았다. 남편은 별자리 앱을 켜고 핸드폰을 하늘을 향해 들었다. 핸드폰 스크린에 물고기 문양이 뜨자 아이들은 신기해했다. 우리 가족 별자리를 찾아봤다. 게자리, 처녀자리, 천칭자리, 사수자리. 가족 별자리를 찾는다고 하늘을 쭉 스캔하다 보니 환한 Moon Man이 스크린 안으로 들어왔다. 2호는 스크린 속 Moon Man을 너무 반가워했다.

"엄마, Moon Man이 웃고 있는 거 보여? 입이 이렇~게 살짝 구부러져 있잖아! 지구보다 달 속에 있는 게 행복한가 봐."

첫 캠핑. 이때의 행복한 기억으로 6년째 캠핑을 계속하고 있다. 우리는 일상이 지루해질 때쯤이면 캠핑 장 사이트를 이리저리 기웃거린다. 따분한 달 속에서 무도회를 즐기는 지구인들을 부러운 듯 지켜보다 지구로 내려온 Moon Man처럼. 벚꽃 나무 아래서 봄. 계곡 속에서 여름. 달빛을 맞으며 가을. 흰 눈을 밟으며 겨울. 그렇게 사계절을 배워가고 있다.

세상 많은 볼거리 중 우리는 같은 무지개의 끝을 향해 찾아 헤매는 표류자들.

기다려요, 나의 소중한 친구.

Moon Man.

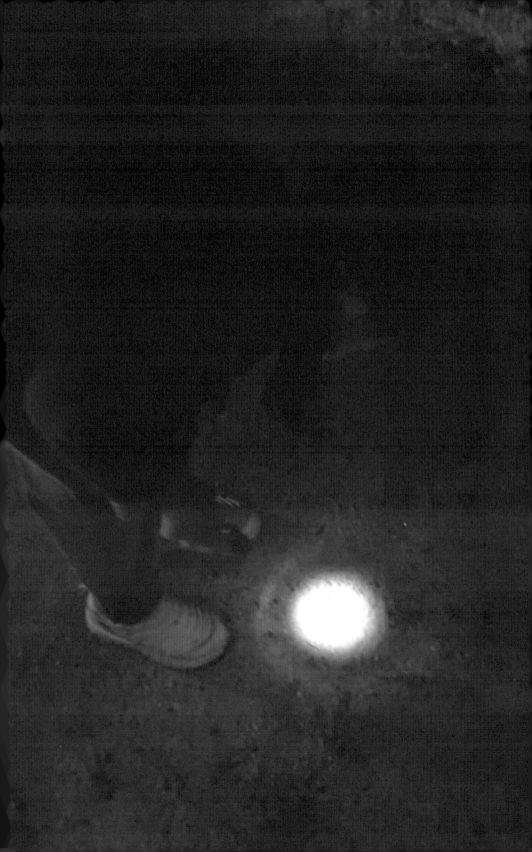

10

기름을 채우며 준비하는 겨울
희경

이웃을 통해 동네 주유소에서 추석맞이 기름 할인 판매 소식을 들었다. 부리나케 전화했다. 집까지 배달오는 데 4시간이 넘게 걸린단다. 주문 폭주인가 보다. 괜찮다, 기다려야지. 얼마든지 기다릴 수 있다. 오랜 시간 후 기름차가 도착했다. 기름차에서 기다란 호스를 풀어낸다. 기름통에 기름 채워지는 소리가 들리는데, 주유소 아저씨가 기름 넣기를 멈췄다. 채워온 기름이 떨어졌단다. 추석 연휴를 보내고 다시 오겠다는 말씀에 "기름은 오늘과 같은 가격으로 주시는 거죠?" 하고 물었다. "당연하죠." 시원시원하게 답하는 아저씨를 보내드렸다. 추석 연휴를 보내고 나니 연락이 왔다. 지난번보다 더 할인된 가격으로 기름을 마저 채워준단다. 기분이 좋다. 이제 우리 집 기름통에 세 드럼의 기름이 찼다. 꽉 찬 기름통만큼 내 마음도 든든하다.

나는 기름보일러를 사용하는 시골에 산다. 몇 년 전 면사무소 주위로 도시가스가 설치되었지만, 우리 집까지는 아직이다. 작년 겨울, 기름값이 끝없이 오를 때는 기름 넣을 때 카드를 꺼내는 손이 부들부들 떨렸다. 기름통을 다 채우려면 백만 원 가까이 들었기 때문이다. 혹시나 가격이 내릴까 해서 조금씩 배달을 시켰다. 주유소 아저씨도 적은 양의 기름 넣기를 귀찮아하지 않으셨다. 그러다 보니 기름이 자주 떨어졌다. 신기하게도 매섭게 추운 날 새벽이나 목욕하기 직전, 보일러 계기판에 기름이 떨어졌다는 신호가 뜬다. 가끔 기름 잔량을 확인해야 하는데 번번이 잊는다. 오들오들 떨면서 아침을 맞이하거나, 샤워도 하지 못하고 출근해야 할 때도 있었다. 그러니 시골에서의 겨울나기에 기름 채우기는 중요한 과업이다. 겨울이 오기 전 우리네 부모님이 창고에 연탄을 채웠듯, 기름통에 기름을 채워야 하는 시골에서의 열두 번째 겨울을 맞이한다.

시골의 사계절은 도시의 그것과는 다르게 흐른다. 주말, 동네 벚꽃길과 강변길이 차로 막히기 시작하면 이제 봄이 오나 보네 한다. 차가 막혀 마트 다녀오기도 힘들다. 동네 카페에 가서 일이라도 할까 하면 관광객 때문에 자리도 없고 시끄럽다. 조용한 카페를 찾아다니다 지치고 만다. 그래서 나는 주말 아침에 도시로 나갔다가 저녁에 집에 돌아온다. 차가 막히는 반대 방향으로 이동하는 셈이다. 이웃들을 통해 알게 된 샛길 정보를 활용해 막히는 길을 이리저리 피해 다닌다.

여름은 집안으로 날아드는 날벌레로 시작된다. 우리 집은 거실 앞에 창문이 없는 테라스가 있는 구조다. 아무 생각 없이 테라스로 연결되는 방충망을 열었다가는 퍼덕퍼덕 날갯소리가 나는 커다란 나방을 보게 된다. 나방을 잡겠다고 전기 파리채를 휘두르고 그 잔해를 처리하는 일은 귀찮고 하기 싫은 일이다. 아무리 조심해도 벌레들과 함께하는 여름은 피할 수 없다.

겨울이 오면 벌레는 사라지지만 문제는 눈이다. 시골에서는 제설차 보기가 어렵다. 눈이 쏟아지면 이웃 사람 모두 든든하게 옷을 껴입고 삽을 들고 나선다. 눈 치우는 커다란 삽은 시골집의 필수다. 높은 지대에 사는 사람들은 강풍기까지 가지고 있다. 눈이 쌓이기 전에 날려 버리기 위해서다. 우리 집은 평지라 그나마 다행이지만 눈 치우기를 피할 수는 없다. 눈을 치우지 않으면 이동할 수 없다. 한 시간에 한두 번 오는 버스조차 오지 못하는 경우가 많으니 만반의 준비를 해야 한다. 그래도 전날 오후에 눈이 오면 다행이다. 밤늦게까지라도 쓸어 놓으면 다음 날 출근은 할 수 있으니. 문제는 새벽에 눈이 왔을 때다. 새벽부터 눈 쓰느라 땀을 뻘뻘 흘려야 한다. 집 앞만 쓸면 뭐 하나. 길이 엉망인걸. 시골의 쌓인 눈은 보기에만 예쁘지, 살기에는 불편하다.

처음 시골에 살 때는 마루 깊숙이까지 햇살이 쏟아지고, 창문을 열어두면 바람이 시원하게 통해서 좋았다. 바람 소리, 새 소리를 들을 수 있는 아침, 쏟아지는 별을 볼 수 있는 밤도 좋았다. 꽃이 흩날리고 온 세상이 초록이 되었다가 단풍이 지고 눈이 쌓이는 계절의 변화에 감탄하기도 했다. 무엇보다도 현관을 나서면 흙을 밟을 수 있는 마당이 있는 것이 좋았다. 하지만 시골살이의 특별함이 일상이 되는 것은 순식간이다. 시골살이 10년이 넘으니, 벌레들과 사투를 벌이고, 조금이라도 싸게 기름 채우기 위해 정보를 수집하며, 출근길 걱정에 땀 흘리며 눈 치우는, 평범한 일상을 사는 사람이 되어버렸다.

얼마 전 큰아이와 시골살이 이야기를 나눌 기회가 있었다. 아이는 일곱 살에 시골로 이사 왔을 때 책에서 봤던 자연이 바로 옆에 있어서 좋았단다. 초등학교 1학년 때 담임선생님이 먹을 수 있는 꽃과 먹을 수 없는 꽃을 알려줘서 진달래, 아카시아 등을 마구 먹어봤다고도 했다. 그즈음 아이가 진달래인 줄 알고 철쭉을 먹어서 배탈이 났던 기억이 떠올랐다. 집 앞에 있는 철쭉꽃을 열 송이 넘게 먹었다는 이야기는 이번에 처음 들었다. "그래도 설사 몇 번 하고 지나갔으니 다행이지?" 하며 함께 웃었다. 큰아이는 개미도 먹으려고 했던 아이다. 아프리카에 개미를 먹는 부족이 있다는 이야기를 책에서 읽고 따라 해보려 했단다. "내가 개미를 먹으려 하니까 엄마가 아프리카 사람들은 개미를 자주 먹어서 위가 튼튼하지만 너는 아니지 않냐고 논리적으로 말해서 거기에 수긍하고 안 먹었지." 하는 아이의 이야기에 피식 웃음이 났다. 아이와 얘기를 나누다 보니 잠들어버린 내 안의 7, 8살 어린아이를 깨워 보고 싶어졌다.

억지로 나선 산책길, 이어폰을 뚫고 어디선가 바사삭 소리가 들렸다. 내가 밟은 낙엽이 부서지는 소리였다. 퍼뜩 낙엽이 있던 길만 밟고 다니는 아이의 모습이 떠올랐다. 귀에서 이어폰을 빼고 아이처럼 걸어보았다. '딱 30분만 걷고 집에 가야지' 했던 마음이 사라져 버렸다. 그 길 한가운데서 몸을 꼿꼿이 세우고 서 있는 사마귀를 보았다. 아이처럼 옆에 쪼그려 앉아 보았다. 사마귀는 앞발을 모은 채 무언가를 바라보는 중이었다. 사진으로 남기려 핸드폰을 들이댄 순간, 내 눈앞에서 자연 다큐멘터리 속 한 장면이 펼쳐졌다. 사마귀가 천천히 천천히 앞발을 벌렸다. 갑자기 사마귀가 쓸려갈 정도의 거센 바람이 불었다. 찬 바람에 옷깃을 여미고 사마귀를 쳐다보니, 앞발을 벌린 채 느긋하게 바람을 타고 있었다. 바람이 자신을 덮칠지 미리 알았을까. 사마귀는 의연했다. 아이처럼 멈추지 않았더라면 보지 못했을 모습이었다.

집으로 돌아와 마당에 차를 세우는데 단풍나무가 눈에 들어왔다. 거기 있다는 것도 잊어버린 채 지냈던 나무다. 가을이면 자동차 보닛에 쌓이는 낙엽이 귀찮았을 뿐이다. 문득 어린 시절 나뭇잎을 말렸던 기억이 떠올랐다. 예쁜 단풍잎, 은행잎을 주워 책 사이에 고이고이 끼워두었었다. 이번 가을에는 단풍잎을 말려봐야겠다. 집에 있는 제일 두꺼운 책이 뭐였더라, 즐거운 고민이 시작되었다. 수십 년 만에 단풍잎이 말라가는 모습을 지켜보게 되었다.

어른 걸음으로 5분 거리지만, 아이들과 함께 걸으면 몇 배의 시간이 걸린다. 길이 아닌 길로 가려 하고, 가다 멈추고 가다 멈추기를 반복한다. 아이에게는 모든 것이 처음이니 만져 보고 냄새 맡고 맛본다. 그러다가 길을 잃기도 한다. 목적지 없이 헤매면서 특별한 것들을 찾아낸다. 작은 것에 감탄하고 놀라니 온 세상이 반짝인다. 시간 가는 줄 모르고 탐색하는 아이들의 세계는 아름다운 것 천지다.

아이의 마음이 되어 익숙한 것을 다시 보는 연습을 한다. 한때는 특별했지만 내 마음에서 사라졌던 것, 이미 존재하고 있지만 발견하지 못했던 것을 다시 본다. 시골길의 하늘, 나무, 구름, 바람, 꽃, 길을 다시 본다. 마당에 서서 나무 냄새, 바람 냄새, 비 냄새를 다시 맡는다. 새소리, 물소리, 나뭇잎 흔들리는 소리를 다시 듣는다. 이렇게 시골에서의 열두 번째 가을과 겨울을 맞아 보련다. 곧 다가올 열세 번째 봄을 기다리면서.

3

우리 함께했던 그곳에서

나는 '따로 또 같이' 여행을 통해 적절한 거리를 두고 불을 쬐는
현명한 관계가 무엇인지 배운다. 그 배움을 일상으로
이어갈 수 있도록 노력한다.

"당신에게 '함께했던 공간' 하면 가장 먼저 떠오르는 장소는 어디인가요?

그곳에서 누구와 어떤 시간을 보냈나요?"

앨리스, 힙지로, 출간 파티, 아카펠라

김은주

이상한 나라의 앨리스처럼 토끼 굴에 빠진 하루였다. 2024년 10월 25일에 겪은 시공간은 나를 여러 가지 감정으로 빠져들게 했다. 공저 책이 출판되고 작가들과 출간 파티를 하기로 했다. 처음 책을 낸 것도 신기한데 출간 파티라니! 파티라고 부를만한 경험을 한 적이 없었다. 너무 설레어 전날 잠을 설치기도 했다. 열 명의 작가와 오프라인에서 처음 만나는 자리라 옷도 화장도 세심하게 준비했다. 을지로가 힙지로가 되는 시간 동안 한 번도 오지 못했던 곳. 엘리베이터도 없는 구식 건물이 눈앞에 보였다. 오래된 계단을 걸어 올라 낡은 철문을 여니 아름다운 파티룸이 한눈에 들어왔다. 철문 하나 사이로 새로운 세상이 열렸다. 오래된 건물에 화사한 파티룸이 숨어있는 재밌는 공간에서 작가들과 처음 만났다.

온라인으로 같이 수업을 듣고 공저를 쓰면서 퇴고를 거듭하는 시간 동안 익숙해진 얼굴들이었다. 실제로 만나니 마음이 몽글몽글해졌다. 원래 알고 있던 오래된 지인을 만난 것처럼. 가주 작가님의 말로 대화를 시작한 후, 서로 돌아가며 자기소개를 했다.

"안녕하세요. 초보 작가가 된 김은주입니다. 글을 쓸 때는 너무 힘들었는데, 이렇게 출간 파티까지 하니까 정말 책을 냈다는 실감이 나네요. 지루했던 제 일상에 글 쓰는 시간이 너무 행복했어요."

『어쩌면 예술일 거야, 우리 일상도』 우리의 책에 공저 작가들 모두 사인을 하는 의식도 했다. 집에서 가져온 본인의 책을 옆으로 넘기면서 한마디씩 쓰는 데 점점 밀리는 구간도 생기고 벌써 다 하고 여유 있는 작가도 보이고. 우당탕 한 바퀴를 돌고 다시 내 품에 온 책에는 아홉 명 작가의 다른 말들이 적혀있어 피식 웃음이 났다. 대학생 때까지 썼던 롤링 페이퍼 생각이 나서였다. 책을 돌려가며 사인도 하고 예쁜 꽃을 들고 공주님처럼 사진도 찍어보고. 모두가 주인공이 되는 시간을 즐겼다. 처음엔 쑥스러웠지만 모두 어색함을 털어내고 자유롭게 공간을 누볐다. 함께 전쟁을 겪은 전우애랄까 아니면 동지 의식이랄까? 오래 알고 지낸 벗들처럼 대화에 어색함이 없었다. 책 쓰면서 힘들었던 이야기, 2기 공저 초고 이야기, 서로의 일상 이야기 등등. 케이터링 음식도 하나 같이 다 맛있었고 달콤한 스파클링 와인까지 곁들이니 천국이 따로 없었다. 케이크에 불을 붙이고 서로를 맘껏 축하하며 촛불을 끄고, 작가가 된 것을 온몸으로 축하하던 공간! 토끼를 따라 걷다가 토끼 굴에 빠져 이상한 나라로 가게 된 앨리스처럼 나도 '에세이가주'라는 문을 열었더니, 글쓰기 공부를 하는 새로운 세상으로 들어왔다. 함께 배움을 나누고 연대할 수 있는 사람들이 있다는 건 참 힘이 되는 일이다. 서로에게 칭찬과 격려를 아끼지 않으며 웃고 때론 찡한 눈물도 보이는 작가들. 모두 소녀의 얼굴로 다섯 시간이 어떻게 흘러갔는지 모를 정도로 그곳과 우리는 하나가 되었다. 낯선 공간에서 처음 대면한 사람들과 작가라는 이름으로 묶여 우리가 되었다. 힙지로가 어색한 나이이지만 좋은 사람들과 이런 문화를 즐길 수 있는 내 마음은 아직도 아이 같다.

파티가 끝난 후 교보문고에 들러 첫 책 인증사진을 찍고 버스를 탔다. 광화문을 지나 경복궁 앞으로 달리는 버스. 20년 전 대학교에 다닐 때 통학버스로 매일 지나던 거리다. 그때 경복궁은 공사 중이어서 출입 자체가 금지였다. 아직도 공사 중이지만 부분 개방되어 알록달록 한복을 입은 사람들로 북적인다. 버스에서 내려 혜화동 대학로에 들어서니 시골에서 상경한 시골 쥐가 따로 없다. 20년 만에 오니 그사이 많은 것이 바뀌었고, 성균관대 쪽으로 걸어오는데, 여기가 대한민국이 맞나 싶게 외국인 학생들이 많았다. 메가커피에 들러 좋아하는 코코넛 스무디 커피를 마시며 책을 읽었다. 예매한 공연 시간이 아직 남아있기에 혼자만의 시간을 즐긴다.

출간 파티 후 집으로 가는 건 왠지 싫어서 예매한 아카펠라 전용 소극장. 두잇 아카펠라 Abar는 지하에 있어서 고개를 숙여 계단을 내려가면서 또다시 이상한 나라의 앨리스가 되었다. 혼자 온 손님은 나뿐이어서 처음엔 어색했다. 편안한 소파에 앉아서 기다리는데 주위 사람들이 다들 맥주 한 병씩을 주문했다. '아 술은 안 마시려 했는데. 어쩔 수 없군.' 대학생 시절 돈이 생기면 가끔 마셨던 KGB 맥주를 시켜서 손에 쥐며 그 시절 기억까지 소환시켰다. 그때는 비싸서 자주 사 먹지 못했는데 지금은 가볍게 한 병 시켜 먹는 어른이 되었다. 직원이 소파마다 돌아다니면서 기본 안주와 촛불을 하나씩 켜주었다. 어두운 극장 분위기로도 충분했는데 초까지 켜 주는 센스라니. 왠지 나만을 위한 공연인 것 같은 착각에 빠져들었다. '스프링 클럽'이라는 아카펠라 그룹의 공연 날이다. 남성 세 명, 여성 두 명으로 구성된 5인조 아카펠라 그룹으로 친구 인창이가 리더로 있다. 출간 파티 날 저녁 시간에 이 공연이 있음을 알고 일부러 예매해서 찾아왔다. 지금까지 여러 형태로 음악을 즐겼다. 콘서트장에서 야외 페스티벌에서 지역축제의 작은 무대까지. 아카펠라는 처음이었다. 무엇이든 처음을 어떻게 시작하느냐가 중요한데 전용 극장에서 90분을 꽉 채워서 듣는 아카펠라는 예술이었다. 사람의 목소리로 연주하는 노래에 점점 더 빠져들었다. 악기 없이 목소리만으로 앙상블을 이루는 모습, 서로서로 목소리를 받쳐 주면서 노래하는 모습에서 아카펠라의 매력을 흠뻑 느꼈다. 중간중간 토크를 하며 관객과 소통도 하고 개그도 던지고. 유쾌한 그들의 모습이 인상적이었다. '사람의 목소리가 이렇게 아름답구나. 서로 하나의 소리를 내기 위해 얼마나 노력했을까?' 90분이라는 시간이 짧게만 느껴졌다. 공연 후 만난 인창이가 멤버들을 소개해 주는 데 왠지 연예인 보는 것처럼 쑥스럽고 설렜다.

"토끼 굴로 들어오는 게 아니었어. 하지만 그렇긴 해도 이렇게 사는 게 더 재미있기도 해! 나한테 벌어질 일들이 너무 궁금하단 말이야!"

『이상한 나라의 앨리스』의 문장이다. 나도 앨리스처럼 낯선 곳을 탐험하고 새로운 경험을 하는 게 재밌어졌다.

하루 동안 앨리스가 되어 과거를 소환하고, 새로운 모험을 즐겼다. 예전에는 새로운 것에 대한 두려움이 컸다면 지금은 새로움을 일부러 찾아다닌다. 익숙한 곳이 편해 새로운 공간이나 모르는 사람을 만나는 걸 두려워했었다. 지금은 일부러 새로운 장소와 낯선 사람을 만나는 걸 지향한다. 나를 힙지로에서 경복궁, 대학로, 아카펠라 공연장까지 툭 던져두었다. 낯선 곳에 던져진 나는 또 다른 문을 열어 새로운 세상과 만났다. 이날의 기억은 지금도 머릿속에 선명하다. 힙지로의 공장 철문 넘어 힙함을, 아카펠라 공연장인 지하 소극장의 향기와 초 타는 냄새까지. 집으로 돌아오는 버스 안에서 오로지 행복으로만 가득한 하루에 감사했다. 스스로 찾아낸 낯선 공간, 그곳에서 또 다른 나를 발견하는 즐거움이 좋다. 이런 경험들이 무료한 일상에서 숨 쉬고 있음을 느끼게 한다. 다음엔 또 어떤 세상이 기다리고 있을까? 설렌다.

2

우연히 셋이, 비와 함께

김인혜

올봄, 『나는 메트로폴리탄 미술관의 경비원입니다』라는 책을 Y님, G님과 함께 읽었다. 지난 9월에는 G님을 통해 기회가 닿아 이 책을 번역하신 김희정 님과의 북토크 모임에 참여할 수 있게 되었다. 서울 외곽에 사는 우리들은 차 한 대로 이동하기로 했다. 출발할 땐 부슬비였는데, 목적지인 서울에 도착했을 때부터는 꽤 많은 비가 내리기 시작했다. 북토크는 주최자가 미술관 여행을 다녀오며 영국에서 김희정 번역가님을 만났던 이야기로 시작되었다. 그중 영국 코톨드 미술관에서 열리고 있던 바네사 벨의 특별 전시 이야기도 있었다. 버지니아 울프의 언니이기도 한 바네사 벨은 영국에서 화가로 활동했는데, 번역가님은 바네사 벨의 〈a conversation〉 그림을 좋아한다고 하셨다. 세 여자가 머리를 맞대고 진지하게 대화 중인 그림이 스크린에 띄워졌다. 나는 노트에 글자 세 개를 적어두었다. 책과 번역에 대한 본격적인 강의가 이어졌고 번역가님이 나누어주신 삶의 경험들은 인생 선배가 전해주는 진솔한 격려이자 덕담이었다. 집에 돌아갈 즈음에도 비가 세차게 내렸다. 혼자였다면 꽤 무서웠을 비 내리는 날의 운전이었지만 셋이 두런두런 모임 후기를 나누며 천천히 오다 보니 어느덧 안전하게 집에 도착해 있었다. 그날 저녁 셋의 카톡방에 바네사 벨의 〈대화〉 작품을 올리며 '세 여자'라고 썼다. 마치 오늘 우리의 여정을 상징하는 그림 같았기 때문이다. 토크 시간에 그 그림을 보고 세 여자라고 적었던 순간 그 그림의 제목은 이미 바뀌어버렸다.

우리의 두 번째 모임 날 이었던 10월 18일 금요일도 아침부터 비가 조금씩 내리기 시작했다. 계획한 모임이 아니었는데 이번에도 멤버의 구성이 같았다. 세 여자가 함께하는 두 번째 서울 나들이였다. 서울 한남동에 있는 페이스 갤러리에서 마크 로스코, 이우환 전시를 보기로 했다. 지난번처럼 차 한 대로 움직였다. 내비게이션을 찍고 도착한 곳은 한강진역 옆 야외 주차장이었다. 차를 대고 보행로를 찾아 좁은 계단을 올라가기 시작했다. 계단 중간에 한강진역 출입구가 연결된 특이한 구조였다. 좁고 긴 계단 양옆에는 수풀이 우거져 있어서 마치 오늘 우리에게 새로운 세계가 펼쳐질 것을 예고하는 초대장이자 통로 같았다. 계단을 빠져나와 길을 건너려 신호등 앞에서 기다리는데 빗줄기가 굵어지기 시작했다. 우리는 각자 가방에 챙겨온 우산을 펼쳐 들었다. 그런데 우산을 보는 순간 웃음이 새어 나왔다. Y님의 오렌지색, G님의 와인색, 그리고 나의 쨍한 노란색 우산까지, 각자의 캐릭터를 닮은 듯한 단색의 우산들이 너무 귀여웠기 때문이다. 곧 보게 될 로스코와 이우환의 색채의 향연과도 잘 어울릴 것 같은 비 내리는 거리의 알록달록 우산들. 단풍이 조금씩 들고 있는 거리의 초록 나무들은 비가 와서 더 깨끗하고 선명해 보였는데 그사이를 걸어가고 있는 단색의 주황, 빨강, 노랑 우산들은 정말이지 너무 예뻐서 사진으로 남기지 않을 수 없었다.

색색의 우산을 쓰고 페이스 갤러리에 도착했다. 2층에서 먼저 로스코의

그림 6점을 보고 3층에서 이우환의 작품들을 감상했다. 대기, 수증기, 여백, 붓의 결, 각자의 고유한 색채. 로스코와 이우환의 그림들은 각자의 아우라를 한껏 내뿜고 있었다. 6점이긴 하지만 예전부터 너무 보고 싶었던 마크 로스코의 작품들을 실제로 보게 되어 기뻤다. 우리를 감싸고 있는 마치 대기 같은 그림을 보며, 그 대기 안에서 숨 쉬고 있는 내가 어느새 저절로 그림에 동화되는 것 같았다. 그리고 우리의 숨결 또한 그림의 대기와 색채 속으로 스며 들어가고 있었다. 언젠가는 작품 앞에 의자가 놓여 있는 로스코 방에 앉아 그의 그림들과 마음껏 호흡해 보고 싶다는 생각이 들었다. 밖으로 나와 점심을 먹고 난 후엔 우산을 쓰고 한남동 거리를 잠시 거닐었다. 집에서 가까웠다면 자주 오고 싶은 거리였다. 색다른 상점과 갤러리, 미술관이 근처에 모여 있었다. 평소에 가고 싶었던 리움미술관도 페이스 갤러리 근처였다. 자연스럽게 우리의 발걸음은 리움미술관으로 향했다.

리움미술관은 실내가 온통 검정이었다. 1층 로비부터 무엇 하나 튀지 않는 세련되고 차분한 검은 세계였다. 짐을 맡겨놓을 수 있는 사물함조차도 온통 블랙으로 깔끔하고 단조로웠다. 기능을 빼고는 디자인적 요소를 모두 제거한 것이 리움미술관의 디자인이었다. 한국인보다 외국인 관람자들이 훨씬 많았는데, 우리가 외국 여행을 갔을 때 유명 미술관에 가는 것처럼 그들도 그러한 코스로 온 것 같았다. 우리는 엘리베이터를 타고 4층 상설 전시장으로 올라갔다. 고려시대 자기들이 전시되어 있었다. 그곳 역시 어두컴컴했는데 유리 벽 안의 자기들만이 은은한 조명 속에서 유유히 빛나고 있었다. 그중 특히 눈길을 끌었던 것은 청자기 잔 20여 점이 각각의 유리 공간에 하나씩 배치되어 환하게 빛나는 선반 위에 놓여 있는 공간이었다.

그 잔이 만들어졌던 12세기엔 실생활에서 차나 물을 마시던 용도였을 텐데, 지금은 오직 그 잔들을 위해 특별히 만들어진 전시 공간 안에서 하나의 예술 작품으로 영롱하게 빛나고 있었다. 같은 작품이라도 어떤 공간에 두느냐에 따라 더 아름답고 가치 있게 느껴질 수 있다는 사실이 확 와닿았다. 리움 미술관 전체가 그랬다. 우리 선조들이 남긴 문화재를 어떻게 하면 더 아름답고 멋지게 보여줄 수 있을까 고민한 흔적과 노력이 역력히 느껴지는 공간이었다. 3층 조선시대 백자 전시실에서는 달항아리들도 볼 수 있었다. 마음 넓은 사람처럼 크고 둥근 모양과 은은하고 고요한 흰 빛, 깨끗하고 소박한 기품이 전해져왔다. 화가 김환기가 왜 달항아리를 수집하고 곁에 두며 감상했었는지 실제로 보니 알 것 같았다. 김환기의 달항아리 그림을 보며 느꼈던 생각들이 달항아리 안에 고스란히 담겨있었다.

그러고 보니 셋이 함께 만났던 일은 작년 가을에도 있었다. 금요일 오후 반차를 내고 온 Y님과 점심을 먹고 동네 산자락으로 산책을 갔었다. 같은 동네에 사는 G님과 나는 천마산 입구의 작은 은행나무숲을 Y님께 보여주고 싶었던 것이다. 그날도 어김없이 꽃다발을 선물로 가지고 온 Y님. 우리의 만남을 위해 점심시간에 남대문 꽃시장에 들려 꽃을 사고 급하게 기차 안에서 손질하고 포장해 오셨다. Y님이 주시는 꽃들은 언제나 꾸밈이 없고 자연스럽다. 꽃집에서 사는 꽃다발처럼 포장지에 꽃이 가려지지 않는다. 꽃이 그저 꽃으로 내게 말을 걸어오는 느낌이다. 그런 꽃다발을 들고 노랗게 물든 은행나무숲을 거닐었다. 집에서 5분만 걸으면 도착하는 그 작은 노란 숲이 아주 특별하고 아름다운 소풍 장소가 되었다. 숲 벤치에 앉아 있는 동안 바람이 불 때마다 은행잎이 우수수 떨어졌다. 노란 잎들의 황홀한

낙하를 마음에도 영상에도 담았다. 산책을 마친 후 차가워진 몸을 녹이러 등산로 초입의 카페에 들렀다.

　비가 내리기 시작했다. 아! 그날도 비가 내렸구나. 이 글을 쓰면서 기억이 났다. 세 여자의 모임 이름은 그날부터 '여우(女雨)'로 정해질 운명이었던 건가. 부슬부슬 내리던 초저녁의 가을비는 금세 주변을 어둡게 만들었지만, 오히려 따뜻한 불빛 속의 작은 카페를 분위기 있는 공간으로 바꾸었다. 미술책도 같이 읽고 글쓰기 모임도 같이 했던 우리는 자연스럽게 책에 대해 여러 이야기를 나누었다. 책에 대한 소소한 대화를 이렇게 재미있고 편하게 나눌 수 있다니, 집에 와서 기분 좋게 가슴이 콩닥거렸던 기억이 난다. 예의 바르고 배려 있고 정감 있는, 서로에 대한 존중과 애정이 느껴지는 대화는 하루를 빛나게 할 수 있다. 서로를 보다 나은 존재로 이끌어 줄 수 있는 이 동행의 시작은 작년 가을 은행나무 숲에서였나 보다.

3

제1회 가족 단합대회
남보라

우리 가족은 모두 뿔뿔이 흩어져 있다. 부모님은 경남 밀양에 계시지만, 우리 부부는 경기도에, 오빠와 동생 내외는 외국에 자리 잡았다. 그러다 보니 모두 한자리에 모이기가 쉽지 않다. 가장 최근이 재작년 동생 결혼식이었으니. 그러던 지난 6월, 동생에게 메시지 한 통을 받았다.

'햄요, 누나야! 아버지가 이윤이(조카) 방학 맞춰서 가족 여행 가신다고 어디로 갈지 맞혀보라고 하시네. (중략) 매년 한 번씩 모이셨으면 한다고 말씀 주셨어요.'

준비 4개월 만에 드디어 프랑스(파리)—포르투갈(포르투)—스위스(인터라켄)로 이어지는 우리 가족 첫 단합대회가 성사되었다.

오빠네 가족이 프랑스로 간 지 어느덧 6년 차. 구석구석 보여주고 싶었던 오빠와 새언니 덕분에 파리 여행은 다른 어떤 곳보다도 꽉 찬 여정이었다. 그중에서도 잊을 수 없는 일정 하나. 바로 '바토 파리지앵'이라는 유람선 투어였다. 약 2시간 동안 근사한 프랑스식 런치와 함께 센 강을 돌며 파리를 감상할 수 있었던 멋진 시간이었다. 사실 이 유람선 투어가 더욱 기억에 남게 했던 것은 따로 있었다. 그날 우리의 첫 일정은 베르사유 궁전이었다. 우선 내부를 보고 나와 대운하에서 보트 체험이 예정되어 있었다. 예보보다 일찍 내리기 시작한 비 때문에 보트 체험은 취소되었지만, 포기를 모르는 오빠는 플랜B를 꺼내 들었다. 카트를 타고 정원 한 바퀴를 돌아보기로 한 것이다. 이 계획이 나중에 어떤 상황을 몰고 올지 아무도 몰랐다. 카트를 타도 여전히 비를 맞기는 했지만, 우리는 스피드를 즐겼다. 길을 잘못들어 카트가 멈추기를 몇 번, 시간이 점점 지체되었다.

"우리 늦은 거 아니야? 서둘러야 할 것 같은데."

어머니의 말씀에 그제야 모두 정신을 차렸다. 급하게 호텔로 돌아가 우산과 겉옷만을 챙긴 채 기차역을 향해 달렸다.

'유람선 탑승 시간까지는 갈 수 있겠지?'

시계를 연신 보면서 마음이 조마조마했다. 기차에서 내리자마자 누가 먼저라고 할 것도 없이 내달리기 시작했다. 마치 결승점을 몇 미터 앞에 두고 있는 마라톤 선수들처럼. 처음엔 주변 풍경을 볼 여유조차 없어서 '내가 여기까지 와서 달리기나 하고 있나'라며 속으로 투덜거리기도 했다. 하지만 내 앞을 뛰어가고 있는 가족들을 보자 이내 웃음이 터지고 말았다. 다 같이 파리 도심을 달리고 있다니! 오랜 시간이 흘러도 기억 속에, 가슴 속에 남을 소중한 추억이 될 것은 자명했다. 당장 점심을 먹으면서도 한참을 안줏거리가 되었으니 말이다. 그리고 또 한 가지, 열심히 운동한 뒤의 식사는 그 달콤함이 남다르다. 어떤 곳에서 먹었던 음식과 와인도 이만큼 맛있진 않았다(물론, 숙소에서 먹었던 어머니의 집밥은 제외이다). 덕분에 유람선 내에서 사진사님이 찍어준 사진 속의 우리 얼굴은 모두 발그레하다. 살짝 풀린 눈은 덤! 사진이야 이런들 어떠하고 저런들 어떠하리. 가족과 함께라 그저 행복했다.

다음 여정은 그토록 가고 싶었던 포르투갈의 소도시 포르투였다. 우연히 본 여행 프로그램에서 '아, 소도시 낭만이란 이런 것이구나'를 처음 느낀 도시였다. 마침 프랑스와 가까우니 슬쩍 말해봤는데 감사하게도 모두 함께해 주었다. 포르투는 상상 그 이상이었다. 그중에서 가장 기억에 남았던 것은 우리 계획에는 없었던 '비토리아 전망대'였다. 숙소에서 레스토랑이나 버스를 타러 가는 길에 지나치는 곳이었는데, '전망대'라는 거창한 이름을 붙이기에는 좀 어설프다고나 할까. 주변 표지판을 잘 보지 않으면 모르고 지나치기 딱 좋은 '전망을 곁들인' 이름 없는 공터 정도의 느낌이었다. 실제로, 첫날 레스토랑으로 향하는 오르막길에서는 표지판만 보고 스윽 스쳐 지나갔다. 둘째 날에 이곳을 발견한 것도 아주 우연이었다. 버스를 타러 가는 중이었다. 내리쬐는 햇살 덕에 땀은 삐질삐질 났고 쉬어갈 곳이 있으면 좋겠다 싶었던 차에 마침 동루이스 강과 그 너머 가이아 지구까지 훤히 보이는 이곳을 만난 것이었다. 그래피티 느낌의 낙서가 그려진 낮은 담벼락. 사실 그것이 이 전망대의 전부였다. 요즘은 확실한 도심 뷰를 보기 위해 드높이 세워진 타워나 산으로 가는 경우가 많다. 그래서 오히려 이런 특별하지 않은 느낌이 마음을 사로잡았다. 게다가 여행에 지친 사람들에게 시원한 바람과 달콤한 휴식까지 제공해 주니, 더 바랄 게 없었다. 빈 수레가 요란한 느낌이었지만, 그 요란함이 사람을 홀려버린 곳이었다고나 할까. 덕분에 우리 가족은 그 이후 계속된 강행군에도 웃을 수 있었다.

스위스에서 가장 기대했던 곳은 단연 '유럽의 지붕'이라고 불리는 융프라우호였다. 물론 너무 좋았다. TV나 사진으로만 보던 곳을 직접 와보다니. 구름이 잔뜩 낀 날씨와 눈보라 탓에 만년설 쌓인 정상을 제대로 보진 못했지만, 상징과도 같은 스위스 국기와 한껏 사진을 찍었다. 하지만 추운 날씨와 고산병이 우리를 괴롭혔다. 얼른 내부로 들어와 한국인의 특권이라는 신라면과 함께 잠시 휴식을 취한 후 아쉬움을 안고 내려올 수밖에 없었다. 다음날, 또 다른 풍경을 기대하며 하더쿨름 전망대로 향했다. 융프라우호가 유럽의 지붕이라면 이곳은 '인터라켄의 지붕'이라고 불리는 곳이었다. 그 이름에 걸맞게 날씨만 좋다면 융프라우호는 물론이고 브리엔츠 호수와 툰 호수까지, 인터라켄을 한 번에 내려다볼 수 있는 전망대였다. 정상으로 가는 푸니쿨라를 타고 약 10분간 오르자 뜨거운 태양이 우리를 맞아주었다. 덕분에 가져간 선글라스가 빛을 발했다. 아쉽게도 발밑으로는 구름이 자욱이 앉아 호수는 볼 수 없었다. 대신, 전날 제대로 볼 수 없었던 '만년설 모자'를 쓴 융프라우호가 위엄을 드러내고 있었다. 아버지도 한참을 바라보시다 한마디 하셨다.

"뭐꼬? 여기 너무 괜찮은데? 춥지도 않고 햇볕도 좋고 융프라우호도 전부 다 보이네!"

사람들이 그리 많지 않은 점도 좋았다. 커피 한 잔의 여유까지 즐기며 예상치 못했던 멋진 풍광을 열심히 눈에 담을 수 있었다. 내려가는 길이 아쉬울 정도로.

첫 가족 여행을 다시 한번 떠올려보면 예상 밖의 순간들로 가득했다. 예상 밖의 마라톤, 예상 밖의 장소, 예상 밖의 풍경 등. 혼자만의 여행이었다면 비가 오는 그 순간부터 짜증이 났을 것이다. 죽어라 뛰느니 멋진 점심을 포기했을지도 모른다. 사랑하는 사람들과 함께였기에 그런 순간들도 행복할 수 있었다. 1인 가구가 많아지며 뭐든지 혼자 하는 것이 트렌드가 되는 요즘. 나도 그중 한 사람이었다. 혼자 영화 본 것, 고깃집에 들어갔던 것, 노래방에서 일곱 시간 동안 놀았던 것 등을 무용담 삼아 얘기하는 것이다. 심지어 결혼한 이후에도 그런 시간을 그리워했다. 그렇기에 이번 여행이 더욱 특별했다. '함께하는 것'의 소중함을 새삼스레 알게 되었기에. 불편한 점이 없었다면 거짓말이지만, 혼자였다면 결코 웃을 수만은 없었던 일이자 그저 지나가는 풍경 중의 하나였을 것이다. 함께라서 극복할 수 있었고, 함께라서 아름다움도 행복도 배가 될 수 있었던 게 아닐까.

사실, 내게 이번 여행은 도전이나 마찬가지였다. 작년부터 건강이 좋지 않아 올해 여름 수술을 받았다. 여행 전까지 무사히 회복하더라도 체력적인 문제로 어려울 것 같았다. 하지만 곧 깨달았다. 성인이 되고 각자의 삶을 꾸려나가다 보니 정작 가족과 보내는 시간이 그리 많지 않다는 것을. 무리일지 몰라도 어떻게든 참여하고 싶었다. 그런 마음 덕분인지 여행을 하며 더 건강해졌고 함께하는 모든 순간 감사할 수 있었다. 부모님은 이런 시간이 매년 만들어졌으면 좋겠다고 하셨다. 형제간의 우애를 다질 수 있고 가족을 우선으로 생각할 수 있는 시간을. 내년에도 우리는 함께 여행을 떠날 것이다. 제2회 단합대회는 국내로! 이왕이면 좀 더 유익하고 멋진 여행을 위해 『나의 문화유산답사기』라도 읽어두리라 다짐하며 다음 여행을 손꼽아 기다려본다.

4

호두나무, 따스함이 주렁주렁
박서연

설과 추석에는 시부모님과 함께 춘천 큰댁에 내려가 제사를 지내왔다. 하지만 코로나19 팬데믹 시기에는 큰 어머님과 아버님의 감염이 염려돼 가지 못했다. 그간 뵙지 못하다가 4년 만에 큰댁에 방문하기로 했다. 해가 뜨기 전에 준비를 마치고 시부모님과 함께 경춘국도를 따라 춘천의 작은 마을로 향했다. 달리다 보면 눈부시게 떠오르는 해를 맞이하는데 그 풍경은 고요하고 깊은 여운을 남기며 세상을 밝힌다. 아련하던 빛이 서서히 선명해지고 몽환적인 물안개가 피어오르는 풍경을 지나 큰댁에 도착했다.

큰 어머님, 아버님과 오랜만에 인사를 나누었다. 큰 어머님은 파킨슨병으로 몸이 불편하셨다. 한결 깊어진 주름과 굽어진 허리, 이전보다 더 야위신 모습에 그간의 고생을 짐작할 수 있었다. 손을 잡고 눈을 맞추며 인사를 나누는 동안 애잔하고 아린 마음에 눈물이 나려는 걸 겨우 참았다. 짧은 인사를 마치고 주방으로 가서 형님들을 도와 제사 상차림을 준비했다. 큰댁의 아이들이 자연스럽게 나서서 준비를 도왔다. 결혼 후 처음 봤을 때 초등학생이었던 아이들이 어느덧 대학도 졸업하고 군대도 다녀온 직장인 되었다. 병으로 노쇠하신 큰 어머님과 성인이 된 아이들의 모습을 보며 나의 시간 또한 쏜살같이 흘렀음을 실감했다. 이른 아침, 한 명도 빠짐없이 참석해 명절을 함께한다. 큰소리 한번 없이 모두 나서서 제기에 정성스레 만든 음식을 담아 날랐다. 제사를 마치니 누가 먼저랄 것도 없이 그릇들을 옮기고 상을 정리하고 설거지를 했다. 서로 돕는 게 당연한 일이지만 여자의 일, 며느리의 일이라고 떠넘기는 경우가 많은데 큰댁은 달랐다. 1년에 몇 번씩 제사 준비를 하는 엄마와 아내를 배려하고 아끼는 모습에서 진심 어린 사랑이 느껴졌다.

상을 길게 놓고 오랜만에 다 같이 아침밥을 먹었다. 4년 전까지만 해도 삼십 명이 넘는 인원이 먹었지만 제사를 나누면서 큰댁 가족과 우리 가족 열여섯 명으로 줄었다. 북적북적하던 예전의 모습과는 달라졌지만 서로 챙기며 이야기 나누는 오붓한 시간이 오히려 좋았다. 손이 떨려 식사도 쉽지 않은 큰 어머님께 반찬을 작게 잘라 수저 위에 놓아드리는 형님들에게서 애틋한 사랑과 존경의 마음이 전해졌다. 식사를 마친 할머니의 물과 약을 챙기는 손자들의 모습은 다정하고 듬직했다. 벽마다 잡고 이동하실 수 있도록 안전바가 설치되어 있었고 화장실과 주방도 수리가 되어 있었다. 집 안 곳곳이 연로하신 부모님을 생각하고 배려하는 안전한 울타리 같았다.

산소에 다녀와 마당에서 잠시 이야기를 나누는데 호두나무와 대추나무가 눈에 들어왔다. 시부모님 결혼식 폐백 때 던져주었던 호두와 대추 씨를 심은 것이 나무로 자랐다고 한다. 시부모님의 폐백 호두였으니 남편과 함께 성장한 나무이기도 하다. 그 이야기가 동화 속 이야기처럼 신비롭게 들렸다. 씨앗이 자라 나무가 되고 가지를 펴서 열매를 맺고 그 열매가 조상의 제사상에 올라간다. 깊게 뿌리 내린 나무에 가지마다 열매가 맺히고 떨어지며 그다음, 그다음을 이어가듯, 대를 이어갈수록 풍성하게 성장해 나가는 가족의 모습과 닮았다고 생각했다. 매년은 아니지만 수확한 호두를 한 봉지씩 주시곤 한다. 손에 받아 들 때면 따스한 가족의 정이 전해져 온다. 여름엔 옥수수를 수확해서 주셨고 이번 추석에는 마당 울타리에 열린 포도를 따주셨다. 어찌나 새콤달콤하고 맛있던지 금방 먹어 치웠다. 매년, 주시는 것들의 가치보다 훨씬 크고 따뜻한 사랑으로 채워지는 명절을 보낸다. 결혼한 첫해에 큰 어머님의 칠순 잔치가 있었고 그때 찍은 사진이 거실 가운데에 걸려있다. 사진 속 큰 어머님은 꼿꼿한 허리에 와인색 원피스를 입고 풍성한 파마머리를 한 고운 모습이다. 17년이라는 세월은 외모뿐 아니라 많은 것을 변화시켰다. 어렸던 조카들은 성인이 되었고, 당시엔 없었던 우리 아이는 지금 고등학생이 되었다. 하지만 그때나 지금이나 변함없는 것은 막냇동생의 아들과 며느리, 손녀까지 살펴 주시는 마음이다. 커다란 나무의 가지마다 골고루 영양분을 나누며 어여쁜 열매가 열리듯 큰 아버님과 어머님의 사랑이 가족을 하나로 감싸준다. 큰 아버님이 족보 책을 가지고 나오셨다. 가족들이 야유를 보내며 '또 시작이에요?'라고 하지만 딸아이는 눈을 반짝이며 흥미롭게 듣고 있다. 세종대왕의 탕약을 손수 관리하고 쾌유를 기도드리는 등 정성을 다한 효자로 알려진 세종대왕의 열세 번째 아들, 수춘군파의 계보를 잇는다고 한다. 그 옛날로 거슬러 올라가 가족의 뿌리가 더욱 깊이 있게 다가왔다.

집으로 돌아가는 시간, 가족 모두가 마당까지 나와 배웅해 주셨다. 손을 흔들어 주시던 그 사이로 호두나무가 보였다. 큰 어머님과 아버님이 그곳을 지키는 호두나무처럼 건강한 모습으로 다음 명절도 그다음 명절에도 우리를 맞아주시기를 마음속으로 간절히 바랐다. 큰댁에서 나와 5분 정도 차를 타고 달리다 보면 시부모님과 커피 한 잔 나누고 헤어지는 의암호 앞 커피숍에 도착한다. 앞서가던 아버님 차보다 우리가 먼저 도착했다. 근처에 새로 생긴 유명한 빵집에 들러 손녀에게 사 주려 하다 보니 늦으셨다. TV에서 본 막국수 맛집, 맛있게 드셨던 코다리조림, 인스파이어 호텔의 멋진 미디어 아트와 마장호수의 출렁다리까지. 아버님은 맛있는 것, 좋은 풍경을 보면 우리에게 사 주고 보여주고 싶어 하신다. 와인을 좋아하는 우리 부부를 위해 점원에게 추천받은 와인을 배달시켜 주시기도 하고, 맛있는 제철 과일, 아이의 간식거리, 친정엄마가 좋아하는 단팥빵도 친정으로 보내 주신다. 호두나무 가지에 주렁주렁 열매가 열린 것처럼, 큰 아버님과 아버님의 다정하고 따뜻한 마음도 가족이라는 든든한 뿌리에서 열매로 퍼져 나오는 게 아닐까. 가족은 서로의 삶에 뿌리를 내리고 그 양분으로 자라나는 나무 같다. 남편과 아이에게도 깊숙한 곳에서부터 퍼져 나오는 따뜻함이 이어지기를 바란다.

카페의 야외 호수 앞, 큰 나무 아래에 자리를 잡았다. 명절의 분주함 뒤에 찾아온 편안한 시간이다. 설에는 얼어붙은 호수에서 썰매를 타고 얼음낚시를 구경했던 곳이다. 큰댁에서 나와 우리 가족의 추억을 담은 장소이기도 하다. 오랜만이었다. 이른 가을의 호수는 잔잔했고 햇살은 따뜻했다. 주문한 커피가 나왔다. 집으로 돌아가기 전에 마시는 커피는 모든 일정이 끝났음을 이제 집으로 돌아가 쉬면 된다는 마지막 의식과도 같다. 커피를 한 모금 마시니 분주하게 보낸 하루의 피로가 스르르 녹아내리는 기분이다. 호수에 비친 맑고 영롱한 하늘과 나무를 지그시 바라보며 온기가 가득했던 하루의 여운을 가슴속 깊이 새겼다.

5

'시 world' vs 'Ladies' world'
신유진

청주행 고속버스에 올랐다. 시댁에 제사가 있는 날, 혼자 고속버스를 타고 가기도 했다. 같은 '청주'를 가지만, 집안의 행사가 아닌 'Ladies' world' 모임에 가고 있다. 쇼핑백에는 그녀들에게 선물할 장미꽃이 들어있었다. 청주 톨게이트를 지났다. 10월 초 아직 단풍이 들진 않았지만, 한여름의 녹음보다는 옅은 초록의 나무들이 양옆으로 곧게 뻗어있었다. 가로수길에 들어섰다고 승희에게 전화를 걸었다. 터미널에 내리자마자 뛰었다. 차를 대고 기다릴 곳이 없어 환승주차장으로 들어가기 직전이라고 했다. 자신의 차 위치와 색깔, 차량 종류를 알려주었다. 전화를 끊지 않고 실시간으로 위치를 확인하며 달렸다. 찾았다. 환승주차장으로 핸들을 꺾기 바로 전, 극적으로 승희 차에 올라탔다. 007 작전이 성공한 것처럼, 그 작은 일에 흥분을 감추지 못하고 웃으며 만났다. 다른 멤버가 기다리는 곳으로 직진했다. 첫째 정현, 둘째 유진, 셋째 승희, 넷째 혜지가 만났다. 서로 알게 된 지는 오래되었다. 가장 늦게 알게 된 혜지가 9년 전쯤. 그런데도 혜지가 혜지라는 이름을 가지고 있다는 건 이번에 알게 되었다.

그녀들과 항상 만났던 곳은 청주시 청원구 내덕동, 낡고 오래된 주택의 부엌이라는 공간이다. 제사상을 차리고 이씨 집안의 제사가 시작된다. 작은 아버님의 목소리가 들린다.

"유세차."

의미는 모르지만 '유세차'로 시작되는 축문이 낭독되는 순간, 부엌일을 잠시 멈추고 조용히 식탁에 둘러앉아 비로소 소곤소곤 안부를 묻는다. 제사 의식이 끝나면 며느리들은 부엌에서 분주하다. 한쪽에서는 제사상에서 나온 1차 설거지를 하고, 한쪽에서는 김치를 썰고, 한쪽에서는 식사할 밥과 국을 푸고, 제사상에서 나온 음식 중 비닐 팩으로 포장할 건 포장하고, 또 한쪽에서는 과일을 깎는다. 이때는 며느리 경력이 더 많은 각자의 시어머님들이 더 분주하다. 나와 정현 형님의 시어머님은 이 모든 걸 미리 준비하시고 관장하신다. 남편과 아이들의 식사가 끝나면 우리가 앉을 자리도 생긴다. 국과 밥을 퍼서 신랑들이 앉았던 자리에 앉아 밥을 먹고 나면 대망의 하이라이트, 설거지 시간이다. 오래된 주택의 싱크대에서 두 명이 나란히 서서 설거지하기는 좁지만 한 명은 수세미에 세제를 묻혀 그릇을 닦고 한 명은 그 옆에서 헹군다. 며느리 경력 20년이 넘었어도 뭘 해야 할지 모르는 나는 설거지통에 손을 담그고 본다. 자잘한 그릇을 씻고 나면 대형 솥을 닦을 차례다. 큰 솥을 닦을 때는 행동반경이 커져 그냥 한 사람이 하는 게 낫다. 헹굼의 역할을 맡았던 사람은 자연스럽게 물기 묻은 그릇을 마른행주로 닦아 둔다. 이 모든 과정에서 수다가 이루어진다. 대화의 주제는 내가 아닌 아이들이다. 이번엔 누가 학교에 입학하고, 키가 얼마만큼 컸고, 영어 학원은 언제쯤 다니는 게 좋고. 그녀들과 대화를 나눈 공간은 99% 그 작은 부엌이었다. 제사 음식에 쓸 탕국을 끓이고, 설날엔 만두를 찌고, 추석엔 송편을 찌고 가스레인지가 항상 켜져 있고 냄비에서는 쉼 없이 김이 올라오는 그곳. 이름은 몰라도 시댁이라는 공간은 며느리들을 가족으로 엮어주었다.

추석 명절이 끝나고 'Ladies' world'라는 이름의 카톡방에 초대되었다. 첫째 정현 형님이 방을 만들어 집합시켰다. 낯선 이름, '혜지'라는 이름이 눈에 들어올 때 '저는 규종댁 혜지예요.' 톡이 올라왔다. 막내 작은 아버님 댁의 며느리, 동서 이름은 혜지였다. 십 년이 다 되어 가는 시간 이름도 모르고 있었다. 나만 몰랐을까. 시댁이라는 공간에서는 그냥 형님 동서, 누구의 아내, 누구의 엄마, 누구의 며느리였다. 이름은 굳이 필요하지 않았다. 그날 처음으로 청주시 청원구 내덕동 부엌이 아닌 밖에서 만났다. 왕언니 정현의 차에 모두 올라타서 한 차로 움직였다. 아침 일찍부터 서둘러 나왔어도 11시가 다 되었다. 브런치를 먹으러 정원 딸린 레스토랑에 갔다. 들어가기 전 정원을 구경하며 사진을 찍었다. 정현 형님의 의상은 역시! 정렬의 빨간 스웨터는 그녀의 성격을 대변하는 듯했다. 감히 흉내를 낼 수 없을 유쾌 발랄 사진 포즈로 시선을 제압했다. 레스토랑에서는 뇨키, 샐러드, 피자, 파스타, 스파클링 음료를 돈 걱정 없이 시켰다. 그날 후원자가 있었다. 긴 세월 며느리이기도 했었지만, 지금은 나와 정현 형님의 시어머니 김홍복 여사. 며느리를 딸처럼 아껴주는 어머님이 모든 비용을 쓰고도 남을 거금을 협찬해 주셨다. 국과 밥만 퍼와서 남편과 아이들이 먹고 난 상에서 한술 뜨던 우리가 우아한 브런치를 함께 하나니, 신분 상승한 느낌이랄까. 부엌이 아닌 공간에서 우린 각자의 '나'에 대해 집중했다. 나는 회사를 그만두고 글을 쓰고 있는 근황을 얘기했다. 정현 형님은 영어 유치원 교사로 백명이 넘는 원생의 학부모를 상대하는 고충을, 승희 동서는 남편의 아프리카 발령으로 자신의 커리어를 중단해야 하는 위기에 대해, 막내 혜지 동서는 첫째가 초등학교에 입학해 휴직 중인 이야기를 했다. 그리고 빠질 수 없었던 연애사, 각자의 남편을 만나게 된 수다가 이어졌다.

마지막 일정은 미술관이었다. 김기창 화백의 '운보의 집'. 청주 외곽에 자리한 그곳은 화가가 죽기 전 작품활동을 하며 살던 집이다. 부인 박래현 화가의 작품도 함께 전시되어 있었다. 초가을 아직 더웠지만, 하늘은 가을이었다. 그림을 보는 것도 좋았지만, 산과 어우러진 고즈넉한 고택이 더 기억에 남았다. 기와지붕 밑 툇마루에 앉아 돌담을 바라보던 장면은, 그날의 베스트 컷으로 남았다.

공간은 관계를 만들어 준다. 회사 안에서는 동료로, 학교 안에서는 동문으로, 시월드라는 공간 속의 우리는 동서지간이다. 피 한 방울 섞이지 않았지만, 가족이었다. 시월드 공간 밖의 우리는 어떤 관계였을까. 설거지를 해치우며 쌓아온 우정은 얼마나 더 깊어졌을까. 며느리 아닌 각자의 이름 정현, 유진, 승희, 혜지로 만나 서로를 조금 더 알아갔다. 하루의 시간으로 자매처럼 될 수 있는 극적인 요소는 있을 리 없었다. 만나면 좋고 반가운 관계는 지금과 같은 거리가 아닐까. 너무 다가오면 힘들 수 있고 너무 멀면 서운할 수 있다. 이만큼의 거리, 이만큼의 관계. 그날 날씨처럼 딱 좋았다. 맛있는 음식과 초가을 풍경으로 기분 전환한 하루였다. 적어도 우리는 한편이다. 말하지 않은 것들은 우리만의 비밀이니까.

6

목욕탕에서 몸도 마음도 훌훌
이수연

"다음 누구야? 지금 따뜻하니까 얼른 해!"

저녁마다 우리 집에는 릴레이 샤워가 펼쳐진다. 온기가 식기 전에 서둘렀다. 갈아입을 옷을 챙겨 방금 아이가 씻고 나온 욕실 문을 열었다. 따스한 공기가 훅, 다가왔다. 은은한 비누 향과 익숙한 수증기 냄새. 이건 목욕탕 냄새다. 샤워기가 쏟아낸 따뜻한 물이 증기가 되어 욕실 안을 채우고 있었다. 개운한 그 냄새는 오래된 기억을 불러온다.

어린 시절 주말이면 엄마 손에 이끌려 목욕탕에 갔다. 구멍이 성성한 플라스틱 목욕 바구니에 샴푸와 비누, 때 타월, 수건 등을 챙겨 동네 목욕탕에 가면 그곳은 벌써 익숙한 얼굴들로 붐비고 있었다. 반갑게 인사를 나누고 동그란 목욕탕 의사에 앉아 몸에 비누를 칠하고 탕에 몸을 담갔다. 뜨거운 증기에 푹 쪄진 찐만두같이 흐물거리던 우리는 다 씻었으니 나가겠다고 엄마에게 말했다. 그때마다 엄마는 우리를 순순히 보내지 않았다. 직접 때 타월을 손에 끼우고 검사를 했다. 유독 간지럼을 많이 타던 동생은 늘 웃으며 몸을 배배 꼬다가 엄마한테 혼나서 나중에는 울상인 채로 몸을 맡기곤 했다. 우리 둘의 때 검사가 끝나면 엄마 차례였다. 동생과 함께 때 타월로

빡빡 엄마 등을 밀다가 "아이고 시원하다." 엄마가 감탄하면 작은 손은 절로 힘이 났다. 혼자 목욕탕에 온 동네 할머니나 아주머니를 만나면 "등 밀어드릴게요." 엄마가 먼저 말을 건넸고 서로 의지해 등 밀기 품앗이하던 모습이 지금도 생생하다.

중학생이 되면서 목욕탕에 가는 일이 내키지 않았다. 사춘기 호르몬의 영향으로 2차 성징이 시작된 것이다. 달라진 몸을 남 앞에 드러내는 일은 좀처럼 익숙해지지 않았다. 예민한 사춘기 여학생에게 대중목욕탕은 어딘가 야만적으로 느껴졌고 그때부터 나는 목욕탕을 거부했다. 이후 20대가 되어서야 주말에 드문드문 목욕탕에 갔다. 하지만 엄마 혼자 목욕 가는 날이 더 많았고 그때마다 엄마는 옆에 있는 아주머니에게 의지해 등을 밀고 왔다.

10년이 훌쩍 지나 다시 목욕탕을 찾은 건 정말 우연한 일이었다. 유치원에 다니던 작은 아이가 갑자기 열이 나더니 한쪽 볼 밑이 퉁퉁 부어올랐다. 동네 병원에 갔더니 편도가 심하게 부었다며 입원을 권했다. 부랴부랴 1시간 거리의 대학병원으로 달려가 아이를 입원시켰다. 항생제와 해열제를 몇 시간 간격으로 투여했지만 열은 쉽게 내리지 않았다. 그렇게 며칠이 지나갔다. 아이는 여전히 나아지지 않았고 나 또한 한계에 닿았다. 병실의 아기들은 밤낮으로 울었고 보호자는 코를 골았으며 낮고 딱딱한 간이침대는 불편했다. 담당 선생님은 스테로이드제를 추가로 투여하며 하루쯤 더 지켜보고 안되면 편도 수술을 하자고 했다. 벌써 CT를 세 번이나 찍었는데 전신마취 수술이라니. 속상하고 걱정되기 시작했다. 불현듯 내 일곱 살 때가 기억났다. 당시 크게 다친 나는 수술을 받고 한동안 병원에 입원해 있었다. 시간이 흘러 다 잊은 줄 알았는데 아니었다. 입원과 수술이 트라우마가 되어 나를 마구 흔들었고 아픈 아이보다 더 불안하고 우울했다.

토요일 아침에 남편이 오자마자 서둘러 외출 준비를 했다.

"엄마, 빨리 와야 해."

아이의 말을 뒤로하고 병원을 빠져나왔다. 집에 가지도 못하고 근처를 배회하는데 목욕탕 간판이 눈에 들어왔다. 홀린 듯 그리로 향했다. 병원 복도에 달랑 하나뿐인 공동 샤워실은 '환자용'이라고 쓰여 있어 이용할 때마다 마음이 불편했다. 우선 편하게 씻고 싶은 마음이 간절했다.

"어른 한 명이요."

목욕비는 8천 원이었다. 마지막으로 목욕탕에 갔을 때 4천 원인가, 5천 원인가, 했었는데 껑충 뛰어오른 목욕값만큼의 세월이 있었다. 탈의실에서 훌훌 옷을 벗고 뿌옇게 김이 서려 있는 묵직한 유리문을 밀었다. 개운한 수증기 냄새로 꽉 찬 그곳은 뭐랄까, 사교 모임이 한창인 파티장과 같았다. 높이 나 있는 뿌연 창으로 환한 아침 햇빛이 산란 되어 들어왔다. 맑은 옥색 열탕과 향긋한 쑥탕 안에서 아주머니들이 식혜를 마시며 담소를 나누고 있었고 그 옆에서 삼삼오오 모여 사과를 먹고 즐겁게 이야기꽃을 피우고 있었다. 깊은 숲속 개울에서 선녀들의 목욕을 훔쳐보는 나무꾼이 된 듯 정신이 몽롱해졌다. 뜨거운 탕에 몸을 푹 담갔다. 내 부피만큼의 물이 출렁출렁 흘러넘쳤다. 왠지 웃음이 나면서 유쾌한 기분이 나를 채웠다. 목욕탕 안은 증기로 뿌연 안개가 피어올랐고 사람들의 두런대는 말소리가 마치 동굴 속에 있는 것처럼 아늑하게 울렸다. 뽀득하게 몸을 닦아주던 엄마의 손길이 떠올랐다. 동생이랑 엄마 눈을 피해 냉탕에서 물장구치며 놀던 것도 생각났다. 긴장하고 굳어있던 마음은 뜨거운 목욕물과 따뜻한 기억으로 슬며시 녹았다.

목욕을 마치고 나와 젖은 머리칼을 말리는데 마주 보고 진지하게 이야기를 나누는 두 여인이 거울에 비쳤다. 흘끔거리며 보니 옷도 걸치지 않은 자연스러운 모습이다. 뭔가 하소연도 하고 위로도 건네며 그들은 한동안 마음을 주고받는다. 감출 수도, 꾸밀 수도 없는 이토록 솔직한 모습이라니. 사실 요즘 사람들은 목욕탕보다 헬스장이나 수영장 샤워실을 이용한다. 그곳은 친목의 장소라기보다는 운동하고 몸을 닦는 기능적 역할만 수행할 뿐이다. 모임 장소는 주로 카페나 레스토랑이다. 신경 써서 차려입고 고운 화장 아래 맨얼굴을 감추고 남에게 보여주고 싶은 모습으로 나를 포장한다. 진짜는 깊숙한 곳에 꼭꼭 숨겨두어 때론 나 자신도 그 마음을 알 수가 없다.

오래전부터 동네 목욕탕은 단순히 몸을 깨끗이 하는 공간으로 머무르지 않았다. 가까운 이웃과 친구를 만나 그들과 마음속 이야기들을 허심탄회하게 나누며 몸도 마음도 함께 씻어내는 정화의 공간으로 자리해 왔을 것이다. 병원에서 아이를 돌보며 외롭고 막막했던 나는 따뜻한 목욕탕에서 위로받고 어려움을 이겨낼 용기를 얻었다.

목욕하고 나온 발그레 윤이 나는 얼굴의 아주머니가 같이 온 지인들과 이야기를 나누었다. 동네 새로 문을 연 중국집 짬뽕이 기막히다며 먹으러 가자고 했다. 개운한 몸과 새 마음으로 다시 태어난 아주머니들은 우르르 점심을 먹으러 갔다. 평상에 앉아 개운한 발에 양말을 신던 나는 오랜만에 허기를 느꼈다. 얼른 퇴원해서 가족들이랑 같이 짬뽕을 먹으러 가고 싶었다. 곧 갈 수 있을 거라고 가만히 나를 다독였다.

7

오브리가다Obrigada! 포르투갈, 그리고 H
이주연

"Don't Worry. Madam, Follow me."

항공사 관리자로 보이는 남성은 당황한 내 모습이 안쓰러웠는지 친절을 자청했다. 그의 다정한 위로에 그제야 공항 분실물센터 마크가 보인다. 가슴이 조금씩 진정된다. 분실물 신고서를 작성하여 제출했다. 한참 뒤 익숙한 여행 가방이 커다란 철문 뒤에서 나오자, 사람들이 분주하게 움직이며 떠드는 소리가 들리기 시작했다.

두바이 경유 포르투갈 리스본에 도착하는 비행기를 탔다. 20시간가량의 긴 여정이다. 리스본으로 가기를 결정하고 항공권을 발권한 지 한 달도 채 되지 않은 시간이었다. 좌석에 앉아 담요와 이어폰을 정리하고 미리 다운받아 둔 전자책 읽을 준비도 마쳤다. 긴장한 탓인지 목이 자꾸 말랐다. 화장실을 갈 때마다 옆 좌석에 앉은 분께 양해를 구해야 하니 물을 양껏 마시기도 곤란하다. 아무에게도 방해받지 않는 구석진 자리가 좋을 것 같아서 일찌감치 좌석 예약까지 해 뒀는데 오히려 내가 옆 사람을 귀찮게 하게 생겼다. 마른 입안을 물 한 모금으로 살짝 적시고, 뻣뻣하게 앉아 눈을 감았다. 그려지지도 않는 지도를 머릿속에 펼쳐 내가 이동해야 할 다음 동선을 따라 점을 찍고 선을 그었다. 지구 반대편 여행도 경유 경험도 처음이 아닌데, 가족 동행 없이 여행길에 나서는 이 순간의 감정은 '낯섦' 그 자체였다.

코로나가 기세등등한 시기 아이는 고3 입시생이 되었다. 이듬해 다시 재수생이 되었다. 재수생 아이 못지않게 부모의 시간도 암흑 속이었다. 그 시간을 겨우겨우 보냈는데 11월 중순 아이가 수능시험을 치른 2주 뒤, 친정엄마는 암 판정을 받았다. 아이의 대학지원전략, 친정엄마의 암 수술. 어려운 과제 두 개를 한꺼번에 받으니 초조하고 불안했다. 터질 듯한 심장을 머리에 이고, 아슬아슬하게 걷는 기분이었다. 그리고 올해 2월. 친정엄마가 무사히 수술을 마치고 퇴원하는 날 아침, 아이는 기다렸던 대학 합격 통보를 받았다. 안도감과 기쁨으로 흥분을 가라앉힐 수 없었지만, 긴장 상태로 팽팽해졌던 내 몸은 한순간에 바람 빠진 풍선처럼 흐물흐물 내려앉았다. 나를 다독여 줄 필요가 있었다. 다시 온전하게 채워야 했다. 마침 한 달 뒤 친구 H가 포르투갈 출장 후 여행 계획이 있다고 했고 나는 그 여행에 동행하기로 했다.

리스본 공항에 도착해 호텔로 향하는 우버를 탔다. 우버 드라이버가 반갑게 인사를 하며 여행 가방을 트렁크에 싣는 동안, 나는 쿵쾅거리는 속마음을 들킬까 봐 입을 다문 채 그와 눈 마주치기를 꺼렸다. 차가 출발해서도 고개를 숙이고 손에 쥔 핸드폰만 쳐다보았다.

"여행 왔니?" 드라이버가 말을 건넨다.

어제까지는 바람이 많이 불었는데 오늘은 아침부터 날씨가 반짝인다 했다. 너는 좋은 날, 기억에 남는 행복한 여행하게 될 거라 말했다. 듣는 순간 정신이 번쩍 들었다. 창밖으로 쏟아지는 햇살과 구름 한 점 없는 파란 하늘, 낯설지만 아름다운 도시 풍경이 보이기 시작했다. 어느새 말랑말랑해진 마음, 출발 전 긴장감이 존재하기는 했었나 싶을 정도였다. 기분 좋은 출발이었다.

H를 만나기 전까지 혼자 보내야 하는 시간. 호시우 광장에서부터 시작하기로 했다. 광장을 둘러싸고 있는 가게들을 빠르게 훑어보고 한가로워 보이는 카페에서 커피를 주문했다. 커피를 마시며 짧은 시간 동안 걸어서 이동할 수 있는 유명 장소를 검색했다. 바닷가 코메르시우 광장을 거쳐 리스본 대성당과 산타루치아 전망대를 목적지로 결정하고 걷기 시작했다. 구글지도 앱 안내를 따라가는데도 예상 시간을 계속 초과한다. 언덕과 돌로 만들어진 길이 많은 탓이었다. 가파른 언덕을 오르니 이마와 등에 땀이 젖어온다. 아직 쌀쌀한 바람이 불어 가죽 재킷과 두터운 스웨터를 입은 사람들이 대부분이었지만 난 입고 간 맨투맨 티셔츠를 벗어버리고, 반소매 차림으로 그들 사이를 씩씩하게 지나쳐 갔다. 꽤 많이 걸었다는 생각이 들 무렵에서야 산타루치아 전망대에 도착했다. 쌀랑한 바람으로 이마의 땀을 닦아내고 나니 하늘 아래로 아득하게 펼쳐진 주홍빛 지붕들이 보인다. '이 근사한 광경을 혼자 보긴 아깝네'라는 말이 저절로 나왔다.

한 달 전만 해도 포르투갈 여행은 계획에 없었다. 어느샌가 포르투갈의 도시 리스본과 포루투에 왔다. H를 만나 치밀한 여행 대신 느긋한 여행을 했다. 한적한 뒷골목, 창문 밖으로 빨래가 주렁주렁 걸려 흩날리는 낡고 좁은 건물 사이를 일부러 찾아 걸었다. 그러다 우연히 해지는 도루강을 한눈에 볼 수 있는 숨겨진 동네 언덕 쉼터를 만났고, 푸른빛 아줄레주 외벽이 아름다운 알마스 성당과 마주쳤다. 예상치 못한 풍경에 놀라 손으로 입을 틀어막고 한참 동안 정지 상태로 바라보기만 했다. 멈춰 있는 순간이 그저 낭만이었다. 배가 고프지 않아도 때가 되면 괜찮아 보이는 식당 테라스에 자리를 잡았다. 이 도시의 모든 뽈뽀(포르투갈의 문어요리)와 나타(포르투갈의 에그 타르트)를 섭렵해 보겠다는 각오 따위는 애초에 없었다. 하지만 우리는 매끼 빠짐없이 뽈뽀를 주문하고 포트와인을 마셨으며, 하루에 두 번씩 아무 카페에서나 나타를 사 먹고 맛을 비교하며 흐뭇해했다.

인적 드문 골목에 'Mon pere vintage'라는 빈티지 가게가 있었다. 빼곡하게 걸린 낡은 가죽 재킷들을 보자 정신없이 구경하고도 흥분을 가라앉히지 못했다. 다음 날 미련이 남아 다시 찾았을 때 가게 위치가 생각이 나지 않아 한참을 돌고 돌았다.

"우리 지금 옛날 이대 뒷골목에서, 대책 없이 쇼핑하고 신나서 집에 가는 스무 살 그때 같지 않냐?"

이성을 잃고 쇼핑한 빈티지 옷을 큰 비닐봉지에 꽉꽉 눌러 담았다. 숙소로 돌아오는 길에 한참 낄낄거렸다. 30년 넘도록 마음이 잘 맞는 친구지만 직장 다니랴 아이 키우랴, 각자의 자리에서 고군분투하느라 함께 여행길에 나선 것도 10년 만이었다. 낯선 여행지에서 느끼는 사소한 즐거움이 이토록 편안한 것은 H와 내가 기억과 마음을 나누는 오랜 친구이기에 가능했다.

H는 스페인으로 향하고 나는 서울로 돌아오는 일정이었다. 여행 마지막 날, 리스본 포스텔라 공항에서 택스리펀을 받기 위해 세관 창구에 들렀다가 나의 28인치 여행 가방을 분실하는 사고가 생겼다. 나와 세관 창구직원 둘 다 영어가 원활하지 않아서 생긴 커뮤니케이션 오류였다. 출국 절차를 밟고 이동해야 할 최소한의 시간이 얼마 남지 않아 비행기를 놓칠까 두려웠다.

차분히 해결해야 한다는 생각과 달리 얼굴은 화끈거리고, 다리는 움직여지지 않았다. 여행 내내 키웠던 긍정의 마음도 사라지고 불안함만 솟구쳤다. 누구에게 어떤 도움을 청해야 할지 막막했다. H는 나의 얼빠진 전화 목소리를 듣자 빠듯한 스페인행 비행기 탑승 시간을 감수하고 내게로 단숨에 달려왔다. 20분도 채 되지 않는 시간, 도움을 받을 만한 곳들을 함께 찾았다. H가 돌아간 후, 내가 탑승할 아랍에미리트 항공사 창구직원을 통해 분실물 찾는 절차를 알게 되었다. 그래도 여전히 발걸음은 떨어지지 않았다.

포르투갈로 출발하기 전, 설레는 마음보다 망설이고 긴장하는 마음이 더 컸다. 혼자 무사히 친구를 만나 여행을 마치고 돌아올 수 있을까 하는 걱정 때문이었다.

그러나 여행에서 만난 건 '낯섦'을 받아들이는 여유로운 마음이었다. H는 마주한 순간마다 '낯섦'을 '새로움'으로 바꿔주는 일등 공신이었다. 생경한 여정, 당황한 순간뿐 아니라, 발길이 닿았던 구석구석에 숨겨진 '용기'와 '느긋한 마음'을 찾아냈다. 이것이면 삶에 필요한 에너지가 뚝 떨어졌을 때마다 꺼내쓰기 충분하다. '진정한 여행은 새로운 풍경을 보는 것이 아니라 새로운 눈을 가지는 데 있다.'라는 프랑스 소설가 마르셀 푸르스트의 말처럼 말이다.

포르투갈을 여행하며 배운 감사하다는 말, 'Obrigada 오브리가다'를 오랜만에 큰 소리로 내뱉어 본다.

"포르투갈아, 그리고 H야, Obrigada. 이런 나를 만나게 해줘서, Obrigada!"

8

22개의 점이 만드는 행복
이숙희

    난 국가 대표팀도 아니고, 해외 유명 축구팀도 아닌 김포 FC의 팬이다. 2년 전, 집 근처 대로변 가로등마다 걸린 대형 현수막이 눈에 띄었다. 낯선 얼굴들 사이로 익숙한 이름 하나가 보였다. 고정운. 1990년대 K리그 전설로 불렸던 그는 현역 시절 빠른 움직임 덕분에 '적토마'라는 별명을 가졌던 선수였다. K리그에 전혀 관심 없던 남편도 "고정운이 감독이라고?" 하며 흥미를 보였다. 그 무렵, 문득 몇 년 전 처음 가봤던 야구장이 떠올랐다. 뜨거운 열기로 가득 찬 야구장에서 함께 응원가를 부르며 환호했던 기억. 그때 그 감정을 다시 느껴보고 싶었다.

    "주말에 축구나 보러 가볼까?"

    "너 축구 잘 모르잖아."

    하긴, 축구 규칙조차 제대로 모르는데 경기나 제대로 볼 수 있을까 싶긴 했다. 그래도 지금부터 알면 되지. 그렇게 우리 동네 축구팀인 김포 FC와의 인연이 시작되었다. 김포 FC는 2021년까지만 해도 K리그 3에서 뛰던 팀이었다. 그들을 알게 된 건 K리그 3에서 우승하고 K리그 2로 승격한 해였다. 이제 막 프로에 첫발을 내디딘 터라 축구장도 관중석도 부족한 점이 많았다. 처음으로 경기장을 찾은 날, 사실 경기를 보러 갔다기보다 호기심이었다. 어떤 팀인지, 어떤 선수들이 뛰는지도 몰랐다.

"이야~ 골키퍼 정말 잘 막네. 이름이 뭐라고?"

"손정현."

"방금 골 넣었잖아. 왜 점수가 안 올라가?"

"오프사이드야."

"오프사이드가 뭔데?"

"어휴."

남편과 아들은 한숨을 쉬었지만, 그러거나 말거나 아랑곳하지 않았다. 노을이 지는 경기장의 풍경과 함께하는 응원의 즐거움에 이미 마음을 뺏겨 버렸으니까. 그리고 그렇게, 우리 동네 축구팀을 열렬히 응원하는 팬이 되었다.

그들을 응원하기 시작한 해, 김포 FC는 예상보다 훨씬 좋은 성적을 거뒀다. 시즌 3위를 차지하며 1부 리그 승격에 도전했다. 팬들조차도 믿기지 않는 성적을 거뒀던 터라 올해는 기대가 더 컸다. 팀이 성장하는 사이 구단 환경도 변했다. 본부석만 있던 아담한 경기장에서 5천 석을 거쳐 올해 1만 석 규모의 전용 구장이 됐다. 무엇보다 솔터 축구장은 어느 자리에서든 시야가 탁 트여 시야로만 따지면 대한민국 최고의 경기장이라고 할 수 있다. 게다가 경기가 한창 진행일 무렵 본부석 너머로 노을이 지는 모습은 유럽의 어느 구장 부럽지 않다. 경기장에 가서 킥오프를 시작으로 스물두 명의 선수가 골 하나를 만들기 위해 열심히 쫓는 모습을 보고 나면 알게 된다. 축구는 직접 경기장에서 봐야 한다는 것을. 공격수들이 틈을 노리며 달리고, 수비수들이 몸을 던져 공을 막아내고, 빈틈을 노린 절묘한 패스로 극적인 골을 만들어 내는 순간은 직접 봐야 제맛이다. 특히 골망이 출렁이는 장면을 눈앞에서 보는 건 정말 짜릿하다. 평균 관중 2천8백 명 정도의 단출한 경기지만 그 순간이 있기에 관중들은 함께 웃고 울며 탄식하고 환호한다.

우연히 경기장에 가게 됐지만, 솔터 축구장은 내게 특별한 곳이 되었다. 선수 이름조차 몰랐지만, 후원을 핑계로 유니폼을 사 입고 비 오는 날 관람객이 없을까 봐 걱정하고 원정경기에 팬들이 많이 못 가 선수들이 쓸쓸하면 어쩌나 걱정하고 있으니 말이다. 작년 여름 K리그 1인 제주 유나이티드와의 코리아컵 8강전이 열리던 날도 거센 비가 예보됐다. 설마 큰 비가 오겠어? 하는 마음으로 우비랑 우산을 챙겨 경기장에 갔다. 처음에 한두 방울 떨어지던 비는 점점 거세졌다. 그러나 비를 피해 집에 가겠다는 사람은 없었다. 시간당 30mm가 넘게 쏟아지는 빗속에서도 선수들은 온몸을 내던졌고, 우리는 더욱 크게 응원했다. 기본적인 패스조차 되지 않으니 좀처럼 득점이 나오지 않았다. 전반 19분에 브루노가 수비수와 몸싸움에서 이기고 슈팅을 시도했지만 빗맞으면서 공은 골대로 향하지 않았다. 이어 몇 번의 기회가 더 있었지만, 공은 모두 골문 밖으로 벗어났다. 후반 막바지 몇 분만 더 버티면 연장 승부를 바라볼 수 있었지만, 결국 제주의 골이 터졌다. 비록 경기는 졌지만, 그 어느 때보다 선수들의 열정이 빛나는 경기였다. 승패를 떠나 진짜 축구의 매력이 무엇인지 알았다. 이를 악물고 뛴 선수들과 끝까지 자리를 지킨 팬들. 세상에 드라마가 따로 없잖아! 그때 느낀 감정은 아직도 생생하다. 온몸이 젖고 추웠지만 쉬이 축구장을 떠날 수 없었다. 'You! Can! Do it do it do it!' 경기장은 빗줄기와 팬들의 함성이 뒤엉켰다. 경기가 끝나고 선수들은 관중석으로 다가와 인사했다. 우리는 뜨겁게 환호

했다. 이것이 축구다. 비를 맞으며 집으로 돌아오는 길에 아이에게 말했다.

"이 맛에, 경기장에 온다. 그렇지?"

지난 10월 27일 김포 FC는 'K리그 1' 경기장 자격을 얻은 후 처음으로 홈 경기를 치렀다. 상대는 수원 삼성 블루윙즈. 이날 관중 수가 7천 명이 넘었는데 창단 후 최다 관중이었다. 원정석은 일찌감치 매진됐고, 현장의 열기는 어느 때보다 뜨거웠다. 하지만 당시 나는 그 현장에 있지 못했다. 대상포진으로 입원 치료 중이었던 아빠의 상주 보호자였던 터라 남편과 아이만 보냈다. 병실에서 휴대전화로 경기를 지켜봤다. 수원 팬들의 모습은 강렬했다. '역시 K리그 1 답군.' 작은 화면 속에서도 현장의 열기가 느껴졌다. 승강 플레이오프행을 위해 김포와 수원 모두에게 반드시 승리가 필요한 상황이었다. 양 팀은 경기 초반부터 팽팽하게 맞섰지만 아쉽게도 무승부로 끝났다. 아쉬운 점수 차로 올해 김포는 승격하지 못했다. 경기 중계를 끄며 피식 웃음이 났다. '축구 규칙도 몰랐으면서 경기장에 없다는 걸 아쉬워하다니.'

문득 2002년 월드컵이 떠올랐다. 대한민국을 완전히 뒤덮었던 붉은색 물결 속에 나도 있었다. 축구는 잘 몰랐지만 'Be The Reds'라는 문구가 적힌 티셔츠를 입고 친구들과 매일 서울시청, 종로 광장으로 나갔다. 윤도현밴드의 〈오 필승 코리아〉, 〈아리랑〉 등의 응원가를 부르며 목이 터져라 응원했다. 22년이 지나 40대 중반이 된 지금, 대한민국 대표팀이 아닌 우리 동네 축구팀을 응원하고 있다. 여전히 축구장에서 소리치며 응원한다. 선수들보다 더 간절하게, 어쩌면 나 자신을 응원하는지도 모르겠다.

누군가는 축구를 킥오프부터 경기 종료 휘슬까지의 희망과 긴장이라고 했다. 킥오프로 경기가 시작되면 희망과 긴장 속에 나이도 부끄러움도 잊는다. 그리고 행복해진다. 축구장에 가는 것으로 행복을 논한다면 좀 우습게 들릴 지로 모르지만, 어찌 보면 이렇게 쉽게 행복을 얻을 수 있는 게 또 있을까? 김포에 사는 동안은 변함없이 외치겠지.

'나의 사랑 김포, 오 내 사랑 김포, 함께 가자. 우리~ 앞으로'

9

예술의 전당에서 위로를 만나다
최은정

    토요일 오전, 버스 전용도로를 달리는 버스는 정체 없이 예상했던 도착 시간을 향해 씽씽 달리고 있다. 1호는 버스 안에서 창밖 풍경을 바라보다가 중간중간 색종이로 피아노를 접으며 시간을 보냈다. 버스를 탄 지 50분쯤 지나 남부 버스터미널 지하철역에 내려 택시를 타고 예술의 전당에 도착했다. 예술의 전당 정문에 내려 위를 올려다보니 페르난도 보테로 전시 포스터 속 〈발레리나〉가 우리를 내려다보고 있었다.

    "무슨 발레리나가 저렇게 뚱뚱해? 그림 그린 아저씨 되게 웃긴다."

    1호의 깔깔거리는 웃음소리를 들으며 그림 속 발레리나를 찬찬히 살펴보았다. 신발, 머리 꽂핀, 귀걸이까지 완벽한 깔맞춤을 하고서는 하나도 안 힘든 척 새침한 표정을 짓고 있는 그녀가 보였다. 1호의 손을 잡고 테라로사 카페를 지나 한가람 미술관과 연결된 계단을 올라갔다. 1호가 맨 뽀로로 가방이 경쾌하게 흔들거리고 있었고 딸과의 첫 미술관 데이트에 내 마음도 덩달아 기분 좋게 살랑거렸다.

    계단 위로 올라오니 계단이 끝나는 곳에서 전시관 입구까지 보테로의 풍만한 인물 판넬이 쭉 줄지어있었다. 전시관에 들어서자 1호는 눈으로 한 바

퀴 쭉 훑어보더니,

"와, 여기 뚱뚱한 사람 엄청 많네?"

라고 말하며 흥미를 보이기 시작했다. 아이와 함께하는 첫 전시로 페르난도 보테로를 선택한 것은 잘한 일이었다. 네 살 아이가 보테로 전시를 즐기는 방법은 다양했다. 정물화 코너에서 본인이 좋아하는 과일 찾기. 서커스 코너에서 본인의 친구들과 비슷한 사람 찾기. 뚱뚱한 사람들 사이에서 제일 날씬한 사람 골라내기. 풍만한 몸 아래 작은 발을 보며 깔깔거리기. 각 그림 아래 적혀있는 숫자 읽어보기. 1호와 전시관 안에서 생각보다 꽤 많은 것을 하며 보냈다고 생각했다. 그런데 시간을 보니 입구에서 출구까지 나오는 데는 후다닥 10분도 채 안 걸렸다. 네 살 아이와 첫 미술관 전시 관람. 더 바라면 욕심이었다. 나오는 길에 굿즈 매장에 들러 색칠 공부 책을 사서 밖으로 나왔다. 밖으로 나오니 맞은편에서 안토니 가우디 전시가 열리고 있었는데 입구 옆에 포토존으로 만들어 놓은 작은 구엘 공원이 보였다. 구엘 공원 양옆에 커다란 기둥은 무지개 아이스크림을 연상시켰고 1호는 그것을 보고 무작정 뛰기 시작했다. 우리는 그 앞에서 사진을 찍고 터키 아이스크림 아저씨를 찾아가 보기로 했다.

"쵸코 아이스크림 하나 주세요."

1호가 작은 입으로 주문했다. 터키 아저씨가 아이스크림을 줄 것처럼 하다 다시 빼앗자 1호의 눈이 동그래졌다. 그러다 계속되는 터키 아저씨의 묘기에 손뼉을 치며 좋아하기 시작했다. 묘기가 끝나자 건네받은 초콜릿 맛 아이스크림을 먹으며 1호는 의자에 앉아 색칠 공부 책을 펴서 보테로의 모나리자를 색칠했다. 절반쯤 끝내 놓고 집에서 가져온 비눗방울을 꺼내 시계탑이 있는 위층으로 올라가 이리저리 뛰어다니며 비눗방울을 불기 시작했다. 나는 분수대에 기대어 1호의 노는 모습을 보며 예술의전당 한 바퀴를 눈으로 하나하나 훑어보았다. 휴—우. 살 것 같았다.

남편의 직장을 따라 아무런 연고도 없는 용인으로 이사를 온 건 1호 네 살, 2호 두 살 때였다. 1호의 어린이집 엄마들과도 잘 어울리지 못했던 나는 육아와 살림으로 무료함과 힘듦에 찌든 삶을 살고 있었다. 그해 여름, 1호의 어린이집 여름방학을 위해 아이와 다닐 만할 곳을 알아보던 중에 예술의 전당에서 하는 페르난도 보테로 전시가 눈에 띄었다. 남편과 연애 시절 종종 미술관 데이트를 했었는데 보테로 전시 예매 창을 보니 설레기 시작했다. 나를 위한 작은 숨구멍이 필요했다. 1호와 2호 둘 다 남편에게 맡기고 다녀오기에는 눈치가 보였다. '1호 네 살. 미술관 데이트가 가능할까?' 엄마와 바깥 외출하는 것을 좋아했던 1호와 페르난도 보테로를 믿어보기로 했다. 여름방학이 마무리되는 토요일, 2호를 남편에게 맡기고 1호와의 첫 미술관 데이트 여행을 시작했다. 예술의 전당 입구에서 〈발레리나〉를 보았을 때 나는 그녀를 꼭 안아주고 싶었다. 힘들지 않은 척 새침한 표정을 짓지 않아도 된다고, 힘들면 힘들다고 말해도 된다고 토닥거려주고 싶었다.

매서운 추위로 잔뜩 어깨가 움츠러들던 작년 겨울, 직접 운전을 해서 예술의 전당으로 향했다. 뒷좌석에는 5학년 1호와 3학년 2호가 타고 있었다. 다 함께 미술관 외출을 하는 날은 아이들 숙제가 면제되는 날이다. 모두에게 좋은 날. 전시장 입구 옆에는 앙드레 브라질리에를 대표하는 푸른색과 말이 우리를 맞아 주었다. 고급스러운 와인색 커튼을 열고 1관으로 들어서자, 클래식 음악이 우리의 귀를 간지럽혔다. 멜로디에 발맞추어 걷다가

〈현악 5중주〉 그림 앞에 멈췄다. 취미로 바이올린을 하는 2호와 첼로를 하는 1호의 눈을 사로잡는 그림이었다.

"그림 속 사람들의 표정은 잘 안 보이는데 색으로 선으로 연주를 즐기고 있는 게 느껴져."

1호가 말했다. 페르난도 보테로 작품 아래 있는 숫자를 세며 돌아다녔던 4살 아이가 이렇게 컸다. 전시관 바닥에 깔린 낙엽을 밟으며 2관을 지나 3관으로 갔다. 3관에서는 앙드레 브라질리에가 평생 사랑한 여인 상탈의 아름답고 우아한 일상 그림을 볼 수 있었다. 작가의 뮤즈 이름이 상탈이라니! 오늘 뿌리고 온 향수 이름이 '르라보의 상탈33'이었다. 고급스럽고 세련된 우디 향에 더해진 플로럴 향의 조화가 멋진 향이다. 향수 바틈 노트(Bottom Note)의 샌달 우드와 바닐라의 부드럽고 포근한 잔향이 작가가 사랑한 상탈과 닮아 있었다. 호수 수영, 가을 낙엽, 눈 위를 달리는 말들, 상탈이 좋아하는 꽃들. 브라질리에가 사랑한 아름다운 순간들이 내 마음에 서서히 스며들었다. 작가의 포근한 색채의 유화에는 따스한 기운이 가득하다. 덕분에 어깨를 움츠리게 하던 추위가 사르르 풀리고 매일 요동쳤던 심신이 편안해졌다. 마지막 4관에서는 작가가 추구하는 삶을 그림으로 볼 수 있었다. 열한 살이던 화가는 가족과 함께 덩케르크에서 전쟁의 참상을 두 눈으로 목격했다. 폐허 속에서 그림을 그리며 세상에 아픔과 고통이 너무 많으니 그림을 통해 삶의 아름다움을 전달하겠다는 생각이 싹텄다고 했다. 이 말을 듣고 보니 그의 그림이 왜 이렇게 마음을 따스하게 어루만져 주는지를 알 수 있었다.

우리에겐 자연스럽게 감정을 나누고 표현하며 마음을 어루만질 공간이 필요하다. 내가 좋아하는 미술관에서 욕심부리지 않는 선으로 아이들을 참여시키기. 육아를 희생이 아닌 함께 즐기기 위한 나만의 방법이었다. 답답한 마음을 미술관에 툭 던져놓기도 하고 아이들과 그림 이야기를 나누며 '또 이만큼 성장했네!'라며 감탄하기도 했다. 예술의 전당에서 나에게 위로를 전해준 아이들 자리에 이제는 미술관 어른 친구들도 함께한다. 지난 코로나 시절, 어려운 시기에 온라인을 통해 미술관 어른 친구들을 만났다. 우리는 코로나 시기가 끝난 후, 종종 함께 미술관에 간다. 그림을 앞에 두고 복잡한 감정을 처리하기도 하고 전시 관람 후 차 한잔 앞에 두고 서로의 마음을 나누며 연대를 단단히 엮어가고 있다.

삶과 아름다움을 사랑하도록 돕는 것이 예술이라고 말하던 앙드레 브라질리에가 손을 흔들며 인사한다.

"여러분, 사랑하세요."

10

'따로 또 같이' 여행을 채우는 마음

희경

두 아이 모두 초등학생일 때, 겨울방학을 맞아 오키나와로 여행을 갔다. 일본까지 왔는데, 오전 11시까지는 숙소에 머물러야 했다. 한참 인터넷 세상 속에서 노는 것에 재미를 붙인 둘째가 자신에게 안정적인 컴퓨터 사용 시간을 달라고 주장했기 때문이다. 할 수 없이 오전 11시까지는 놀 시간을 주겠다고 협상하고 떠난 여행이었다. 하지만 막상 일본에 도착하고 보니 그냥 흘러가는 오전 시간이 아까워졌다. 못 놀게 했다가는 여행 내내 짜증을 낼 것이니 참아야 했다. 속으로 씩씩거리고 있다가 갑자기 '여행 왔다고 가족 모두가 같이 다녀야만 하는 건 아니잖아?'라는 생각이 들었다. 벌떡 일어나 외출복을 입으며 말했다. "엄마 나갔다 오려 하는데 같이 갈 사람?" 큰애가 냉큼 따라나섰다. 둘째 아이와 남편은 숙소에 남았다.

우리가 묵었던 숙소는 주택가에 있는 다다미 집이었다. 그 덕에 아이와 나는 한적한 골목길을 걷게 되었다. 정해진 목적지는 없었다. 갔던 길을 되돌아오기로 하고 골목을 헤맸다. 일본 담벼락에 있는 특이한 장식과 바닥에 깔린 돌들을 들여다보았다. 길고양이 두 마리와 마주쳐서 한참을 놀기도 했다. 그러다 작은 그릇 가게를 발견했다. 일본 특유의 예쁜 그릇들이 가득했다. 작은 그릇 몇 개를 골랐다. 한국에서 우리를 기다리고 있을 고양이들의 간식용 그릇으로 적당해 보였다. 깨질까 염려되어 여행지에서 그릇을 사지 않는 나지만, 이번에는 달랐다. 고양이들 간식을 줄 때마다 이 골목길 산책을 떠올리고 싶었다. 우리가 한국인임을 알아본 가게 주인이 신문지로 꼼꼼히 포장해 주었다. 갔던 길을 되짚어 숙소로 돌아오면서 '이렇게 따로 다니는 여행도 괜찮구나, 아니 오히려 좋구나.' 생각했다. 남편과 둘째 아이는 그들 나름대로 재미난 시간을 보내고 있었다. 계획되지 않았던 2시간의 골목길 산책은 오키나와 여행하면 가장 먼저 떠오르는 순간이자, 우리 가족의 '따로 또 같이' 여행의 시작이 되었다.

주말이면 가끔 서울로 나간다. 둘째 아이는 집에 있고 싶어 하니 떼어놓고 큰아이와 신나게 서울로 향한다. 큰아이와 나는 지하철을 타고 이동해 목적지에 도착하면 헤어진다. 점심 먹고 헤어지기도 하고, 지하철역에서부터 헤어지기도 한다. 처음에는 같이 다녔었다. 아이가 서울 한복판에서 길을 잃을까, 위험한 일이 생기지 않을까 걱정됐다. 시간이 흐르고 아이도 서울 나들이에 익숙해지니 굳이 같이 다녀야 할 필요가 없어졌다. 취향이 다르니 각자 즐기기로 했다. 아이는 엄마 간섭없이 마음껏 돌아다닐 수 있고, 나는 아이 챙길 필요 없이 가고 싶은 곳을 둘러볼 수 있었다. 그러다 저녁밥 먹을 때 만났다. 맛난 음식 먹으면서 어디를 다녔는지 무엇을 샀는지 무슨 일이 있었는지 얘기 나눴다. 가고 싶은 곳이 늘어난 아이는 저녁도 따로 먹자고 했다. 이제는 집에 가야 하는 늦은 시간, 지하철 역사 안에서 만난다.
따로 다니던 중 아이가 자기가 있는 카페로 오라고 연락한 적이 있었다. 반가운 마음에 한달음에 가보니 홍대 골목에 있는 작은 카페였다. 듣고 싶은 노래를 신청하면 뮤직비디오를 틀어주거나 주인이 직접 기타를 쳐주는 곳이었다. 록 음악에 심취해 있는 아이가 좋아할 만한 공간이었다. 음료를 시키고 아이가 신청한 노래를 함께 들었다. 따로 다니다가 만나 함께 음악을 들으니 이 또한 좋았다.

작년에 또 일본으로 여행을 갔다. 남편은 한국에 있고 내가 아이들을 이끌고 도쿄, 나고야를 여행했다. 이번에도 큰아이와 '따로 또 같이' 여행을 하기로 했다. 국내가 아니어서 걱정됐지만, 핸드폰을 나보다 잘 사용하는 아이에게는 구글 지도 앱과 번역 앱이 있었다. 일본 애니메이션에 심취했다가 일본어를 하게 된 아이니 길을 잃고 헤매더라도 좋은 경험이 되겠구나 싶었다. 내가 한 일은 가족 로밍 신청이 전부였다. 아키하바라 거리에서 다시 만날 시간과 장소를 정하고 헤어졌다. 저녁 식사 전 만난 아이는 들떠 있었다. 일본 여성에게 길을 물었는데, 아이에게 한국인이냐고 물었단다. 그녀가 소주병 모양의 열쇠고리를 보여주면서 한국을 좋아한다고 해서 한참 이야기를 나눴다고 했다. 자신이 아는 일본어를 동원해서 더듬더듬 대화를 나누는 아이의 모습이 상상되었다.

아이를 조금도 걱정하지 않았다면 거짓말이다. 문제가 생기면 전화하거나 문자를 하겠지 하면서도 아이보다 내가 더 긴장했다. 성공적으로 헤맨 아이를 보면서, 이제 아이를 떼어 놓을 때가 다가오고 있음을 실감했다. 멀리멀리 가고 싶어 하는 아이를 따로 두는 연습은 아이에게도 나에게도 필요한 일이었다.

쇼펜하우어는 '현명한 사람은 적절한 거리를 두고 불을 쬐지만, 어리석은 자는 불에 손을 집어넣고 화상을 입고는 고독이라는 차가운 곳으로 도망쳐 불이 타고 있다고 탄식한다.'라고 말했다. 사람과 사람 사이에는 적당한 신체적, 정서적 거리가 필요하다. 거리는 상대와의 관계에 따라 달라진다. 나는 다가가고 싶지만, 상대가 물러나면 거기서 멈춰야 한다. 왜 물러나면서 달려들면 화상을 입게 된다. 애정과 관심을 가지고 지켜보며 기다려야 한다. 상대가 다가오려 할 때 나도 다가가면 된다.

나는 여행을 하면서 가족 간의 거리에 대해 생각한다. 가족은 누구보다도 가까운 사이다. 가족이라는 이름으로 걱정을 넘는 간섭을 한다. 아이들이 아기일 때는 바로 옆에서 다치지 않게 봐주어야 하지만 아이가 자라면 거리를 두어야 한다. 아이의 심리적, 물리적 공간을 만들어 주고 그 공간을 존중해 줘야 한다. 청소년이 된 아이들 방문 앞에서 노크하는 것은 부모가 가져야 할 기본 예의다. 반대도 마찬가지다. 엄마인 나도 아이들과 남편의 간섭을 받지 않고 나의 취향과 감정을 느낄 심리적, 물리적 공간이 필요하다. 그러나 여행지에서는 공간적 거리가 없어진다. 오랜 시간 동안 같은 동선으로 움직이다 보면 심리적 공간도 사라진다. 피로가 더해지면 의도치 않게 상처를 주고받고, 작은 일로 싸우게 된다.

이럴 때 '따로 또 같이' 여행이 필요하다. 이 여행은 가족 간에도 서로의 취향의 차이가 있음을 이해하고 존중해야 가능하다. 따로 여행해도 사랑이 줄어들지 않는다는 믿음을 바탕으로 한다. 이 여행은 따로 있다가 만난 순간, 상대의 경험에 대한 귀 기울임과 반응을 통해 완성된다. 나는 '따로 또 같이' 여행을 통해 적절한 거리를 두고 불을 쬐는 현명한 관계가 무엇인지 배운다. 그 배움을 일상으로 이어갈 수 있도록 노력한다. 그러면서 멀어지고 있는 아이들과의 관계를 받아들이고 엄마인 나에게 생기는 공간을 즐기는 중이다. 서운해도, 슬퍼도 언젠가는 다가올 헤어짐을 반갑게 맞이하기 위해서 말이다.

4

꿈꾸게 하는 공간이 있나요?

삶을 달라지게 만드는 건 꿈을 가진 사람들이 모여서 작은 공간을 채우고
그곳에서 서로를 북돋아 각자의 미래를 그려나가는 일이라는 걸 알았다.

"당신이 꿈꾸는 공간에서,
당신은 어떤 모습으로 살아가고 있나요?"

여행지에서 건져 올린 꿈

김은주

여행을 사랑한다. 혼자서 여행을 간 적도 많다. 여행 스타일도 지난 20년 동안 많이 바뀌었는데, 해외여행도 패키지로 나가본 적이 없는 계획형 인간이었다. 패키지의 옵션이 불편했고 다 같이 우르르 몰려다녀야 하는 일정이 맘에 들지 않았다. 그래서 하나부터 열까지 직접 일정을 짜서 여행을 다녔다. 하나라도 더 보겠다는 욕심으로 시간 단위로 관광지를 돌아보느라 극도로 예민해지곤 했다. 누가 등 떠민 것도 아니고 스스로 그렇게 했다. 계획을 세워도 맘대로 되지 않는다는 걸 알았지만, 이후에도 계속 여행 계획을 촘촘하게 세우고 랜드마크를 도장 찍듯 여행했다. 여행이 쉼이 아니라 하나라도 더 보고 오려는 욕심으로 가득 차 있었다. 뭐가 그렇게 조급했던 건지 모르겠다. 아니, 시간과 돈이 아까워서 그랬다는 걸 알지만 인정하기 싫었다.

처음 혼자 여행을 떠난 건 한참 제주올레길이 알려지던 2007년 여름이었다. 배낭 하나 메고 소낭게스트하우스를 예약하고 떠났다. 하루에 올레길 한 코스만 걷자는 게 계획의 전부였다. 땡볕에 종아리는 새까맣게 타고 많이 걸은 날은 발바닥이 아파 울기도 했다. 게스트하우스는 다양한 연령

대의 사람이 2층 침대를 나눠 쓰고, 공동으로 샤워장을 이용하는 등 색다른 경험으로 가득했다. 밤에는 모닥불을 피우고 둘러앉아 자기소개를 하고 맛있는 고기에 맥주까지. 전날 밤 술이 덜 깬 상태에서 새벽 오름을 함께 올라가며 숨을 헐떡였다. 오름 정상에 이르러서야 폐 깊숙한 곳까지 새벽의 상쾌함이 선물처럼 들어 왔다. 게스트하우스에서 만난 사람들과 즉석에서 일정을 맞춰 같이 올레길을 걷기도 했다. 소정방폭포까지 함께 걸으며 간단한 물놀이까지. 낯선 사람과 함께 하루 동안 여행을 한다는 것은 큰 용기가 필요치 않았다. 이 여행의 묘미는 홀로 한라산 정상을 밟았던 경험이다. 등산에 대한 지식도 없이 그저 한계를 뛰어넘고 싶다는 치기로 물 하나만 들고 한라산을 올랐다. 시간이 갈수록 점점 뒤처지기 시작했다. 설상가상 한라산 중턱에 있는 휴게소까지 문이 닫혀 요기도 할 수 없었다. 한라산 정상으로 가는 길에 이미 시간이 많이 지체되었음을 알았지만, 되돌아갈 수도 없었다. 한라산 정상 근처에는 까마귀 천지였다. 조류 공포증이 극심한 나는 비둘기만 봐도 놀라서 소리를 지른다. 까마귀 때문에 포기해야 하나 심각하게 고민했다. 그래도 한라산 정상은 밟아보자는 오기가 생겨, 극도로 긴장한 채 덜덜 떨며 빠져나와 백록담에 도착했다. 그러나 이미 시간은 오후 네 시. 어떻게 하산해야 할지 몰라 발을 동동거렸다. 마침 한라산 국립공원 관리자분이 오셔서 나와 뒤처진 외국인들에게 구원의 손을 내밀어 주셨다. 모노레일에 앉아서 내려가는 하산길. 특별한 추억을 남겼지만, 이날의 등산으로 양쪽 엄지발톱이 빠졌다. 나름 훈장을 받은달까? 혼자서 떠난 첫 여행은 20대의 처음이자 마지막 용기였다. 그 뒤로 다시 계획형 인간으로 돌아갔으니까.

혼자 하는 여행이든 가족 여행이든 계획을 짜는 것은 다 나의 몫이었다. 모두를 신경 써야 했고 일정대로 움직이느라 정작 여행을 즐길 수도 없었다. 내가 좋아서 시작한 여행인데 내가 가장 불행했다. 왜 그렇게 여행도 일처럼 완벽해지고 싶었는지. 쉬기 위해 떠나는 게 여행이지만 또 다른 숙제처럼 느껴졌다. 계획을 세우면서부터 힘들어 여행을 떠나서도 예민해지기 일쑤였다. 그래서 항상 여행의 끝은 동반한 사람들과의 다툼으로 끝나는 일의 반복이었다. 알지만 쉽게 고쳐지지 않았다. 처음으로 온전히 나에게 집중한 여행은 템플스테이였다. 제주 앞바다가 보이는 약천사에서 한라산 중턱의 관음사에서, 스마트폰을 끄고 밥 먹고 책 읽고 산책하며 그런 시간만으로도 여행이 충분함을 깨달았다. 여행은 뭘 하려 하지 않아도 그 자체로 충분히 의미가 있다는 것을 깨닫는 데 20년이 걸렸다.

올해 홀로서기에 나서면서 하나씩 실천하기 시작했다. 이미 알고 있던 것들을 행동으로 옮기는 것! 올여름 오사카 여행은 그 첫걸음이었다. 여행의 시작부터 무계획이었다. 경제적으로 여유가 없던 때였지만 '에라 모르겠다' 비행기부터 예약했다. 예전의 나였다면 가격 비교부터 했을 텐데 이번엔 무작정 항공권부터 끊었다. 오사카 여행책을 사서 휘리릭 넘겨보고는 숙소와 유니버설 스튜디오만 예약했다. 이래도 되나 싶을 정도로 계획 없이 떠났다. 동행한 친구만 믿고! 무더운 8월 오사카는 한국보다 더 더웠다. 처음 타 보는 일본 전철은 헷갈렸지만, 구글 지도를 보면서 도톤보리까지 갔다. 샤워하고 옷을 갈아입자마자 허기진 배를 채우기 위해 '라멘'을 먹으러 나섰다. 도톤보리 근처에 숙소를 잡아 모든 걸 걸어서 해결할 수 있었다. 어떤 곳인가 천천히 돌아보고 일단 해가 질 때까지 조금 쉬기로 했다.

숙소로 돌아가 낮잠을 잤다. 예전엔 생각도 못 했던 일이다. 둘째 날은 유니버셜 스튜디오 개장과 동시에 입장해서 종일 놀았다. 일본의 테마파크, 애니, 굿즈 산업의 대단함을 한눈에 볼 수 있었다. 입장권이 비싸도 왜 사람들이 오사카에 오면 꼭 가는지 알겠더라. 영화 속 세계를 그대로 옮겨놓은 듯한 착각을 불러일으킬 정도로 웅장하고 볼거리가 많았다. 이것 말곤 정해 놓은 게 아무것도 없었다. 해가 뜨면 일어나 맛집을 검색해서 쓱 먹고 오고, 카페에서 더위를 식히고 저녁엔 시원한 생맥주에 맛있는 안주가 있는 이자카야로. 이게 이 여행의 전부. 함께한 소울메이트 인창이가 검색하고 맛집을 찾으면 찾아가서 먹고. 우연히 들어간 골목에서 주전부리를 먹으면서 깔깔깔.

"인창아, 우리 저녁 뭐 먹을까?"

"맛있는 이자카야 집이 있다던데 거기 가볼까?"

"그래? 생맥주에 꼬치구이 너무 기대된다. 가자."

둘이 슬리퍼를 신고 어슬렁어슬렁 오사카의 밤거리를 쏘다녔다. 우연히 찾아간 참치가게에서 산 참치회 덮밥이 너무 맛있었다. 단돈 천 엔에 참치를 맛볼 수 있다니. 참치가 품질도 좋은데 저렴하고 맛있어서 출국하는 날 또 들렀다. 이번엔 참치 후토마키를 사서 오사카 공항 바닥에 앉아 먹으니, 그곳이 곧 식당이 되었다. 남의 눈을 신경 쓰던 나는 그곳에 없었다.

이런 여행은 처음이라 살짝 걱정했는데 여행은 일상은 천천히 흘러갔다. 조바심 내지 않아도 시간 단위로 움직이지 않아도 충분히 오사카라는 공간을 만날 수 있었다. 여행지에서 사색하며 산책하는 일이 사치로 느껴지지 않았다. 오히려 한껏 꿈꾸게 하는 시간이었다. 낯선 공간에서 나를 가장 잘 느꼈고 처음 보는 사람, 건물, 음식, 풍경들을 오롯이 즐겼다. '아, 이게 진짜 여행이구나. 낯선 공간을 스스로에게 선물하는 시간이구나.' 여행하면서 이렇게 여유로웠던 적이 있던가. 맛없는 음식을 먹어도 '음…. 그럴 수 있지.' 생각하고, 맛있는 음식을 먹으면 우리의 선택이 옳았다며 서로 눈빛으로 말했다. 오사카 여행으로 진짜 여행이 뭔지, 걱정보다는 경험하는 일상이 옳다는 걸 알게 되었다. 집이라는 익숙한 공간에도 나를 놓아보고 낯선 공간에도 놓아두며 나에게만 집중하는 시공간을 많이 쌓아가고 있다.

여행과 마찬가지로 계획한 대로 흘러가지 않는 게 삶이다. 그 평범한 진리를 20년이나 돌고 돌아 이제야 깨달았다. 지난 시간의 내 삶을 후회하지는 않는다. 그때의 나는 그게 최선이었으니까. 지금 오늘 하루에 충실하며 꿈꾸는 시간과 공간을 가지는 것. 그것이 내가 바라는 현재와 미래의 내 모습이다. 거창한 계획을 세우지 않아도 하루하루 열심히 즐겁게 살아내는 게 인생이라는 이름의 여행이다.

2

꿈의 징검다리, 미술도서관
김인혜

    얼마 전, 친구의 추천으로 구리에 있는 방정환 도서관에서 한 달 동안 일주일에 한 번씩 미술 수업을 들었다. '꽃 그림으로 보는 화가의 삶'을 주제로 한 정하윤 작가님의 수업이었다. 몇 년 전 미술책 모임에서 읽었던 『여자의 미술관』의 작가님이기도 하다. 처음에는 수업을 들을지 말지 망설이기도 했다. 가족들이 함께 모이는 저녁 시간인 데다 운전해서 25분 정도 가야 했기 때문이다. 하지만 첫 수업을 듣자마자 생각이 바뀌었다. 놓쳤다면 두고두고 후회했을 거라고, 가족에게 양해를 구하고 용기 내길 잘했다고 안도했다. 구리 방향 서쪽 하늘의 분홍빛 노을을 바라보며 도착한 강의실엔 늦은 시간이었지만 서른 명 정원이 꽉 찼다. 한두 명을 제외하곤 모두 여성으로 주부이거나 직장인일 다양한 나이대가 모여 있었다. 그 사이에 한 자리 꿰차고 앉아 있자니 마치 20여 년 전으로 돌아가 대학 시절 미술 교양수업을 듣는 것 같았다. 평일 저녁 시간에, 엄마도 아내도 아닌, 학생이 되어 오랜만에 듣는 수업이 정말 설레었다. 나도 모르게 눈이 반짝거렸을 것이다. 고개도 열심히 주억거리고 필기도 정성껏 했다. 집에 와서는 자료를 찾아보며 복습도 했다. 그림 안에는 화가의 삶이 고스란히 담겨있고, 화가와 그 시대적 배경에 대해 더 자세히 알게 되면 그림은 우리에게 더 많은 이야기와 메시지를 전달해 준다는 것을 수업을 들으며 깨달았다. 4주 동안 클로드 모네, 빈센트 반 고흐, 에드가 드가, 프리다 칼로에 대한 이해와 애정이 높아졌음은 말할 것도 없다. 모네가 그토록 사랑하고 아꼈던 지베르니 정원에 가보고 싶어졌고, 반 고흐의 노란 집이 있었던 아를에도 가고 싶었다. 발레 그림으로 유명한 드가의 솔직하고 꾸밈없는 화풍과 성격에 대해 더 자세히 알고 싶어졌고, 점철된 고통에도 불구하고 누구보다 삶을 예찬했던 프리다 칼로의 그림을 보며 눈물이 났다. 나는 화가와 그림에 더 가까이 다가가고 싶었다.

그러다 문득 미술도서관이 생각났다. 이곳에 가면 미술에 대한 갈증을 조금은 해소할 수 있을 것 같았다. 의정부에 있는 미술도서관은 2020년에 개관했는데, 이름대로 도서관을 품은 미술관, 미술관을 품은 도서관이다. 코로나 시기에 마스크를 쓰고 세 번 정도 방문한 적이 있었다. 우리 집에서 의정부 미술도서관은 차로 가면 30분 거리로 그렇게 먼 거리는 아니지만 도시의 경계를 넘어가다 보니 심리적으로 멀게 느껴졌다. 4주간의 미술 수업이 끝난 후 오랜만에 의정부 미술도서관으로 향했다. 생각보다 가까웠다. '25km 정도면 갈 만하네, 앞으로 더 자주 다녀야지!' 일상의 공간에서 꿈의 공간으로 이동하는 데 25킬로의 거리와 30분의 시간이라면 할 만하다. 언젠가 친구들과 세계 미술관 여행을 다니고 싶은 꿈, 최근 갖게 된 미술 전시회 도슨트가 되고 싶은 꿈의 징검다리가 되어 줄 장소에 이내 도착했다.

오랜만에 혼자서 방문한 미술도서관. 도착해보니 처음 왔을 때 도서관이 너무 아름다워서 사진을 마구 찍었던 기억이 떠올랐다. 도서관의 중앙 공간은 4층까지 뻥 뚫려있고, 3층 중앙계단에 서면 위아래로 탁 트인 공간을 모두 조망할 수 있다. 또한 한쪽 면 전체가 작은 창들로 빼곡히 들어차 있어 화이트톤의 실내를 따뜻하고 밝은 빛으로 가득 채워준다. 1층의 미술 서적들은 곡선과 직선의 책장들에 꽂혀있고, 책을 바로 볼 수 있도록 다양한 디자인의 의자와 1인 소파들이 책장 사이사이 배치되어 있다. 나는 우선 미술 관련 책들이 모여 있는 1층 서고를 천천히 둘러보았다. 책장의 디자인과 배치, 의자와 조명이 세련되어 마치 갤러리에서 전시를 보는 듯한 느낌이었다. 보다 보니 국립현대미술관과 서울시립도서관에서 열렸던 전시회들의 도록을 모아놓은 코너가 있었다. 미술책 모임에서 읽은 책『살롱 드 경성』의 모티브가 된 '미술이 문학을 만났을 때' 전시의 도록도 발견했다. 책을 읽으며 이미 몇 년 전에 끝나버린 전시를 보지 못한 것이 아쉬웠는데, 도록으로 그때의 전시를 다시 만날 수 있어서 반가웠다. 1층 서고 중간에는 데이비드 호크니의 그림들이 실린 어마어마하게 큰 도록, 『Big Book』도 있었다. 여기 있는 빅북은 9000부로 제작된 한정판 에디션 중 3068번째 도서라는 도서관의 자부심 섞인 설명이 적혀 있었다. 몇 년 전 서울시립미술관에서 열렸던 호크니의 전시를 보고, 저 빅북 우리 집에 하나 두었으면 하고 바란 적이 있다. 나는 이날 도서관 중앙에 오랫동안 서서, 너무 커 책장 하나 제대로 넘기기도 힘든 빅북을 천천히 마음껏 감상할 수 있었다.

도서관 1층 한쪽에서는 김환기, 유영국, 장욱진, 백영수 등 한국 신사실파의 특별 전시를 하고 있었다. 요즘 화가 유영국에게 관심이 생겨 갈 만한 전시회를 찾아보고 있었는데, 마침 가고 싶던 전시회와 거의 동일한 작가들이어서 더욱 유심히 살펴보게 되었다. 위 작가들의 삶을 다룬 책, 자서 전, 도록들이 모아져 있었고, 특히 유영국 화가의 그림들을 모아 둔 큰 화집이 여러 권 있었다. 유영국의 작품은 실제로 봐야지 그 색채의 감동을 제대로 느낄 수 있다지만 잘 만들어진 화집 속 그림들도 충분히 감동적이었다. 이렇게 쉽게 도서관에서 접할 수 있다는 것도 감사했다. 미리 많이 봐 두고 공부한 그림을 나중에 전시회에서 직접 보면 남다른 감회가 있을 것이다. 화집을 펼쳐보며 실제로 보는 작품의 크기와 색감과 질감은 어떠할지 머릿속으로 그려보는 건 또 다른 즐거움이다.

어느덧 집에 갈 시간이 다 되어 서둘러 대출할 책들을 골랐다. 이번엔 프리다 칼로와 모네의 작품이 실린 영어로 된 원서들을 여러 권 빌렸다. '꽃그림' 수업에서 처음 보았던 프리다 칼로의 다양한 그림들이 다 소개되어 있었고 특히 내가 좋아하는, 수박을 주제로 한 그림도 여러 점 있었다. 영어라서 부담이긴 하지만 천천히 내용도 읽어볼 생각이다. 모네 책은 연작이 많이 실려 있는 것으로 골랐다. '빛에 따라 변하는 현실의 인상을 순간적으로 포착'하기 위해 붓을 들고 끊임없이 그림을 그렸던 모네. 소재가 볏짚이든 대성당이든 기차역이든 수련이든 모네 그림의 주인공은 언제나 빛이다. 그의 그림들을 보며, 그가 사랑한 빛을 나도 현실에서 더욱 사랑하게되었다. 모네라면 지금 내가 보는 풍경을 어떻게 바라보았을까 생각했다. 시시각각 변하는 빛의 멜로디와 아름다움을 일상에서 더 쉽게 발견하고 감탄할 수 있게 해 준 모네를 만나러 언젠가 오랑주리 미술관과 지베르니 정원에 가볼 수 있기를 꿈꾼다. 지금은 집에서 30분 거리의 미술도서관에 있을 뿐이지만 나는 점점 더 멀리 가볼 것이다. 국내 미술관, 유럽의 미술관, 세계 곳곳의 미술관으로.

3주 뒤 책을 반납하러 들린 미술도서관에선 개관 5주년을 맞아 백영수 화백 전시회를 하고 있었다. 천천히 한 바퀴 돌며 감상한 후 1층 서고의 책상에 앉아 책을 읽고 있는데, 잠시 후 전시회 해설이 시작된다는 안내방송이 들려왔다. 전시실 앞으로 가보니 도슨트로 보이는 중년 여성분이 서 계셨다. 시작 전 관람객들에게 다 의정부에서 사냐고 물으시기에 남양주에서 왔다고 했더니 본인도 남양주에 사신다고 했다. 나는 가슴이 콩닥거리기 시작했다. 실례인 줄 알지만 속으로 그분의 나이를 가늠해 보며 5년, 10년 후의 내 모습을 상상해 보았다. 두 달 전 방정환 도서관에서 미술 수업을 들으며 처음 가슴에 품게 된 도슨트라는 꿈을 미술도서관에서 다시 만난 것이다. 미술책을 읽고 전시회를 다니고 도서관 강의를 듣고 미술도서관을 다니다 보니, 내가 거쳐 간 공간들이 나를 또 다른 꿈으로 이끌어 주고 있음을 퍼뜩 깨닫는다. 그 공간들이 징검다리가 되어 나를 새로운 세계로 안내하고 있는 것 같다. 새로운 일상이 펼쳐지려는 순간일까? 이 느낌을 무시하지 않고 소중히 품어볼 것이다. 그러므로 지금 내가 할 일은 약간의 용기를 내어 폴짝하고 징검다리를 건너는 일. 지금은 멀게만 느껴지는 저곳이지만 한 번에 하나씩 폴—짝.

　한 달에 한두 번 미술도서관으로 향하는 짧은 여정을 통해, 미술 수업을 들었을 때처럼 30분의 거리만큼 나의 일상과 잠시 멀어진다. 그곳에서 나는 엄마도 아내도 아니고 그저 좋아하는 것에 몰두하고 있는 한 사람, 새로 갖게 된 꿈을 수줍게 품은 한 사람이다. 도서관에 앉아서 내년 봄 도슨트 수업을 듣고 있을 내 모습을 상상해 보았다. 나도 모르게 입가에 미소가 번졌다.

3

전화위복, 호주에서 만난 꿈
남보라

'딱 한 나라만 갈 수 있다면 어느 나라를 가고 싶어?'라는 질문을 받은 적
있었다. 내 대답은 1초의 망설임도 없이 '호주'였다. 어쩌면 암울한 과거가
될 뻔했던 곳이었지만, 소중한 꿈과 친구를 선물해 주었기 때문일까.

대학교 3학년, 학교 프로그램의 일환으로서 호주 어학연수에 참여하게
됐다. 같은 과 친구들은 '태즈메이니아'라는 섬으로 간다고 했다. 나는 이왕
하는 공부, 친구들과 떨어지더라도 다른 곳으로 가보고 싶어 '멜버른'으로
향했다. 나중에 알고 보니 두 명의 동행이 있었다. 다른 과 사람들이었다.
우리는 의지할 사람이 서로뿐이라며 급속도로 친해졌다. 인터내셔널 기숙
사에 머물렀는데 그마저도 모두 같은 층이라 처음엔 어디를 가든 붙어 다
녔다. 어느 날부터인가 그들이 기숙사에 살던 몇 안 되는 한국 사람들뿐만
아니라 함께 친해졌던 외국인들 사이에서 나를 고립시켰다. 그 이유에 대
해서는 훗날 누군가를 통해 들었던 것 같지만 솔직히 잘 생각나지 않는다.
어이없었던 감정만 남아있을 뿐. 설상가상, 당시 만나고 있었던 남자 친구
가 다단계에 발을 들였다는 소식까지 들었다. 유일했던 힐링 시간은 그와
의 통화 시간이었건만, 그가 갑작스레 헤어짐을 고해왔다.

나를 구해준 건 세탁실 맞은편의 그리 크지 않은 컴퓨터실이었다. 당시 무슨 생각이었던 건지 필수용품과도 같았던 노트북을 가져가지 않았다. 과제를 하기 위해서는 컴퓨터를 이용할 수 있는 도서관까지 가야 했다. 하교 후에는 아무것도 할 수 있는 게 없어 방에서 홀짝홀짝 '혼술'을 들이키곤 했다. 여느 때와 다름없이 술을 한 잔 마시고 세탁실로 향하던 순간이었다. 내 눈에 'Computer Lab'이라는 글자가 들어왔다. 얼른 세탁기에 빨래를 돌리고 홀린 듯이 그곳으로 발걸음을 옮겼다. 문고리를 '철컥'하고 돌리자 밝은 조명 아래 몇 대의 컴퓨터가 보였다. 아무도 없는 곳. 조용히 자리에 앉아 이리저리 컴퓨터를 조작해 보니 쓸만했다. 이후 그곳으로 향하는 날이 많아졌다. 공용 시설에서 느끼는 낯선 느낌이 오히려 여유로웠고 위로가 되었다. 처음엔 과제를 하며 시간을 보냈다. 그곳이 익숙해지고 찾는 이가 많지 않다는 것을 깨닫자 다른 것도 하고 싶어졌다. '오늘은 다른 걸 한번 해볼까?'

그날은 오랜만에 일본 드라마가 보고 싶었다. 하지만 일본어는 간단한 문장 정도만 가능한 실력이라 자막이 절실했다. 시간 가는 줄 모르고 찾아보니 영어 자막을 발견할 수 있었다. '그래! 오히려 영어 공부에 도움이 될지도 모르지!'라는 생각으로 도전해 보기로 했다. 처음엔 장면을 몇 번씩 돌려봤는지 모른다. 화면도 봐야지 영어 자막도 읽어야 하지, 눈이 뱅뱅 돌 지경이었다. 사람은 적응의 동물이라고, 금세 익숙해진 나는 더욱 공격적으로 컴퓨터실에 도장을 찍기 시작했다. 눈도 평화를 찾아갈 무렵이 되자 문득 꿈이 찾아왔다.

'드라마나 영화를 번역해 보면 재밌을 것 같은데!'

번역 일에 대해 막연히 꿈꿨던 적이 있지만, 구체적으로 어떤 언어를 어떻게 번역하고 싶은지에 대해 생각해 본 적은 단 한 번도 없었다. 이렇게나 작은 공간에서 나를 반짝이게 하는 꿈을 만나다니! 상상도 못 했던 일이었다.

호주가 준 선물은 또 하나 있었다. 바로 C와 만난 것이었다. C를 처음 본 건 카페테리아였는데, 워낙 목청이 좋은 친구라 카페테리아 내부를 때리는 그녀의 웃음소리가 참 시끄러웠다. 알고 보니 이 목청 때문에 한국인들 사이에서는 이미 유명 인사였다. 그러다 우연히 같은 반, 같은 조가 되고 대화를 나누며 단번에 우리가 절친이 될 거라는 걸 깨달았다. C도 마찬가지였던 것 같다.

"우리 오늘 처음 만난 거 맞아? 10년은 된 줄!"

그렇게 우리는 자주 시간을 함께 보내며 미주알고주알 떠들어댔다. 그녀는 나의 상황을 듣고는 오히려 더 좋은 친구들을 만날 수 있으니 다행이라고 생각하라며 위로해 주며 남자 친구 얘기를 듣고는 이렇게 말했다.

"내가 한국 돌아가서 경찰이 되면 그 나쁜 놈들 다 잡아줄게! 그러니까 일단은 네 인생을 살아!"

어찌나 고맙고 든든하던지. '그나저나 경찰이 될 거라니. 상상이 잘 안 되는데?' 그저 위로해 주기 위한 '빈말'이었다고 생각했다. 그런 그녀 덕분에 무사히 10개월간의 호주 생활을 끝내고 돌아올 수 있었다. 아쉽게도 한국에서는 각자의 인생을 살아가며 C와는 몇 년간 쉽게 연락할 수 없었다. 시간이 흐른 뒤 SNS에 뜬 '추천 친구'를 보고서야 다시 연락이 닿았다. 그리고 들은 그녀의 소식은 나를 놀라게 하기에 충분했다. 진짜 경찰 공무원이 되어 있었다! 자랑스럽기도 한 한편, 순간 나를 돌아보았다. '나는 지금까지 뭘 하고 있었지? 그저 입으로만 꿈을 좇고 있었던 건 아닐까?'라며 반성하게 됐다. 그녀는 이제 내 인생에 위로나 힐링일 뿐 아니라 커다란 자극제가 되었다. 어쩌면 여전히 꿈을 꿀 수 있는 것은 그녀 덕분일지도 모른다. 이후 진짜 일본으로 날아가게 되었으니 말이다.

꿈은 생각보다도 아주 가까운 곳에서 나를 손짓하며 부르고 있었다. 생각해 보면 어렸을 적부터 언어에 관심이 많았다. 초등학교 1학년 때는 부모님을 졸라 영어를 배웠다. 고등학교 2학년 즈음에는 일본어에도 관심이 많아 드라마에서 본 대사를 곧잘 따라 하곤 했다. 일상에 지쳐 좋아하는 것이 무엇인지 생각해 보지 않았을 뿐이었다. 그러던 어느 날 갑자기 찾아온 어둠. 내 꿈은 그 안에서 빛을 찾아내기 위해 구석구석을 헤집다 발굴한 것이나 마찬가지였다.

현재의 나는 여전히 그때 만난 '번역가'라는 꿈을 안고 살아가고 있다. 그 과정에서 위기를 마주하는 순간도 많다. 예컨대 회사 일이 우선인 삶이 되어 공부를 뒤로 미루었다든지. 게다가 몇몇 지인들로부터 "꿈 깨!"라는 소리를 듣고 멘탈이 와르르 무너진 적도 몇 차례나 있었다. 신기하게도 그때마다 C에게서 연락이 왔다. 그녀는 내가 방황하는 동안에도 몇 번의 승진시험에 합격하며 또 한 번 자극을 불어넣어 주었다. 그리고 꿈을 지지해 주는 또 다른 좋은 친구들이 마치 의인처럼 나타나 멱살을 잡고 일으켜주었다. 덕분에 오늘도 한 발짝 한 발짝 앞으로 나아가고 있다. 좀 더 심도 있는 공부를 위해 사이버대학교의 일본어학과에 편입한 것이다. 일본어 급수 시험도 10여 년 만에 다시 치르기로 마음먹었다. 살림은 잠깐 미뤄두고 매일 같이 '스터디 카페'로 향하는 요즘이다. 미래를 상상하며 설레는 마음을 안고.

4

수영장에서 만난 파라다이스

박서연

짧게 자른 머리카락 사이사이로 제법 선선한 바람이 스며든다. 더디고 처지게 흘러가던 8월의 더위에서 벗어나니 어느덧 피부에서부터 건조 신호를 보내오는 가을이 왔다. 이른 아침의 맑고 깨끗한 하늘이 수영장으로 향하는 부산한 발걸음과 시선을 붙잡았다. 아기 양들이 웅크리고 있는 듯 뭉게뭉게 귀여운 구름의 흐름을 바라보며 휴대폰을 꺼내 사진을 찍고 오늘의 하늘 사진을 수집했다. 상쾌한 공기를 마시며 설레는 기분으로 도착했다. 창을 통해 들어오는 빛이 물속에서 오로라처럼 일렁이며 아름답고 몽환적인 춤을 춘다. 몸이 물에 잠기면 일상의 소음과 말, 생각도 물에 잠기는 듯 평화롭고 행복한 최면에 빠져든다. 의지할 것은 몸과 호흡뿐인 그 안에서 누구의 아내, 엄마가 아닌 온전한 나를 만난다.

무언가를 결심하고 시작하기 좋은 1월. 아파트 커뮤니티센터에 수영장이 개장했다. 긴 겨울방학 동안 일찍 일어나 건강도 챙기고 알차게 방학을 보내기 위해 아이와 수영을 배우기로 했다. 아이와 정한 강습 시간은 오전 일곱 시였다. 수업에 가려면 늦어도 여섯 시 반에는 일어나야 하는데, 한참 잠이 많은 아이에게 달이 떠 있는 새벽은 한밤중과 다름없었다. 나보다 키가 큰 딸을 억지로 일으켜 잠옷 위에 롱 패딩을 입히고 눈도 제대로 못 뜨는데 손을 잡아끌고 수업에 가기 시작했다. 간 날 보다 안 간 날이 더 많았던 두 달의 방학이 끝나며 그녀의 수업은 중단했지만 나는 2년째 수업을 이어가고 있다. 물을 좋아하는 아이와 놀아주기 위해 마지못해 가던 수영장이었지만 지금은 오래도록 하고 싶은 인생 운동을 만난 곳이 되었다.

처음부터 수영이 즐거웠던 것은 아니었다. 초급반을 신청했지만, 20대에 잠깐 배운 경험이 도움이 된 걸까. 첫날 수업을 마치고 다음 수업부터 중급반으로 옮겨가라는 말을 들었다. 그게 문제였다. 아이와 같은 반에서 수업을 하게 된 건 좋았지만, 초급의 실력으로 중급의 수업을 따라가려니 수업 강도와 운동량이 만만치 않았다. 하루 동안 쓸 에너지를 아침에 탈탈 끌어다 썼다. 운동하며 활기를 얻기보다는 저질 체력의 한계를 실감하는 시기였다. 그만둘까, 이게 정말 나와 맞는 운동일까, 몇 번이나 그만두려 했다. 하지만 아이와 같이 시작했고 한계점에서 포기하는 엄마로 기억되고 싶지 않았기 때문에 버텨보기로 했다. 기왕이면 잘해보자고 마음을 다잡았다. 강습이 없는 날에도 억지로 자유 수영을 가기 시작했다. 70대 어머님들도 열 바퀴씩 도는 걸 보면서 내가 못 할 이유가 없다고, 할 수 있다고 최면을 걸었다. 처음에는 25미터를 한 번에 가는 게 목표였다. 숨이 차서 허우적거리며 가다 쉬기를 반복했다. 뭐든 하루아침에 되는 건 없다는 진리를 몸으로 깨닫는 시간이었다. 꾸역꾸역 수영장을 갔고, 쌓여간 연습 시간이 배신하지 않은 덕분에 어느덧 25미터를 한 번에 가고 50미터 한 바퀴를 돌수 있는 날이 왔다. 6개월쯤 지나자 물이 두렵지 않고 이 운동을 계속해도 되겠다는 자신감이 생겼다. 상급반으로 승급을 하고 오리발을 처음 신었던 날, 발차기 몇 번에 인어가 된 듯 쭉쭉 앞으로 나아가며 느꼈던 자유로움은 할머니가 돼도 수영을 하리라 다짐한 순간이었다.

매일 만나면서도 시간 가는 줄 모르게 즐거운 수영 친구들이 생겼다. 수업이 끝나면 우리만의 2교시가 시작된다. 서로의 자세를 봐주고 교정을 도와주며 발차기 열 바퀴, 풀 동작 다섯 바퀴 등 루틴을 정해서 연습한다. 장비, 수영복, 운동할 때 부스팅 되는 에너지 음료 등을 공유하고 나누며 같이 하는 운동의 재미를 느끼고 있다. 매달 마지막 수업 날에는 영상을 찍는다. '잘한다'라는 얘기를 듣다 보면 내가 마치 선수처럼 잘한다고 착각하는 시기가 오는데 영상을 보고 나면 바로 현실을 파악하고 겸손해진다. 서로의 영상을 보며 '하하 호호' 웃기도 하고 놀리다 보면 스트레스가 날아간다. 혼자할 땐 몰랐던 새로운 세계와 친구들을 만났고, 다른 나를 꿈꾸게 됐다. 한번도 생각해 본 적 없었던 라이프가드 자격증에 관심이 생겼고, 50미터 레인이 있는 다른 지역의 수영장에 원정을 다녀오기도 했다. 25미터 한 바퀴 돌기도 힘들었지만 이제는 골전도 이어폰을 끼고 음악을 들으며 스무 바퀴를 돌 수 있게 됐다. 저질 체력의 대명사였던 내게 기적 같은 일이 현실이 됐다. 대단한 실력을 갖추고 특별한 운동능력이 있을 리 없었다. 하지만 '당장'에 욕심내지 않고 쌓여가는 것에 집중하며 멈추지 않았을 뿐이었다. 새벽에 일어나 수영장을 향하는 일은, 집 밖을 나가는 순간까지 끊임없는 유혹과 싸워야 한다. 단순한 운동을 넘어 몸과 마음을 단련하는 시간을 통해, 체력과 마음의 한계를 계속해서 '새로 고침'하며 성장해 가고 있다.

자기 전, 다음날 입을 수영복과 장비를 챙겨 거실에 놓아둔다. '아침에 수영장 갈 거야, 학교에 데려다줄 수 없어. 나의 시간을 존중해 줘'의 의미를 담은 무언의 표현이다. 단정한 것을 좋아하는 나와 꽤나 동떨어진. 세상 화려하고 센 언니 포스가 뿜어 나오는 가방을 메고 수영장으로 간다. 비몽사몽 잠이 덜 깬 무거운 몸을 이끌고 겨우 가도 수업이 끝나고 난 뒤에 오는 만족감, 개운함, 성취감은 어떤 약보다 더 빠르게 치유해 주었다. 부지런한 사람, 꾸준히 할 수 있는 사람, 핑계 대지 않는 사람이라고 스스로를 믿게 해주었다. 파이팅넘치는 친구들과 함께하다 보니 가끔 무리하게 운동하고 욕심이 생길 때도 있지만, 나만의 속도로 내가 할 수 있는 만큼 즐기는 것. 그것이 진정한 '나만의 파라다이스'라는 걸 알게 되었다. 운동을 좋아하지도, 체력도 좋지 않았던 나였지만 수영을 시작하고 권태로웠던 일상에 건강은 물론 활기와 친구도 얻었다. 나를 보며 각자 다른 곳에서 수영을 시작한 친구들이 생겼다. 늘 골골대던 내가 즐기고 있다면, 그들도 할 수 있다는 것을 아는 것 같다. 동기가 됐다니 뿌듯하고 기쁘다. 오롯이 자신만을 위한 시간을 통해 오늘, 그리고 내일을 살아갈 힘을 충전했으면 좋겠다. 내가 그랬던 것처럼.

고요한 새벽 수영장에서, 결코 고요하고 싶지 않은 나를 발견했다. 그곳에서만큼은 활기차고 자유롭고 가볍고 싶다. 여든 살이 되어도 우아하게 수영하는 건강하고 멋진 할머니가 되기 위해 무조건 사수하는 시간. 오늘도 아침 7시, 가방을 메고 수영장으로 향한다.

5

비행기에서 꿈꾸는 북클럽 넥스트 챕터
신유진

이탈리아 로마행 비행기 안이다. 10년 넘게 모은 카드 마일리지로 비즈니스석을 예매했다. 좌석에 앉자마자 웰컴 샴페인이 나왔다. 인천에서 로마 피우미치노 공항까지는 열두 시간이 걸린다고 했다. 버튼만 누르면 180도 뒤로 넘어가는 의자, 발을 쭉 뻗을 수 있는 공간, 옆으로 물건을 놓을 수 있는 제법 넉넉한 자리. 이 상태로는 긴 시간도 지루하지 않겠다고 생각했다. 비행기가 이륙하고 안정적으로 궤도에 들어섰을 때 식사 메뉴판과 주류 메뉴판을 받았다. 나는 한식 코스, 아들은 양식 코스로 주문했다. 테이블에 하얀색 식탁보가 깔렸다. 주류메뉴에는 양주, 샴페인, 칵테일, 전통주, 맥주, 와인. 웬만한 레스토랑보다 종류가 많았다. 메뉴판만 보고 망설이고 있으니 승무원이 추천해주었다.

"주문하신 한식 메뉴, 쇠갈비 구이 쌈밥에는 '슐로즈 폴라츠 리슬링' 와인이 잘 어울립니다."

식사를 마치고 나니, 쑥 앙금 떡과 호두 정과 그리고 과일과 차가 함께 나왔다. 비즈니스석은 공항 라운지를 이용할 수 있어, 비행기 타기 전부터 배를 채운 상태였다. 마일리지로 티켓팅한 것이었지만 그 또한 시간과 포인트로 쌓은 적금을 턴 것이었다. 본전 생각에, 그리고 내 돈 내고 탈 수 있는 그날이 올까 하는 마음에 제공된 혜택을 최대한 누렸다. 식사 서비스가 끝나고 조용해졌다. 하나둘 불이 꺼지고 잠을 자는 사람, 영화를 보는 사람, 책을 보는 사람. 친구들과 북클럽을 만들어 책을 함께 읽고 있었다. 미술 북클럽 선정 도서 정여울 작가의 『오직 나를 위한 미술관』, 인문학 북클럽 책 욘포세의 『아침 그리고 저녁』, 두 권을 들고 비행기에 탔다. 독서 등을 켜고 책을 보았지만, 눈이 침침해서 더는 볼 수 없었다. 책을 집어넣고 노트북을 꺼냈다. 긴 비행시간에 대비해 '이탈리아 여행 가기 전 보기 좋은 영화'라고 검색해서 몇 개 다운받아 놓았었다.

비행기 안에서 와인 한잔과 보는 영화는 여행의 출발 의식이다. 과일과 레드와인을 주문했다. 마지막 잔이기 때문에 신중하게 골랐다. 영화 제목은 〈북클럽:넥스트 챕터〉. 70세 넘는 네 명의 북클럽 회원들이 이탈리아를 여행하며 자신의 인생을 스스로 선택하는 이야기였다. 이탈리아행 비행기 안에서 이탈리아 여행 영화라니! 와인 한잔이 아쉬웠지만, 중학생 아이와 둘이 가는 여행이었기에 참았다. 아들은 옆자리에서 게임하고 영화 보고, 좌석을 침대처럼 뉘어 잠도 청해보고, 간식과 라면까지 시켜 먹었다. 뒷자리에는 40대로 보이는 남성 승객이 출발 전 승무원에게 부탁했다.

"저는 기내식 먹지 않으니 깨우지 말아 주세요."

그러고는 비행 내내 안대를 쓰고 잠만 잤다. 아들은 말했다.

"엄마, 나는 커서 저 뒷좌석 아저씨처럼 비즈니스석 타고도 잠만 자는 사람이 되고 싶어."

평생 다시 경험할 수 있을까 하는 의구심으로 촌스럽게 온갖 서비스 다 받아 보겠다고 하지 않고, 이런 것쯤은 일상이란 듯 시크하게, 비즈니스석을 타고도 서비스 따위는 필요 없고 잠만 편하게 자도 괜찮을 수 있는 능력. 아들은 그런 꿈을 꾸었지만, 나는 다른 꿈을 꾸었다. 아들과 함께하는 그 순간 너무 소중했지만, 나도 영화 속 주인공처럼 언젠가 북클럽 회원들과 여행하는 넥스트 챕터를 꿈꾸었다.

로마를 시작으로 한 달여간 유럽을 여행했다. 이탈리아의 로마, 피렌체, 밀라노, 프랑스의 니스, 마르세유, 엑상프로방스, 아를, 파리, 그리고 영국의 런던. 가는 곳마다 미술관을 방문했고 그 흔적들을 북클럽 톡방에 올렸다. 답변이 주르륵 달렸다. '나중에 같이 가요.'
한국에 돌아와 더 열심히 북클럽에 참가했고, 북 토크와 미술 전시회도 다녔다. 9월의 어느 날 국립현대미술관에 갔다. 손을 흔들고 맞아 준 친구가 있었다. 그곳에 함께 가자고 말해 준, 먼저 와서 기다려 준 독서 모임 친구 IH를 만났다. 이수지 작가의 〈북토크―춤을 추었어〉를 참여하기 위해서였다. 북 토크는 미술관 마당 한가운데에서 열렸다. 파라솔 아래 의자가 있었고, 북 토크 장소임을 구획 짓는 안내용 선이 있었다. 우리는 아이스 아메리카노를 사서 파라솔 아래 앉았다. 인터넷으로 스무 명 사전 예약한 사람만 입장할 수 있었다. 시작 전 주위를 둘러보았다. 엄마와 아이가 함께 온 팀, 두세 명 짝을 지어 온 팀, 혼자 온 사람, 그리고 꽤 연세가 있어 보이는 분도 있었다. 신문과 책 표지에서 본 이수지 작가도 아이스 아메리카노를 들고 등장했다. 더위가 심했던 늦여름 오후 4시, 아직 내리쬐는 햇볕과 습한 날씨도 북 토크를 향한 팬들의 열정에는 문제 될 것이 없었다. 다만, 책을 사랑하는 사람들의 아름다움을 알아보았는지 벌 한 마리가 훼방을 놓아 중간중간 소란스러웠다. 조금 무서웠지만, 그날을 기억하는 한 장면으로 남았다. 〈볼레로〉 음악을 들으며 책 이야기를 나누었던 그 순간을 오래 기억하게 될 것이다.

마지막에 질문을 받았다. 연세가 지긋해 보이는 한 분이 수줍게 손을 들고 말했다.

"독서 모임에서 작가님의 에세이 『만질 수 있는 생각』을 함께 읽었습니다."

라는 말로 시작했던 것으로 기억한다. 순간, 옆에 있던 IH와 동그랗게 뜬 눈이 마주쳤다. 우린 똑같은 감정을 느끼고 있음을 눈빛으로 알아챘다. 말 한마디에서 기품이 풍겨 나왔다. 수줍어하셨지만 관중을 매료시키는 차분함은 어디서 나오는 것일까. 북 토크 장소에서 사인을 받을 수 있는 부스로 이동하며 노년의 그분을 다시 볼 수 있었다. 희끗희끗 흰머리, 귀여운 에코백, 운동화 차림의 단정함. 옆에 있는 IH에게 말했다.

"우리도 70세까지 독서 모임 계속하면 저분처럼 될 수 있을까?"

그분이 메고 있는 에코백에는 분명 책이 들어있었을 것이다. 샤넬 가방보다 우아하고 세련되었다. 평범한 사람에게서 빛이 났다. 화려한 옷도, 눈에 띄는 화장도, 명품 가방도 없이. 수줍은 말 한마디에 그 모든 인위적 치장을 다 눌러버릴 품위가 넘쳐났다. 내면이 빛나는 사람이 되고 싶다. 좋은 책과 좋은 사람을 가까이하면, 저런 빛이 날 수 있을까? 어떤 사람들을 만나면 이야기가 겉돌 때가 있다. 어느 집 아이가 수학학원 탑 반을 다니고,

사업이 잘되어 강남의 아파트를 사고, 신상 샤넬 백이 얼마이더라 라는 이야기로 채우고 돌아온 날은 마음이 공허하다. 요즘, 같은 곳을 바라보는 친구들과 자주 만난다. 책을 읽고 공통된 주제로 이야기하는 독서 모임 친구들. 경험하지 못한 삶을 소설을 통해 살아보고, 소설에 빗대어 자신의 삶은 어떤지 말해주는 친구들로 인해 다양한 인생을 접하고 있다. 미술책을 같이 읽고 전시를 보러 다니며 타인의 감정을 공감하는 능력도 기르고 있다. 같은 곳을 바라보며 함께 걸어가는 친구들이 있는 곳, 꿈을 꾸게 한다. 책 읽고 글 쓰는 할머니, 나이 50에 장래 희망을 품어본다. 북 토크에서 보았던 노년의 그분처럼 돼야지. 그렇게 나이 들어야지. 집으로 돌아가는 길, 열차 놓칠세라 뛰어가는 IH의 뒷모습을 보고 중얼거렸다.

'우리 오래오래 독서 모임 해요.'

꿈을 꾼다. 취향 맞는 북클럽 친구들과 70세 넘도록 책 읽고 여행하기를. 비행기 안에서 같은 책을 읽으며 와인 잔을 든다. 곁눈질로 다 같이 "짠".

'우리의 여행을 위하여, 우리의 독서를 위하여!'

6

도서관에 온 우리들의 봄

이수연

새해를 맞아 인터넷으로 운세를 찾아봤다. '10년 만에 찾아오는 대운입니다'라는 글이 눈에 들어왔다. 대운이 뭔지는 잘 모르지만 큰 운이라는 건가, 그럼 좋은 거겠지. 마음대로 해석하며 희망차게 새해를 시작했다.

우연히 독서 모임에 나가게 된 건 막 봄이 오려고 할 때였다. 부모 교육에 관심 많은 교수님이 독서 모임을 열었다고 했다. 첫 번째 책은 M. 스캇 펙의 『아직도 가야 할 길』이었는데 처음에 이렇게 시작한다. "삶은 고해다. 이것은 위대한 진리다." 첫 문장부터 마음에 들었다. 이 책을 읽고 나면 살아갈 지혜를 얻을 것 같은 기대가 생겼기 때문이다. 독서 모임 장소는 도서관의 '문화나눔실3'이라는 곳이었다. 한쪽 벽이 불투명한 유리로 지어진 그곳은 평소에는 불이 꺼진 채 굳게 닫혀있어 도서관을 자주 다녔지만, 눈에 잘 띄지 않았다. 첫 모임 날 환하게 열린 문화나눔실로 들어갔다. 여덟 명 정도 앉을 수 있는 긴 책상이 가운데 놓인 아담한 공간이었다. 하얀 벽에는 계절을 담은 풍경화가 걸려 있었다. 낯선 얼굴과 어색한 인사를 나누고 자리에 앉았다.

"안녕하세요. 김대운입니다. 다들 책 읽어보셨죠? 어떠셨어요?"

첫날 모임장은 주로 우리를 향해 질문을 던졌고 네 명의 참여자는 각자 책을 읽고 떠오른 생각과 인상적인 부분들을 이야기했다. 자유로운 분위기였다. 그렇지만 책을 읽지 않으면 할 말이 없기에 열심히 떠들기 위한 독서를 시작했다. 책을 읽으며 깨달았다. 10년 넘게 책을 보지 않았다는 사실을. 매주 도서관을 다녔고 그때마다 스무 권씩 한도를 꽉 채워 책을 빌렸지만 거의 아이들을 위한 것이었다. 문제는 또 있었다. 책을 읽는데, 도무지 집중이 안 되고 이해도 잘되지 않았다. '아, 머리가 완전히 굳어버렸구나' 절망감에 괜히 남편을 붙들고 하소연을 늘어놓았다.

"어떡해. 애 둘 낳고 완전히 총기를 잃었나 봐. 당신도 알지? 나 예전엔 이러지 않았다고!"

일주일 가운데 하루를 독서데이로 정하고 책 하나만 들고 도서관으로 갔다. 불 꺼진 문화나눔실을 슬쩍 곁눈질하며 2층 창가에 자리를 잡고 책을 읽었다. 이따금 고개를 들어 창밖으로 시선을 돌리면 연둣빛으로 돋아나는 나무 잎사귀와 나뭇가지 사이 종종걸음치는 작은 박새, 도서관 앞 산책로를 걷는 사람들이 눈에 들어왔다. 때론 조금 더 먼 곳, 이를테면 푸릇함이 점점 선명해지는 산이라든가 잔뜩 찌푸린 구름 낀 하늘 같은 곳을 멍하니 바라볼 때도 있었다. 읽다가 먼 곳을 응시하며 생각하고 다시 책으로 돌아와 읽고 바라보다가 떠오른 기억을 더듬고. 무언가를 하면서 이렇게 에너지를 채우는 기분이 든 건 참으로 오랜만이었다.

나는 책을 들었고 책은 조용히 삶을 흔들었다. 『잠재의식의 힘』을 읽고 잠들기 전 스스로 '나는 할 수 있다' 긍정 확언을 반복했다. 『비폭력 대화』에 나오는 나 전달법을 통해 오해 없이 하고 싶은 말을 전하는 법에 대해 알게 됐다. 전보다 갈등이 줄고 가정에 평화가 찾아왔다. 무엇보다 큰 울림으로 다가왔던 책은 앤절라 더크워스의 『그릿 GRIT』이었다. '열정적 끈기의 힘 그릿을 가진 사람들은 자기가 좋아하는 일을 발견하면 관심을 기울이고 그것을 심화하는 법을 배운다'라는 내용이 마음을 꽉 붙들었다. 도서관 창 앞에 앉아 좋아하는 일이 무엇이었는지를 곰곰이 떠올려 보았다. 내가 좋아하는 일, 즐겁게 만드는 일, 자꾸만 생각나고 계속해서 하고 싶어지는 일…. 아! 그거구나!

'매일 글쓰기 도전합니다'

독서 모임 단톡방에 댓글을 달았다. 당시 우리는 각자 목표를 정하고 도전하는 챌린지를 열고 있었다. 운동, 외국어, 독서, 필사, 정리. 무엇이든 자유롭게 시작했고 매일 목표를 달성해 사진으로 남겼다. 곰곰이 생각한 끝에 떠올린, 내가 좋아하는 건 쓰는 일이었다. 한글을 익히고 삐뚤빼뚤 글을 쓸 수 있게 되면서부터 일기와 편지를 쓰고 독후감을 썼다. 소소한 이야기를 적어 즐겨듣는 라디오에 보냈다. 그런데 이렇게 오랫동안 좋아하는 일을 하지 않고 살아왔다는 사실이 놀라웠다. 그날 이후 매일 글을 써서 올리기 시작했다. 혼자였다면 그저 생각만으로 그쳤을지 모를 일이 일주일이 되고 한 달이 쌓이고 석 달이 흘러갔다. 그날부터 쓰는 사람이 되었다. 나의 그릿이었다.

최근에 독서 모임에서 유발 하라리의 『사피엔스』를 읽었다. 수렵 채집하던 시절부터 인간 역사를 살피며 나의 사고가 얕고 좁다는 걸 깨달았다. 그럼에도 혼자 읽었더라면 중간에 덮었을 게 분명하다. 이슬아의 『가녀장의 시대』는 출판사 대표인 딸이 부모를 직원으로 고용한다는 소재가 신선했다. 고정된 사고를 어떻게 바꿀 수 있는지 생각하게 되었다. 무리한 설정에도 불구하고 글 전체에 흐르는 가족애가 따스하게 전해왔다. 김주환의 『내면소통』은 그 두께만큼 아주 천천히 오랫동안 꼭꼭 씹어 읽었다. 마음 근력을 키우기 위해 우리는 함께 명상 체험을 하고 나와의 소통을 경험했다. 그 사이 모임에서는 챌린지와 가족 캠프를 열었고 독서 수업과 글쓰기 강의, 작가 특강도 함께 들었다. 2년째 우리는 매주 문화나눔실에서 만난다. 모두의 그릇은 다르지만, 각자의 꿈을 키우는 공간이다.

여기 오기까지 위기도 있었다. 한때 회원 수가 열 명까지 늘었지만, 지금 꾸준히 나오는 사람은 다섯 명이다. 나에게 온다는 대운이 아닐까, 여겼던 김대운 교수님도 개인 사정으로 이제는 나오지 않는다. 모임장도 없는데 우리끼리 꾸려갈 수 있을까 걱정이 많았다. 함께 볼 책을 정하고 읽고 의견을 나누는 과정에서 삐걱댈 때마다 안 되겠다, 그만 해야 하나, 항상 포기를 먼저 떠올렸다. 그때마다 멈추면 안 된다고 마지막에 둘만 남더라도 계속하자고 용기를 준 건 독서 모임 동료들이었다. 10년 만에 찾아온다던 대운은 어떤 한 사람이나 하나의 큰 행운이 아니었다. 삶을 달라지게 만드는 건 꿈을 가진 사람들이 모여서 작은 공간을 채우고 그곳에서 서로를 북돋아 각자의 미래를 그려나가는 일이라는 걸 알았다.

도서관 공간을 이용하기 위해서는 먼저 신청서를 내야 한다. 맨 위에 모임 이름을 쓰는 칸이 있다. 거기에 봄이라고 적는다. 책을 본다는 의미의 봄. 봄에 시작한 모임이라 봄. 그중 희망찬 앞날을 뜻하는 봄을 가장 좋아한다. 봄날을 꿈꾸는 사람을 위해 언제나 열려있는 공간이다. 우린 그곳에서 저마다 활짝 피어나고 있다.

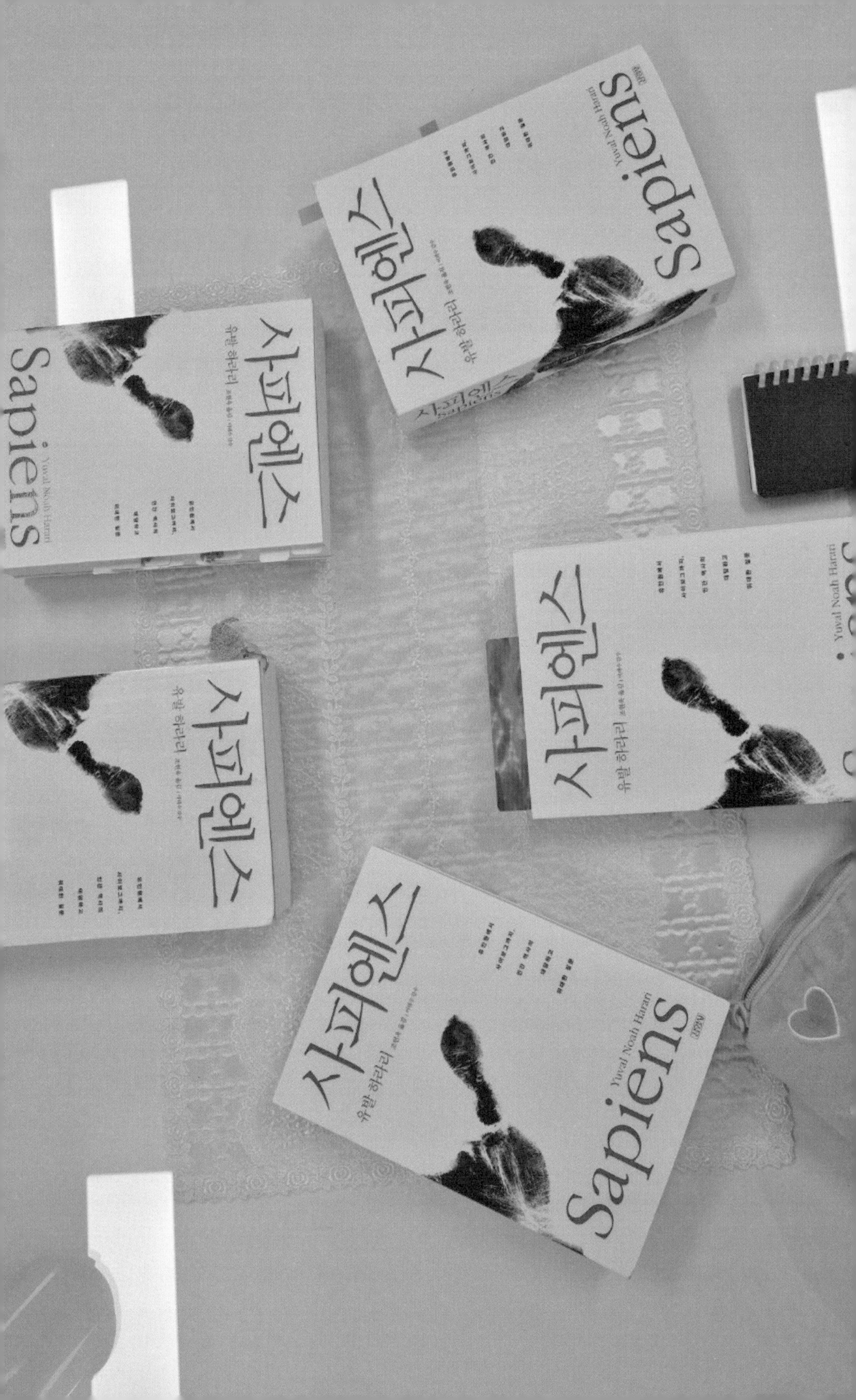
사피엔스
Sapiens
유발 하라리
Yuval Noah Harari

7

계속하는 마음은 테니스장에서 자란다
이주연

"테니스장입니다. 레슨 받으실 수 있는 순서가 드디어 돌아왔어요. 지금 바로 결제하지 않으시면 다음 분께 연락드리겠습니다." 까마득히 잊고 있었다. 테니스 레슨 대기를 걸어놨다는 사실을. 기억을 더듬어 보니, 9개월 전쯤 레슨 대기 접수신청을 했었다.

늦은 봄날이었다. 남편과 말다툼했다. 꺼지지 않는 화도 식힐 겸 혼자 올림픽공원을 터덜터덜 걷고 있는데 키도 크고 건장한 체격의 청년들이 산책길 왼쪽 테니스장 방향에서 몰려나왔다. 아직 바람이 찬데, 그들은 흰색 짧은 반바지와 하늘거리는 얇은 반소매 티셔츠를 입고 이마에는 흰 머리띠까지 둘러매었다. 운동을 마치고 귀가하는 길이었던 듯싶다. 본인의 상체보다 훨씬 더 크고 불룩한 가방을 등에 짊어지고, 이마와 목덜미에 맺힌 땀을 털어내며 걸어간다. 쏟아지는 햇빛이 젖은 머리카락과 흰색 티셔츠 옷깃에 반사되어 반짝였다. 에너지 가득한 스포츠 광고의 한 장면을 보는 것 같았다.

'생기가 넘치네. 나한테 저런 활기 넘쳤던 시절이 있긴 했었나?' 하는 푸념이 올라왔다.

넋 놓고 그들을 바라보고 있는 나를 생각하니 처량했다. 그날따라 더 푸

석한 얼굴과 후줄근한 차림새였다. 사소한 일에도 화가 나고 우울해하는 기력 없는 아줌마였다. 그들의 에너지가 부러웠다.

한 번도 들어가 보지 않았던 공원 입구의 왼쪽 길, 청년들이 몰려나오던 길을 따라 걸었다. 초록색 철조망 펜스로 나뉘진 코트가 한눈에 보이지 않을 만큼 멀리까지 계속 이어져 있었다. 19번, 18번, 펜스에 걸린 코트 번호를 확인하며 걷다 보니 코트마다 테니스를 치고 있는 사람들이 보인다. 청년들뿐만 아니라 할머니 할아버지도 계시고, 내 또래로 보이는 여성은 넓은 코트에서 혼자 레슨을 받고 있다. 사무실을 찾아 테니스 레슨 문의를 했다. 안내 직원은 레슨 대기자가 많아서 예약을 걸어둬도 기약이 없다고 건조하게 대답했다. 김이 빠졌지만 그뿐이었다. 건강하고 훈훈해 보였던 모습에 반하여 잠시 부러운 마음이 커졌을 뿐이지 테니스가 정말 하고 싶었던 것은 아니었다. 그래서 간절히 기다리지도 않았다. 하지만 '오늘 기회를 놓치면 다음 분께 넘어갑니다.' 이 한마디가 사람을 얼마나 조급하게 만들던지 덜컥 결제를 해버렸다. 그렇게 남편과 나는 테니스를 시작했다.

처음 레슨을 시작하던 2월 첫 번째 토요일. 엉거주춤한 자세로 허공에 라켓 휘두르는 스윙 연습부터 시작했다. 다음은 공 받는 연습할 차례다. 운동신경이 둔한 나는, 역시나 코치가 내 몸쪽으로 가볍게 놔주는 공조차 라켓에 맞추지 못했다. 레슨 시간은 고작 20분이었지만 20초를 연속으로 뛰는 것도 힘겨웠다. 다리가 풀리고 숨이 턱 끝까지 차서 금방이라도 제자리에 주저앉고 토할 것만 같았다.

"코치니이이임! 저어 자암까안마안 요오오 저어 저어 죽어요."

"처음엔 다 그래요. 체력부터 키우셔야 합니다. 테니스는 스텝이 제일 중요합니다! 뛰세요!"

운동하며 땀을 흘린 기억이 까마득했다. 레슨이 끝나고 바닥에 흩어진 공들을 정리하는데도 숨이 가라앉지 않았다. 거친 숨을 몰아쉬며 흘린 땀을 닦는데, 꽃샘추위의 차가운 바람이 갑자기 시원하게 느껴졌다. 처음 느껴보는 상쾌함이었다.

처음 몇 달은 짧은 레슨만으로도 힘이 달리고 체력 소모가 컸다. 레슨을 마치고 집으로 돌아오면 진이 빠져 몇 시간씩 곯아떨어졌다. 레슨 재등록 날이면 뜻대로 움직이지 않는 몸을 탓하며 결제를 망설이기도 했다. '규칙적인 운동을 하고 있다는 것으로 만족하자. 체력은 좋아지겠지' 하는 마음으로 멈추지 않았다. 무릎 나온 트레이닝복 대신 짧은 테니스 스커트를 입고 선캡을 눌러쓴 모습이 괜찮아 보이기도 했다. 실력과 상관없이 운동 가는 길이 기다려졌다.

운동신경이 좋은 남편은 실력이 눈에 띄게 늘었다. 그에 비해 나는 제자리걸음이었다. 더딘 것도 억울한데 남편의 잔소리까지 시작되었다. 같은 초보면서 내 자세가 틀렸다는 둥, 잔발 스텝 뛰기를 하지 않는다는 둥, 공 하나를 제대로 못 맞추냐는 둥 잔소리를 했다. 같이 시작한 옆 코트의 수강생은 벌써 전국 단위 아마추어 경기에 출전한다고 한다. 부아가 치밀고 샘이 났다.

'쳇! 나도 자존심이 있지, 포기 안 해. 끝까지 할 거야.'

한 주도 빠짐없이 참석했다. 비가 오거나 눈이 내려 취소되는 날이면 오히려 서운했다. 1년쯤 지났을까. 테니스인들이 즐겨 찾는다는 〈테니스 친구찾기〉라는 네이버 카페에 가입했다. 용기를 내 처음으로 카페에서 만난 이들과 게임 한 날, 긴장을 많이 한 탓인지 형편없는 실력이 여지없이 드러

났다. 다른 이들에게 미안했지만, 이제야 진짜 운동하는 사람이 된 것처럼 뿌듯한 마음이 들었다. 조금만 더 하면 전설의 여자 테니스 선수인 '마리아 샤라포바'처럼 될 수도 있겠다는 말도 안 되는 기대를 했다. 그녀의 테니스 스커트 펄럭임 사이로 보이는 쩍 갈라진 허벅지 근육이 내게도 곧 올 것 같았다. 단단한 착각이었다.

첫 레슨 이후 4년이 지난 지금까지도 탄탄한 근육과 재바른 발놀림, 라켓을 휘두르는 파워 스윙 모두 나의 것이 되지 않았다. 코치가 알려준 대로 따라가지 못하는 내 몸이 어찌나 원망스러운지 머리끝까지 신경질이 난다. 때로는 테니스 선수 할 것도 아닌데 왜 비싼 레슨비를 내고 혼나고 있나 싶다. 그래도 다른 사람들과 게임을 하는 날이면 잘하고 싶은 욕심이 불쑥 올라온다. 내가 받아낸 공이 승패를 가르는 점수를 획득하거나, 누군가가 스트로크가 좋다고 칭찬을 건네는 날이면 날아갈 듯한 기분이 든다. '이보다 더 잘할 수 있었는데' 하는 우쭐한 마음에 자신감도 생긴다. 이제는 40분 동안 1:1 레슨을 받아도 숨이 차서 죽을 것 같은 날은 없다. 오히려 2시간의 복식 게임 정도는 짧아서 아쉽다. 어느새 테니스공에 반응하는 몸이 달라지고 있었다.

『그릿 GRIT』의 저자 앤절라 더크워스는 '열정이 있는 끈기를 말하는 그릿(Grit)은 스스로에게 희망을 가르칠 수 있다.'라고 말했다. 그의 말처럼 무언가에 진심으로, 열정적인 나를 발견하는 일은 무척이나 고무적이었다. 포기하지 않고 계속하니 조금씩 나아지고 있었다. 어느 날 문득, 어느새 잘하고 있는 나를 마주하는 기쁨이 얼마나 흥분되는 일인지! 좋아서 하는 마음을 잃지 않고 꾸준하게 나아가기만 하면 무엇이든 해낼 수 있다는 자신감을 얻는다. 그래서 오늘도 그냥 계속, 오래오래 하기로 한다.

아직 해가 다 떠오르지 않은 주말 새벽, 달콤한 아침잠을 포기하고 테니스 클럽으로 향한다. 밤새 굳은 몸을 풀며 어제보다 활력이 넘치는 내 모습을 기대한다. 10년쯤 아니 20년쯤 후, 할머니가 되어서도 이 기대와 설레는 마음을 잃지 않기를 바라면서.

8

10월의 어느 멋진 날
이숙희

얼마 전 아이가 학교에서 영화 〈써니〉를 봤다며, 주인공 '나미'가 엄마를 닮았다고 했다. 함께 다시 보고 싶다는 아이의 말에 지난 주말, 치킨을 시켜 영화 〈써니〉를 함께 봤다. 오랜만에 다시 본 영화는 여전히 따뜻했고, 웃음과 눈물이 뒤섞인 감동을 주었다. 영화 속 주인공 '임나미'는 잘나가는 사업가 남편과 고등학생 딸을 둔 평범한 주부다. 어느 날 친정엄마가 입원 중인 병원에 찾아가며 이야기는 시작된다. 나미는 병원 복도를 걷다가 우연히 학창 시절 절친이었던 '하춘화'를 만난다. 폐암 말기인 춘화는 병원에 입원 중이었고, 살날이 길어야 두 달밖에 남지 않은 상태였다. 춘화는 나미에게 세상을 떠나기 전 '써니'라는 이름으로 함께했던 일곱 명의 친구를 다시 만나고 싶다고 했다. 찬란했던 학창 시절의 추억도, 영원할 것만 같았던 우정도 세월이 지나고 삶에 치여 사느라 서로 잊어갔다. 나미는 잊고 지냈던 친구들을 찾아 나서며, 25년 전 가장 행복했던 시절의 자신을 다시 만난다. 친구들을 다시 모으며 학창 시절의 설렘과 온기를 되찾는다. 그저 가벼운 코미디영화라고만 생각했던 영화 〈써니〉는 나의 찬란했던 시절과 소중한 친구를 다시 돌아보게 해주는 영화였다.

일곱 명도 아니고 학창 시절에 만난 것도 아니지만 나에게도 누구보다 빛나는 우정을 나눈 '써니' 같은 친구가 있다. 사회로 첫발을 내디디며 만난 친구 수연. 늘 덜렁대고 성격이 급해 실수하고 싶지 않아도 실수를 연발하는 나와는 달리 수연은 언제나 이성적이고 신중했다. 너무도 다른 우리는 사사건건 부딪쳤지만, 그렇게 다투고 화해하며 서로를 가장 잘 아는 친구가 됐다. 팀의 막내로 고충을 이야기하며 더 친해졌다. 처음 일을 시작하면서 나는 전화응대조차 어려움을 느꼈다.

'전화 받았습니다. 실례지만 어디시죠? 어떤 일 때문인가요? 잠시 통화가 가능하신가요?'

해야 할 말을 노트에 적어서 계단에 앉아 혼자 몰래 연습하곤 했다. 반면 나보다 몇 개월 먼저 일을 시작한 수연인 모든 일에 능숙했다. 회사는 낯설고, 선배들은 매서웠다. 나는 자주 상처받고 주눅이 들었다. 온갖 심부름과 잔업들이 넘쳐나 정신없이 시간만 흐르는 것 같았다. 성취감도 소속감도 느끼지 못하고 있을 때 수연이가 '우리'와 '함께'라는 말로 위로했다.

"힘들지? 우리도 좋은 날 올 거야. 함께 이겨내 보자."

'우리'와 '함께'라는 말이 그렇게 따뜻할 줄 몰랐다. 그 말이 회사 생활을 버티는 큰 힘이 됐고, 무너지려 할 때마다 다시 일어설 수 있었다. 일과 사람들로 인해 지치고 힘들 때면 우리는 영등포 연흥극장에서 영화를 보곤 했다. 말없이 나란히 앉아 영화를 보고, 영화가 끝나면 내일 보자며 헤어졌다. 말이 필요 없었다. 그저 함께 있다는 것만으로도 충분한 위로가 됐다. 그렇게 시간이 지나고 회사 생활에도 여유가 생길 무렵 우리는 유럽 여행을 약속했다. 그런데 이듬해 나는 결혼했고 아직 그 약속을 지키지 못하고 있다. 다음 해 수연이도 남편을 따라 지방에서 살게 됐다. 경기도 김포와 경상북도 김천에서 살게 된 우리는 1년에 한 번 만나는 것조차 쉽지 않다. 바쁜 삶 속에서 몇 해를 전화로만 안부를 주고받다가 작년 10월 마지막 날 우리는 오랜만에 경복궁에서 만났다. 은행잎과 단풍이 곱게 물든 궁을 함께 걸었다. 자주 전화로 안부를 묻고 이야기를 나눴지만 직접 만나니 할 말이 더 많았다. 아이를 학교에 보내고 아침 일찍 만났음에도 시간은 너무 빠르게 흘렀다. 우리는 헤어지며 약속했다.

"이제 1년에 한 번은 꼭 만나자."

그 약속 덕분에 올해 우린 조금 특별한 날을 함께했다. 10월 18일, 공저자로 참여한 첫 책 『어쩌면 예술일 거야, 우리 일상도』가 출간됐다. 수연이는 나보다 더 기뻐했고, 꼭 만나서 축하해 주고 싶다고 했다. 열 명의 공저자가 모여 출간 파티를 하기로 한 날 수연이도 함께 보기로 했다. 수연이는 다음 책을 함께 쓸 공저자기도 하다. 우리가 만나기로 한 장소는 을지로에 있는 오래된 건물에 있었다. 여전히 난 약속 시간이 임박하게 도착해서 허둥지둥했고, 먼저 도착한 수연은 메시지로 출구부터 오는 길을 세심하게 알려줬다. 수연이 낯선 장소에서 낯선 사람들과 혼자 있을 걸 생각하니 마음이 급해져 건물 앞까지 뛰었다. 건물 앞에서 잠깐 숨을 돌리고 계단을 올라갔다. 낡은 외관과 달리 문을 열고 들어간 파티룸은 마치 영화에서 보던 살롱(Salon, 사교클럽) 같았다. 규모는 좀 작았지만 100년 이상 전통을 담고 있는 듯한 매혹적인 분위기였다. 고풍스러운 가구들이 눈에 띄었고, 가운데는 긴 테이블과 의자가 있었다. 테이블 위에는 다양한 꽃이 든 예쁜 꽃병이 놓여 있었고, 창에 걸린 하늘하늘 시폰 커튼도 그곳과 잘 어울렸다. 멋진 공간에서 공저자들과 같은 주제로 대화하는 동안 18세기 살롱 못지않다고 생각했다. 각자 사느라 바빠 전화 통화로만 안부를 묻곤 했는데 남편에게 아이를 맡기고 한달음에 달려와 준 수연과 함께 할 수 있어 이 공간이 각별하게 느껴졌다. 얼굴을 마주하고 각자 잊고 있었던 꿈에 관해 이야기하는 이 시간이 더없이 소중했다. 색다른 공간에 있어서였을까. 꼭 영화 같다는 생각이 들었다. 결혼하고 아이를 키우며 각자의 삶을 살고 있지만 결국 우리는 같은 곳에서 여전히 서로를 응원하고 있으니까. 『어쩌면 예술일 거야, 우리 일상도』라는 우리의 책 제목처럼 지금이 예술이 아니면 무엇이겠는가 하는 생각이 들었다. 특별한 공간과 멋진 사람들 사이에서 나의 꿈을 한 번 더 크게 그려봤다.

영화 속 '나미'처럼 그날 나도 깨달았다.

"아득한 기억 저편이었는데 나도 역사가 있는 적어도 내 인생의 주인공이더라고."

공간은 사라졌지만, 누군가의 아내로 누군가의 엄마로 분주한 삶을 살고 있는 우리에게 오늘은 찬란하고 눈부신 한 때로 기억되겠지. 그렇게 우리는 또 한 걸음을 함께 내디뎠다. 파티가 끝난 뒤 수연과 명동까지 걸었다. 걷는 동안 누가 먼저랄 것도 없이 말했다.

"20년이 지났는데 우리가 여전히 같은 길을 가고 있다는 게 정말 신기해."

"그러게. 20년 후 우리는 어떤 모습일까?"

그날 이후 수연과의 대화를 생각하며 우리가 함께했던 순간을 자주 떠올렸다. 치열하게 고민하고 일했던 20대를, 영화관에서 나누던 침묵 속 위로를. 물리적 거리는 멀어졌지만, 우리는 늘 서로를 응원했고 함께였다는 것을. 영화 속 써니 친구들처럼 한없이 불안정한 시절에 만나 '함께'라는 우정으로 건너온 '우리'의 20년 역사가 영화로 만들어진다면 어떤 모습일까? 또 결말은 어떨까? 꽤 괜찮은 삶을 건너온 할머니 둘이 오늘처럼 어딘가를 함께 걷고 있는 모습을 상상해 본다. 결혼하느라 미뤘던 유럽 여행도 가고 환갑이 지나 또 함께 할 여행도. 그때도 분명 우리는 '함께'일 테니까.

9

열정이 피어나는 곳, 세비야
최은정

Buleria~ Buleria ~ 불레리야~ 불레리야~

CF의 첫 시작을 알리는 강렬한 음악에 맞춰 빨간 헤어장식과 빨간 립스틱을 바른 배우 김태희가 등장한다. 오른손에 부채를 들고 왼손으로 빨간 치맛자락을 흔들며 세비야 스페인 광장을 누비고 있다. 그 뒤로 하얀색 드레스를 입은 꼬마 무희들이 홀린 듯 함께 춤을 춘다. 그 옆에는 스페인 화가 달리의 콧수염을 단 아저씨가 LG Cyon 핸드폰으로 그녀를 찍은 후 화면을 보고 놀라며 말한다.

"정열의 색을 잡았다!"

조식을 먹고 천천히 걸어서 스페인 광장으로 가는 길이다. 일요일이다 보니 길가는 한산했고 상점들은 모두 문이 닫혀있었다. 10분쯤 지났을 때 저 멀리서 환호 소리와 박수 소리가 들리기 시작했다. 마라톤 대회가 열리고 있었다. 중간중간 이강인 선수가 축구 경기장에서 수없이 외쳤던 Let's go의 의미인 Vamos!(바모스) 단어가 들리곤 했다. Cheer up의 의미인 Animo!(아니모)도 들렸다.

"Vamos! Animo! 엄마도 외쳐봐."

2호가 말했다. 우리는 서로 눈치를 보다가 길가에 쭉 늘어선 응원단 속으로 들어 응원의 구호를 외치며 마라토너들에게 힘을 불어넣어 주었다. 스페인 광장으로 가는 길에 기분 좋은 에너지를 받은 이벤트였다. 스페인 여행 일정 중 딱 중간이 되던 날 우리는 세비야에 있었다. 남은 후반기 일정 힘내서 즐겨보자는 의미로 우리에게도 박수와 함께 Vamos! Animo!를 외치다 보니 스페인 광장에 다다랐다. 스페인 광장에는 더 많은 마라토너와 응원단들로 북적거렸다. 세비야 마라톤은 유럽에서 가장 평평한 코스를 가지고 있어서 시민 마라톤이라고도 불린다. 2월 중 가장 좋은 날씨에 열리며 세비야의 주요 관광지를 도는 코스를 가지고 있어서 세비야의 핵심인 스페인 광장이 사람들로 가득 차 정신이 없을 정도였다. 스페인 광장은 저녁에 다시 오기로 하고 광장과 연결된 공원에서 쉬다가 점심을 먹고 예매해 둔 플라멩코 공연을 보기로 했다.

공원 안에는 100년도 더 된 거 같은 커다란 나무 한 그루가 우뚝 솟아 있었다. 땅을 뚫고 나올 만큼 뿌리는 두꺼웠고, 아이들은 그 뿌리를 밟고 놀았다. 한참을 그러다가 타일 장식이 된 벤치에 앉아 쉬는데 비둘기 떼가 우리 앞 작은 분수대로 모여들었다. 비둘기들이 하나, 둘 분수대 안으로 들어가더니 날개를 푸드덕거렸다. 아이들은 비둘기가 목욕하는 것을 신기한 듯 바라보았다.

"엄마, 우리 이제 여기서 나갈 때가 되지 않았어?"

1호가 말했다. 여행 중 공원에서 멍때리며 휴식하길 좋아하는 나는 그 시간을 즐기다 시간을 확인하지 못했다. 점심 예약 시간까지 30분 정도 남았다. 공원 밖으로 나가기 위해 출구를 찾고 있는데 찾아낸 출구마다 문은 닫혀있었다. 상황을 살펴보니 마라톤이 절정에 이른 시간이었고 공원 주변 마라토너들이 다 사라질 때까지 출구 문은 열리지 않을 거 같았다. 식당 예약 시간은 놓친다 치더라도 세비야에서 제일 기대했던 플라멩코 공연은 놓칠 수가 없었다. 어떻게든 출구 작은 구멍이라도 찾아보겠다고 이리 뛰고 저리 뛰어 보길 20분, 공원 안에 우리와 같은 마음이었던 사람들이 삼삼오오 힘을 합쳐서 출구의 작은 구멍을 만들어 냈다. 그 구멍을 통해 우선 공원 밖으로 나왔는데 또 다른 장애물이 나타났다. 기하급수적으로 늘어난 마라토너들과 부딪히지 않고 큰길을 건너야 하는 것이었다. 남편은 1호의 손을 잡고 나는 2호의 손을 잡고 마라토너들 무리 사이에 공간이 생기길 기다렸다.

"휴~ 플라멩코 보러 가는 길이 산 넘어 산이네. 쉽지 않아."

라고 말 한 남편은 두 무리의 마라토너들을 보낸 후 1호와 함께 큰길 건너기에 성공했다. 그 후 세 무리의 마라토너들을 보낸 후 나와 2호가 큰길 건너기에 성공했다. 다행히 식당 예약 시간도 맞춰 갈 수 있었고 식사 후 여유롭게 플라멩코 공연장으로 향할 수 있었다.

좁은 골목길을 따라가 보니 저 멀리 붉은 깃발이 휘날리는 게 보였다. Museo del Baile Flamenco Sevila 공연장에 다다른 것이다. 중앙 무대 양옆으로 각각 열 명이 앉을 수 있는 자리와 무대 앞으로 스무 명이 앉을 수 있는 자리가 디귿자 형식으로 되어 있었다. 우리는 무대 앞 세 번째 줄 가운데에 앉았다.

"엄마, 천장 위 좀 쳐다봐 봐!"

2호가 말했다. 위를 올려다보니 천장 정중앙 꽃장식을 중심으로 나무 의자 여덟 개가 매달려 있었다.

5시 정각. 공연이 시작되었다. 남성 두 명이 나왔다. 한 명은 의자에 앉아 기타를 들었고 다른 한 명은 거리를 두고 서서 관객을 바라보았다. 기타 반주가 시작되자 모두 숨을 죽였다. 1분 정도 기타 독주 연주가 이어졌고 그 후 기타 선율 위에 구슬픈 노래가 더해졌다. 중간중간 기타 연주를 멈추고 노래만 이어지는 장면에서는 핍박받던 동굴 안 집시들의 설움이 고스란히 느껴졌다. 10분 가까이 설움과 한의 감정을 그대로 유지하며 부르는 노래에 소름이 돋기 시작했다. 노래가 끝나자, 박수 소리에 맞춰 여자 무용수 두 명과 남자 무용수 한 명이 등장했다. 빨간 드레스를 입고 나온 여자 무용수들이 인사를 하며 치맛자락을 흔들자, 관객들은 우렁찬 박수로 화답했다. 여자 무용수들이 춤을 추기 시작하자 구슬픈 노래를 부르던 가수가 발을 구르고 손뼉을 치며 경쾌한 리듬을 만들어 내기 시작했다. 무용수들이 무대 위에서 발을 구를 때마다 바쁜 삶에 지쳐 사그라졌던 삶에 대한 열정이 쿵쾅쿵쾅 나의 심장을 두드렸다. 무용수들이 치마를 들고 턴을 돌 때면 그들의 땀이 튀기는 게 보이기도 했다. 공연자들이 만들어 내는 리듬과 구슬픈 목소리와 표정은 관객들을 60분 동안 하나의 흐트러짐 없이 집중시키는 힘이 있었다. 한 차례 춤사위가 끝나고 무용수들은 옷을 갈아입으러 대기실로 들어갔다. 그 사이 신이 난 분위기를 잠시 가라앉히는 기타 독주가 이어졌다. 안달루시아 민족의 애수가 담긴 감정이 음악에 넘쳐흘렀다. 기타 소리가 조용해지자, 검정 드레스에 하얀 도트 무늬가 그려진 드레스를 입은 여자 무용수와 파란색 스카프와 캐스터네츠를 든 남성 무용수가 다시 등장했다. 남자 무용수가 천천히 발을 구르기 시작하면서 엇박자로 캐스터네츠를 연주했고 옆의 여자 무용수들은 박수로 리듬을 더했다.

"엄마, 이 공연 너무 신나는데?"

1호와 2호는 엉덩이를 들썩거리며 리듬에 몸을 맡겼다.

"와, 남자 무용수 발 좀 봐. 발이 보이지 않아."

남자 무용수의 발놀림이 정말 미쳤다. 신들린 듯한 박자를 가지고 노는 발놀림이었다. 여성 무용수들의 춤 선은 더 부드러워지고, 관능적이었다. 관객도 모두 함께 손뼉을 치며 더 풍성한 리듬을 만들어갔다. 박수 소리에 맞춰 내 심장은 더 크게 뛰며 눈에 눈물이 고이기 시작했다. 고개를 들어 천장을 다시 쳐다봤을 때 꽃장식 가운데 활짝 핀 빨간 꽃이 눈에 띄었다. 그동안 마음속에만 품고 있던 꿈, 책을 쓰고 싶은 열정의 꽃봉오리가 조금씩 열리기 시작했다.

"Bravo!"

앞줄에 앉아 있던 여성분이 벌떡 일어나 외치는 소리에 정신을 차리고 무대 위 공연자들을 쳐다보았다. 공연자들을 향한 박수 소리는 영원할 것처럼 멈추질 않았다.

열정이란 쉽게 사그라지게 마련이다. 열정을 유지해 줄 그 무언가가 필요하다. 삶의 열정을 다시 끌어올려야 할 때가 생기면 나는 세비야에서 느낀 감정을 소환해 보곤 한다. 그리고 나에게 말을 걸어본다.

"Vamos!" "Animo!"

발을 구르고 박수 치며 삶의 리듬에 나를 맡긴다. 열정의 꽃봉오리가 활짝 피길 바라며.

10

탐험을 좋아하나요?
희경

　나는 공간 탐험을 즐긴다. 지형지물 탐색을 즐긴다고 해도 좋겠다. 20대 때 강남 고속버스터미널 지하상가에 처음 갔을 때 꾸불꾸불 미로 같은 길을 모조리 돌았다. 상가 벽에 있는 화살표와 지도들을 보면서 내가 있는 곳을 짐작했다. 사고 싶은 물건을 사는 것보다 머릿속에 상가 지도를 그리는 과정이 재미있었다. 시장에 가도 마찬가지다. 늘어서 있는 생선 가게, 채소 가게, 과일가게, 옷 가게들을 스쳐 지나쳐 끝까지 간다. 허기지면 잠깐 멈춰서서 떡볶이 한 접시를 먹은 후 계속 간다. 시장 끝에 도착해 머릿속에서 시장의 지도가 완성되면 정복자가 된 듯했다. 부모님으로부터 독립했을 때 가장 먼저 했던 일은 혼자 사는 집 주변 탐험이었다. 하루는 동쪽, 하루는 서쪽 하는 식으로 구역을 나눠서 동네를 돌며 머릿속에 지도를 그렸다. 세탁소, 반찬가게, 마트, 식당, 편의점 등의 위치를 알아가는 재미에 빠져서 시간 가는 줄 몰랐다. 반찬가게에서 집까지 오는 여러 가지 길들을 찾아보는 재미도 있었다. 이렇게 쌓인 정보를 바탕으로 오늘은 퇴근할 때 마트, 반찬가게, 세탁소 순으로 들러볼까 하게 되는 거다.

　공간 탐험은 새로운 곳을 모험하는 설렘과 함께, 내가 지금 어디에 있는지 알게 해주었다. 주위 어디를 가든 괜찮겠다는 안도감이 들었다. 전쟁 시지형지물을 파악하고 작전을 짜는 것이 이런 마음이지 않았을까.

SNS에서 멋진 공간을 알려주는 시대가 되었다. 인스타그램을 보고 있으면 여기저기에서 나를 부른다. 서촌, 성수동, 망원동 등…. 어느 주말, 저녁 약속이 있어서 서울 나간 김에 서촌에 들렀다. 가고 싶었던 곳들을 몇 군데 골라놓고 서촌 골목을 걷다가 알았다. 이제는 나만의 골목 탐험이 힘들다는 것을. 더 돌아다녀야 하는데, 더 헤매야 하는데, 저기까지만 가면 되는데 발바닥, 다리, 허리가 아프다. 커다란 재미를 잃어버린 것 같아 서글퍼졌다. 지형지물 파악은 멈추고, 어딘가에 들어가 그곳에 나를 놓아둘 때가 되었나 보다. 그렇다면 이제는 나의 취향을 아는 것이 중요해진다. 좋아하는 것이 무엇인지, 어디에 있을 때 편안한지를 알아야 한다. 작은 서점들, 소품 가게, 문구 가게 등을 다녀보기 시작했다. 가게 안에 있는 것들에 대한 탐험으로 만족해야 했다. 그렇게 나의 탐험 영역이 좁아졌다.

그러던 차에 아이들과 제주도 여행을 갔다. 제주도 동쪽 종달리에는 작은 서점 '소심한 책방'이 있다. 그날의 일정 중에 내가 가보고 싶었던 곳은 이 서점 하나였다. 나머지는 아이들을 위한 일정이었다. 그런데 도착하고 보니 책방이 문을 닫았다. 쉬는 날인지 확인하지 않은 내 책임이었다. 대신 근처 아무 곳이나 가보기로 했다. 검색을 통해 '종달리 746'이라는 북카페를 찾았다. 후기도 제대로 읽지 않았던 터라 주차 공간이 없는 것도 몰랐다. 근처 골목에 차를 세우고 들어갔더니 주인이 말했다. "아이들이 떠들면 안 되는 공간인데 괜찮으시겠어요?" 나는 되물었다. "대화도 하면 안 되나요?" "네, 저희 공간은 대화하면 안 되는 곳이에요. 노트북 사용도 안 되고요." 호기심이 생겼다. 아이들에게 조용히 하라고 당부해놓고 자리에 앉았다. 책들이 어수선하게 꽂혀 있는 책장이 벽을 채우고 있고 중간중간 테이블이 있었다. 외양은 다른 북카페들과 다르지 않았지만 뭔가 달랐다. 조금 있으니 무엇이 다른지 알게 되었다. 소리였다. 대화가 허용되지 않는 공간이니 들리는 것은 의자 끄는 소리, 책 고르는 소리, 책장 넘기는 소리뿐이었다. 손님들이 대화를 나누지 않으니, 합석도 괜찮았다. 큰 테이블, 작은 테이블, 좌식 테이블 등 각각의 자리에서 조용히 책을 읽는 이곳이야말로, 나의 취향 저격인 공간이었다. 남편 없이 아이들과 제주도에 와서 렌터카에 익숙해지느라 긴장하고 여행 일정 소화하느라 힘들었던 마음이 눈 녹듯이 사라졌다. 제일 마음에 드는 공간은 방명록을 쓰는 책상이었다. 책상 앞에 눈을 들면 제주의 현무암 돌담과 밭, 낮은 지붕의 집들과 구름 낀 하늘을 볼 수 있는 창문이 있었다. 방명록에는 이곳을 다녀간 사람들이 남기고 간 정겨운 글들이 가득했다. 책상에 턱을 괴고 앉아 멍하니 하늘을 올려다보았다. 그냥 이렇게 몇 시간이고 있어도 괜찮겠다 싶었다.

다음 날 제주에 비가 내렸다. 여행 계획을 수정해야 했다. 실내 일정을 중심으로 고민하다 아이들에게 어제 갔던 북카페에 또 가도 되겠냐고 물었다. 괜찮다는 아이들의 대답에 그날의 첫 일정은 '종달리 746'이 되었다. 두 번째 방문에 카페는 알록달록 테이블 보, 주인이 곳곳에 놓아둔 소품들, 창밖의 비 오는 제주의 풍경으로 답했다. 차를 운전해 슬슬 주변을 돌아다녀 보니 이 마을 '종달리'마저 좋았다. 탐험가의 마음이 발동했다. 언젠가는 이곳에 숙소를 구해 오랜 기간 묵으면서 이 마을을 탐험해 보리라. 다리 아프면 차로 슬슬 다니면 되는 거다.

서울에서도 비슷한 공간을 발견했다. '힙지로'라 불리는 을지로 인쇄소 골목 안에 있는 '라이팅 룸'이 그곳이다. 읽고 쓰는 사람을 위한 공간을 표방하는 이곳 역시 노트북, 핸드폰 등 전자기기 사용할 수 없고 대화도 나눌 수 없다. 전봇대에 전깃줄이 꼬인 채로 늘어져 있는 창밖을 보며 멍하니 있다 보면 뭔가가 쓰고 싶어지는 공간이다. 우연히 방문했다가 나의 취향 공간이 되었다. 을지로는 20대 때 한참 드나들었던 곳이다. 인쇄물이 완성되길 기다리며 인쇄소 아저씨와 함께 밥도 먹었었다. 머리 위에 겹겹이 쌓여 있는 커다란 둥근 쟁반들을 쏟지도 않고 나르는 배달 아주머니들이 있었다. 가장 위에 있는 쟁반을 조심조심 내려받아 좁은 인쇄소 구석의 플라스틱 의자 위에 얹으면 밥상이 됐다. 인심 좋은 아저씨가 추가로 시켜주신 공깃밥에 김치찌개를 먹으면서 종이 나르는 지게차와 얼굴과 손에 기름 묻은 바삐 움직이는 사람들을 구경했었다. 문득 그 인쇄소가 아직도 있을까 궁금해졌다. 이 골목도 탐험하고 싶어졌다. 이제는 힙한 동네가 되어 곳곳에 카페가 숨어있다니 얼마나 다행인가. 골목을 누비다 지치면 어딘가에 들어가 앉아 쉬면 되겠지.

극내향에 집순이지만 탐험을 생각하면 가슴이 뛴다. 탐험을 위해서는 일단 어디든, 어느 방향으로든 나아가야 한다. 그렇다고 밖으로 나가야만 탐험을 할 수 있는 것은 아니다. 모르는 분야를 배우는 것도, 안 읽던 분야의 책을 읽는 것도, 사용하지 않았던 손을 사용해 글씨를 써 보는 것도 탐험이다. 먹어보지 않았던 음식을 먹어보고, 매일 다니던 길과 다른 길을 걸어보고, 듣지 않던 음악을 들어보는 것도 모두 탐험이다. 결국, 진정한 탐험은 나에 대한 탐험이다. 골목을 헤매며 나만의 지도를 그리고 취향 공간을 찾아다닌 것도 나를 알아가는 과정이었다. 그러니 탐험은 마음만 먹는다면 언제, 어디서나 할 수 있다.

어느 날인가, 머리가 하얗게 센 여성 노인이 배낭을 멘 채 멀리 바라보며 웃는 사진을 봤다. 이 사진을 보자마자 가슴이 뛰었다. 사진을 출력해서 다이어리에 붙여놓고 들여다보았다. 어딘가로 떠날 준비를 마친 이 사진 속 할머니처럼 늙고 싶다. 머리가 하얀 할머니가 되어도 배낭을 챙겨 들쳐 메고 떠날 수 있었으면 좋겠다. 할머니가 되어도 나를 기쁘게 하는 것을 찾아다니는 반짝이는 눈을 가지고 싶다. 그런 할머니가 되기 위해 호기심과 모험심, 그리고 체력을 쌓아가련다. 그리하여 또 다른 나를 발견하는 탐험을 하다가 잠들기를 꿈꿔 본다.

에필로그

김은주

글을 쓰기 시작하면서 제 인생은 많이 바뀌었습니다. 작년 한 해는 매우 아프고 힘들었지만 나를 지켜낸 시간이기도 했습니다. 내게 집중하며 스스로에게 선물하는 시간, 공간, 선물을 아끼지 않았어요. 세상에서 제일 사랑하는 이는 나 자신이기에 많이 아껴주려 노력했답니다. 당신의 삶이 혹시 가시밭길이라면 포기하지 마세요. 내가 나를 아껴주어야 행복의 길을 찾을 수 있거든요. 당신의 삶도 현재에 충실하고 자신을 소중히 여겼으면 하는 마음에 이 글을 전합니다.

김인혜

공간에 대한 글을 쓰면서 과거에 머물렀던, 현재 머무는, 미래에 머물고 싶은 장소에 대해 깊이 생각해 볼 수 있는 시간이 되었습니다. 짧은 네 개의 글을 마칠 무렵엔, 어디에 있느냐가 아니라 어떻게 있느냐가 중요하다는 것을 깨달을 수 있었어요. 공간에 어떻게 있을지에 대한 결정에 따라 그 공간이 변화한다는 것도요. 어떤 공간에 머물지 선택하는 것은 어떤 삶을 살지에 대한 결정과 별반 다르지 않습니다. 내게 '의미 있는 공간'을 발견하고 사랑하고 그 안에 오래도록 머물고 싶은 마음을 글로 나눌 수 있어서 기쁩니다.

남보라

이 책을 함께 쓰기 전까지는 '공간'에 대해 깊이 생각해 본 적이 없었다. 인생을 돌아본 순간이 수없이 많았는데도 말이다. 그 순간을 함께했던 사람, 그리고 그들과 공유했던 감정 또는 나의 선택과 후회만 되새김질했다. 그런데 내가 어려서부터 지금까지 지나온 공간들을 하나하나 떠올려보니 이 모든 곳에 나의 숨결과 인생이 깃들어있다. 이 글을 읽으며 독자들도 '공간의 의미'를 다시 한번 떠올릴 수 있는 시간이었길 바라며, 오늘도 내가 좋아하는 곳에 앉아 내 삶의 가치와 의미를 다시 한번 되돌아본다.

박서연

마흔의 후반부를 살고 있는 지금, 긍정적인 감정과 따뜻한 시선, 고요한 마음을 가지려 노력하고 있습니다. '고귀한 단순과 고요한 위대'의 삶을 꿈꾸며 고요한 공간과 시간 속에서 자주 머물려 합니다. 관계에서 오는 행복보다는 내면에서 우러나오는 진정한 행복에 집중하며, 책을 읽고 글을 쓰면서 고유한 나를 알아가고 있습니다. 거창한 공간이 아닌 익숙하고 편안한 집과 근처의 산책로를 거닐며, 가깝고 익숙한 곳에서 내가 살고 싶은 삶을 떠올리고, 그 가까이로 이끄는 무언가를 찾을 수 있다면 좋겠습니다.

신유진

선선해진 가을 초고를 쓰기 시작했다. 혼자 있는 집 에어컨을 트는 것이 부담스러워 카페를 다녔던 여름과 달리, 집에서 글을 썼다. 유독 집이라는 공간에 대해서만 머릿속에서 뱅뱅 도는 말들이 밖으로 나오지 않아 썼다 지우기를 반복했다. 산을 오를 때 산이 보이지 않는 것처럼, 집을 뚫어져라 쳐다보아도 집에 관한 이야기가 보이지 않았다. 퇴고를 마치고 보니, 집안일을 하고 틈틈이 글을 쓰고 있는 나의 삶이 보인다. 이 공간에서 쓴 이야기가 누군가에게 닿기를 바랍니다.

이수연

결혼하고는 내 공간이 없어 늘 마음이 허전했습니다. 거실 창가에 내 자리를 만들고 나니 읽고 쓰는 마음의 공간도 생겼습니다. 너무 좋아서 자꾸만 그 자리에 가서 앉았고 그곳에서 책을 쓰게 되었습니다. 글을 쓰면서 내 주변의 공간과 사람들을 생각했습니다. 좋아서 내가 먼저 다가가고 자주 찾아가고 관심을 기울이니 공간도 사람도 기꺼이 내게 자리를 내주었고 그곳에서 큰 위로와 용기를 얻었습니다. 내 안의 소리를 잘 들어보세요. 그 목소리가 당신을 꿈꿀 수 있는 곳으로 이끌어 줄 거예요.

이주연

어쩌다 보니 글쓰기를 시작했습니다. 아직은 서툴고 어렵습니다. 글동무들과 함께 읽은 페터 비에리 『자기 결정』 책 내용 중 '타고난 것들은 결정할 수 없지만 어떻게 살아갈지는 스스로 결정할 수 있다'라는 글이 인상적이었어요. 그래서 우연처럼 만난 글쓰기를 덥석 붙잡고 격하게 반가워했는지도 모릅니다. 여느 때와 다름없는 하루와 익숙한 공간들도 다른 시선으로 따뜻하게 품어보려고 노력하니 조금씩 다르게 보입니다. 이 순간이 모여 나와 누군가를 다정하게 다독여 줄 것이라 믿어요.

이숙희

작은 시골 마을에서 태어나 들로 산으로 뛰어다니며 자랐습니다. 내가 좋아하는 공간과 그곳에서의 따뜻한 이야기를 담고 싶었습니다. 나의 이야기를 꺼내 보는 일은 그동안 잊고 있던 나를 찾는 여정이기도 했습니다. 소란하고 따뜻했던 공간과 이야기를 기억하고 쓰는 동안 조금 더 나랑 가까워졌고 앞으로 계속 나아갈 용기를 얻었습니다. 우리의 이야기가 많은 사람에게 자기만의 멋진 공간과 이야기를 들여다보는 계기가 된다면 더할 나위 없이 좋을 것 같습니다.

최은정

"우리는 우리의 일부를 남기고 떠난다. 그저 공간을 떠날 뿐. 떠나더라도 우린 그곳에 남을 것이다." 리스본행 야간열차의 작가 파스칼 메르시어의 말을 따라 과거 현재 미래의 공간 속 나를 찾아 떠나는 여행을 하고 돌아왔다. 세상을 알기에는 너무 어려서, 반짝거리는 것만을 바라보느라 내면을 들여다보기에는 바빠서 보지 못했던 것들이 보이는 여정이었다. 한 발짝 물러나 각 공간에서의 경험을 감정의 체에 걸러서 보니 힘들었던 묵은 감정은 체에 걸러지고 좋은 감정만 체에 가득 남았다. 즐거이 힘차게 또 다른 공간을 탐험할 힘을 얻었다.

희경

초고를 쓰고 퇴고하면서 가을을 지나 겨울이 되었고 새해를 맞았습니다. 그동안 우리 집과 우리 마을에 대해 생각했습니다. 나의 공간, 거실, 마당, 나무들과 우리 마을의 산책길, 단골 카페, 작은 가게들, 개울들, 풍경들이 다르게 보입니다. 문득문득 떠나고 싶지만, 막상 떠나면 돌아오고 싶은 나의 공간입니다. 글을 쓰며 옆에 있는 익숙한 공간의 소중함을 알았습니다. 다행입니다.